女少年

天真的人能够爱

秋微——著

北京联合出版公司
Beijing United Publishing Co.,Ltd.

你跟他们不一样
你是见过爱的人

目录

CONTENTS

序
（一）

Author's Preface

唯一的纪念
无用的时光

六年之后，《女少年》要再版了。

有些不知如何形容这种心情。

就像被人问到“如果时光倒流，你还会不会选择那个人”一样。

多数时候，我的回答都是：“是的，会。我依旧会选择那个人。”

这个回答，并不代表那段时光有多完美，遇见的那人，我们彼此之间是否给过对方足够的快乐。

都不是。

只是因为，那段时光，是“唯一”的。

人生很多时候，“唯一”比“第一”重要，“特别”比“完美”重要，“有趣”比“有用”重要。

《女少年》就好像是那样的一段时光。

她不完美、不会成为第一，也似乎没有太多的“有用”之处，然而，写她的过程，记录着我的某一阶段对“唯一”“特别”和“有趣”的认知。

就好像是人生中许多的动心或用心过的时光，无法被取代。

因此上，在这本书再版的时候，全部的正文，没有做任何改动，即使，在再次审阅稿件的时候无数次我都跟自己说：“如果放在今天，我大概不会这么写。”

这是一个伪命题，因为她不是放在今天完成的作品，所以，不如，就让她保全原本憨笑傻哭的天真模样好了。

回看第一次出版时的自序，特别提到了“爱”与“孤独”，关于这两个命题，是幸还是不幸呢，至今，我还是没有答案。

如果要为这个“没答案”找一句对应的名言，我想，大概会是太宰治的那句：

“生而为人，我很抱歉。”

之于我，歉意的尽头在于，我既没能找到答案也不相信真的会有答案。

拜没答案所赐，许多时候，才会因有迷惑而不断思考，有挫败而不断努力，有孤独感，才不断试图接近爱。

屡战屡败，屡败屡战。

谢谢这些死死勾联的存在，让过一天少一天的人生，越来越值得珍惜。

是啊，所有真正的积极，多半是建立在笃定的绝望之上。

没有谁能幸免。

这样也好。

顺便说，《女少年》在出版之后，乘着电影市场繁荣的东风，不断被问及版权。我对此相当审慎，至今不肯放手。

理由是，以我目前的年龄和境遇，对“质量”的要求远高于“数量”，而同时，作为一个注重专业的从业人员，又相当尊重所有投资对回报的合理期许。如何在这之间找到最佳平衡，我不悲观，但我也不急。

每部作品都有它的命运。什么时候出版，什么时候再版，什么时候被拍成电影，什么时候被你看到，都会循着作品自己的命运。

而所有“作品”和“人世间”都只有一种关系——就是彼此遇见“知己”的过程。

《女少年》也是这样，我写下来那些字，用她的“无用”“非第一”和“不完美”，就是为了遇见那样的你——偶尔还会花些时间去追究“爱”与“孤独”这两个终极问题。

如果，世界上只有一种人的感受最能驱动思考，那么它只能是“孤独”；如果，世界上只有一种人性的情感最接近神性，那么，它只能是“爱”。

祝福你。

秋微

2016年

序（二）

Author's Preface

孤独与红配绿

话说，《女少年》是这么来的：

孤独的小孩多半都会被迫建立两个习惯：一个是看书，一个是发呆。等长大以后变成孤独的大人，这两个习惯被美化了：一个叫阅读，一个叫思考。

这两件事儿可能很难转化为生产力，但这两件事儿可以让一个人独自待着的时候感到很安全很自在，久之，“孤独”这词儿，不再有什么不好，甚至，会变成一个“有意思”的意思。

嗯,《女少年》是一本讲“孤独”的小说,是那种姹紫嫣红、鸡飞狗跳、车水马龙掩映下的孤独。

但我又很怕跟人敞开了聊“孤独”，这个词儿，由于我们以为对它太熟，所以听着觉得特矫情。

还有另一个比“孤独”更矫情的词儿，“爱”。

是的，《女少年》也是一本讲“爱”的小说，是那种南辕北辙、隔靴搔痒、驴头不对马嘴式的爱。我一直固执地认为世界上没有“坏人”，只有缺乏安全感的人。我们凡常认为的一个人的“坏”往往是他或她想要保护自己时的一种“先下手为强”。同样地，我也一直都固执地认为世界上没有无法相爱的人，只不过，有别于原始的“情欲”，“相爱”是一个同样需要以安全作为前提的奢侈品。

所以，在《女少年》中，没有全然的好人，也没有全然的坏人。他们看起来不那么爱，不是不想爱，不是不懂爱，不是没能力爱，或许，只是无暇去爱。

其实，《女少年》是这么来的：

我们70年代出生的人，小时候过得比较承上启下：比更老的人稍微自由一点儿，比更小的人稍微悲悯一点儿。那时候我们很穷，但由于没什么富人做参照物，所以穷得安全并坦然。那时候虽然周围没那么多人，但该有的角色都有，从亲兄弟姐妹七舅八姨到街坊邻居飞禽走兽一应俱全。

那时候，天蓝树绿东方红，在岁月静好现世安稳之下缠绵着一股以我彼时的年纪并不能说清的某种五脊六兽的情绪。因此，写《女少年》是一个试图记录的过程，这不是怀旧，这只是，有些光阴，我不太想把它忘掉。

好吧，《女少年》是这么来的：

有几本书我特喜欢：塞林格的《麦田守望者》、余华的《在细雨中呼喊》、王朔的《看上去很美》、村上龙的《电影小说》和张大春的《我妹妹》。

他们的几个共同点如下：写大家都有过的幼年、童年、少年，写深一脚浅一脚的“成长”，写各个阶段花样百出的“孤独”。

所以，《女少年》里有个别细节甚至故意写得很“戏仿”，总是忍不住想向我喜欢的这几个作家表达敬意。

回到写这本书的初衷，我，一个民女，一天下午，幻想到：要不，自己写一个试试?

之后想了好久。“女少年”这个词不知道是哪儿来的。反正，有那么一刻，我正写得昏天黑地，她就忽然闲闲地跑进我的脑海，好像一个在邻居家玩累了就回来的孩子，她出现得无拘无束，我接受得也理所应当。

我一直都不太相信“灵感”的存在，我相信的是“恩赐”和“机缘”。

《女少年》就是这样一个孩子，经过一段没什么企图心的情感和一番越累越开心的体力劳动，她经过我的努力，就这么地，为你而来。

秋微

2010 年

要接受一个人优点的那一面
就一定要想清楚
任何优点背后
都有隐藏着的问题和短板

Part 01

我爸梁朝伟

一直没敢跟我妈说，在内心深处，我多少有点怀念我爸“出轨”之后的那段光景。

那好像是个九月。

喜欢九月。总是觉得，时光在九月，就开始像一幅点彩画，不再是无法割断的串联着冗长悲喜的绳索，而是，轻轻巧巧地各自独立起来，重现了“时光”本就应有的和美。九月因此就有一些属于它自己的味道，它就是那样轻盈地在重叠着结束又开始的过程里显得有一些卓尔不群。

忽然，只是走神，或是不常见地定了定神，那一瞬间，记忆横空出世，九月特有的味道，让人顺着它穿过记忆的防线，没有防备地，就这样回到好多好多年前的那样一个安静的九月。

那个时候，四季都很安静，各式各样不同的安静。夏天的安静是软软的俏皮，像一大朵粉红色的棉花糖，仿佛随时都可以被它包起来，陷进它无声的热络。而秋天的安静则像从枝头飘落的银杏叶，有些些诗意，有些些失意，还有些些忽闪忽闪的不确定。

我看见那个小女孩儿，小小的年纪，小小的身量，在那个下午，坐在自己家门口青砖的台阶上。

画面如此平静和美。在棉花糖与银杏叶交替的那个安静的下午，女孩儿默不作声地把一本图画书打开，摊在膝盖上，脸上应该是自动带着微笑的。

独自一人的时候，小女孩儿喜欢微笑。

那本图画书表达的意思是“匹诺曹等待蜗牛从二楼下来似乎要好几个时辰的光阴”。那正是我当时对“岁月”最确切的感受，如果简化成一个词，刚好很像她的名字，“悠悠”。

对了，“我”姓梁，叫梁悠悠。

我们家有四口人，我妈叫陈萍，我哥叫梁小飞，我爸叫梁朝伟。

哦，想当年我爷爷给我爸取这个名字的时候，肯定没有料到，过了大约 20 年，有一个日后成为大明星的人也被取了同样的名字。而且，客观地看，“梁朝伟”这名字本身也真没有什么过人之处，跟“木须肉”差不多。

那个九月的下午，我那位和大明星同名的爸爸也在家，他独自在屋里看书。

我爸梁朝伟原本不是那种会不吭不哈在家看书的人，尤其，那是一个秋高气爽适合出去耍的下午。他在当时之所以表现得那么特别，主要因为他失恋了。

一个中年男的，已经有两个娃，却“失恋”了，其对象自然不是俩娃的娘。没错，和很多家庭的情况一样，我父母的婚姻也曾经历过“第三者”，出轨的是我爸……这也和很多家庭的情况一样。

学龄前的我对我爸的失恋没有太大知觉和同情，那个下午我很快乐，边看书边吃糖，那是一颗椰子糖，是我妈出门上班前留给我的。对那时候的我来说，消磨岁月的最佳方式有两种，一种是“吃”，一种是“盼望着吃”。

似乎，我的童年记忆都是被雕刻在味蕾上的，因为回想到很多画面的时候首先想到的一定是某一个对应的食物或味道。用椰子糖消磨时光有一大好处是它很大，可以吃很长时间。设计这种糖的人好像很不情愿让小孩子吃一样，每次把它放进嘴里我都觉得我其实是往嘴里放了个鞋撑子。然而它味道又不错，我只能一次又一次心含怨恨地渴望它。它总是成功地占满我整个的嘴，迫使我只能不断主动地去吸吮，就算这样口水还是有可能随时顺着嘴角流出来，滴在我的衣服上、手臂上，或摊在膝盖的那本书上面。

椰子糖是当时最流行的糖果之一，棕色的，有一种特别的香甜，我只是很奇怪它为什么叫椰子糖，因为它和我后来吃到的真正的椰子之间似乎没有什么味道方面的关联。那时候的糖大概是胡乱起名字的，另一种更普及的“高粱饴”和真正的高粱之间，似乎也没什么关系。不过，这些都不妨碍童年，因为这些没心没肺的糖果们的存在，就那么很容易地甜蜜起来。

除此之外，我手里还仔细地攥着一个半青半红的小桃子。午后，沈奶奶买菜回来，路过我面前，像布施一样笑眯眯地从菜篮子里掏出那个小桃子给我。那小桃子在我手里被焐热了，我不舍得吃，已经小心翼翼攥了整整一下午，连去上厕所我都带着它。

我常常会得到街坊邻居的“布施”，别的小孩也一样。是否能得到邻居由衷的“布施”是衡量一个童年是否优质的标准之一。

就在我正踌躇要不要咀嚼嘴巴里吮到最后的一点椰子糖的时候，我哥梁小飞忽然“从天而降”。

梁小飞在 15 岁之前经常走“从天而降”路线。那时候的城市以平房为主，小男孩儿们当时“耍帅”的主要方式之一就是从这家屋顶到那家屋顶。

我哥是这方面的强手，只要他愿意，基本上他可以几公里之内都脚不沾地。他那段时间放学的路线一般都是一出学校就上房，到家才落地，中间没有房屋衔接的地方则是用各种树作为过渡，穿越房顶树杈对少年的梁小飞来说如履平地。

那天也是那样，他像猴子猩猩等灵长类动物一样，不知道是从哪棵树还是哪家的房顶跳下来，“嗖”的一下就出现在我面前。

在我还没完全搞清状况的时候，梁小飞就已经迅速地完成了和我打招呼的全过程：他先是轻轻一脚踢翻我膝盖上的小人儿书，顺便敏捷地一把抢走我手里的小桃子，并毫不犹豫地“吭哧”一口，又马上“呸”地吐出来，说了句：“什么破桃，想酸倒老子的牙吗？！”边骂边飞起一脚把它踢上了沈奶奶家的房顶。小桃子从高空坠落的时候砸中了一只正在屋顶歇晌的野猫，随着它“嗷”的一声惨叫，宣告被我哆哆嗦嗦保护了一下午的那个半青半红的小桃子一命归西。

我“哇”的一声大哭起来。我哥看见我哭，马上熟练地一步上前，动作麻利地捂住我的嘴，嬉皮笑脸地用威胁哄我说：“别哭了！再哭，再哭我把妮妮也扔到房上去！”

“妮妮”是我的布娃娃，每天和我如影随形，这通混乱发生的时候，它正无辜地端坐在我身旁的台阶上，通身充满着我的口水味儿，用“相濡以沫”来形容特别贴切。

接下来，我跟我哥就屋里屋外地展开了每天例行的追跑打闹。

那年我6岁，还没上小学，梁小飞12岁，上小学5年级。

小学5年级大概是男人人生中第一个不懂得如何与异性相处的年龄段。

我哥在不知道如何跟我相处的情况下，选择了最简单直接又能体现优势的一种：打架。

以我的身高、体重、年龄、经验等各种综合条件，明显打不过他，梁小飞又继承了我爸他们山东人的秉性，骨子里认定惜香怜玉是修正主义和西方虚假文明的做作产物，我们社会主义中国哪有让着女人的道理！尤其对于山东大汉来说，对女人礼让根本就是耻辱！羞辱女人才应该是齐鲁大地男人们的传统！没听过吗，子曰“天厌之”，就是冲女人曰的。连武大郎那样的货色尚且无师自通地靠欺负潘金莲这般香玉之人建立尊严，何况我哥，一个小学还没毕业就比传说中的武大郎高两头的人，自然无须让着我，尤其，我生就得还不美。往好处想，梁小飞没学武松那样三拳两脚把我早早打死已经是我天大的运气。哈哈。这就是兄妹。亲兄弟姐妹之间打打闹闹的密度是衡量一个童年是否优质的另一个标准之一，比邻居的布施更重要。

我们在交手三分钟之后，和平常一样，我又处于劣势且绝对没有任何反击的可能，这时，我灵机一动，不再恋战，转身跑去找我爸，假装告状，实际是求救。

梁朝伟当时正沉浸在他绵绵不绝的悲情中，书本是他不想理我们而制造的屏障，对于我打破屏障哇啦哇啦说不太清楚的投诉，他似乎没太理解，报以了一种相当迷离的眼神，好像他瞬间老花了，需要调整一阵子焦距才能分辨出我是谁。梁小飞一看梁朝伟的态度没有对我明显偏向，正中下怀，立刻也跑过来对我进行了捏造和反诉。

我爸那次，一反常态，没有当场把我们轰走，而是表现出了不多见的耐心。他把我们兄妹左右两边分别揽在他的两个臂弯，然后皱着眉头相当动情地以一个故事给我们讲了应该重视手足情深的深奥道理，还夹叙夹议的。

梁朝伟讲的那个关于曹操俩儿子如何为争夺帝位互相残杀的古代故事伴着一首诗，他也声情并茂地给我们诵读了一遍。之后，我爸要求我和我哥就地偃旗息鼓，到院子里背诗去，说不背出来别互相招惹，也不许再回来找他。

那是我生平学会的第一首古诗，也是我爸教过我的唯一一首诗。我当时应该是真的去背了，因为直到今天，我都还没有忘记："煮豆燃豆萁，豆在釜中泣，本是同根生，相煎何太急。"

喏，我小时候学会的第一首古诗，竟然不是著名的"唐诗"。而且，我和大多数小孩学第一首诗的契机也不是太一样。

童年的影响是深远的，也是充满奥妙的。

我在童年远去，并又过了几十年"败絮其中"的成年生涯之后重又走进校园。一切的缘起竟然还和梁朝伟教我们的那首诗有点关联。

那年，我的第一次婚姻以离婚告终，离婚后我长久地陷入对自己严重否定的挫败感当中无力自拔。在某个失眠的晚上，我百无聊赖，在房间里原地打转了几十圈之后，随手打开音响，房间里悠然响起肖邦的那首世人皆知的《降E大调夜曲》，那是前夫留下的唱片。那样的乐曲，在那样的夜里饱含情意地款款而来，击中了我不知名的软肋，心头随之涌出许多并非伤感的饱胀的感怀。

无所适从之下，巡视四周，这个已经住了几年的房间忽然间陌生起来，我的目光最后落在书架上，在以往的已婚生涯中我从未留意过它的存在。我的手指仔细地划过那些我前夫的爱物，脑海里出现了他因为它们而忽略与我对话的画面，我忽然对这些他还没搬走的“情敌”们有些好奇，就很随意地从书架上抽出我的手指正停落的那本书。就这样，在想睡而睡不着的心情中，再次，读到了曹植。

不知道为什么，在我的想象中，肖邦和曹植有很诡异的相似之处，我的才情有限，无法用简练到位的语言描述清楚。或许那就是一种情怀，被他们的作品在瞬间触动的情怀。那一刻，我内心最底里的某一种热度，就像是被短笛勾引出的舞蛇一样，无法阻止地摇摆着坚定地钻上心头。

在之后那些痴迷于听肖邦和读曹植的日日夜夜，我甚至有点开始念起我前夫的好来。我惊讶地发现，原来他内心深处繁华着的金兰，竟是庸俗如我这样的一个普通妇人之前眼拙没有来得及发现的。

因曹植的缘故，我独自谅解了我的前夫在现实的婚姻中给我带来的残缺、不堪和不少也不多的那些伤害。

是啊，很多时候，我们喜欢一个人常常因为对方有一些自己想有又没有的特质，我们讨厌一个人常常因为对方有一些我们自己也有又不愿意面对的特质。

当年我爱上我的前夫曾因为他博学，燃起我们离婚官司的硝烟则是因为我无法再忍受他在现实生活中过分沉溺于修葺他的博学而表现出的冷漠和自以为是。直到，我透过客观的回忆，发现，“博学”的另一面就有可能是“冷漠和自以为是”。只不过，我在结婚之初没有想明白，要接受一个人，不但要接受他的优点，也要接受他的缺点。更重要的是，要接受一个人优点的那一面，就一定要想清楚，任何优点背后，都有隐藏着的问题和短板。而我自己在这一段关系中的表现，又何尝不是他无法理解的一种狭隘和偏执？

之后多年，曹植都是我人生中最重要的男人。我因为借由读他的过程在自我救赎，也因为爱上他而爱上了和我恍若只有一岸之隔，却永远都迷离在没有返程的那世界尽头的魏晋时光。

也或许，我爱的并不是我浅读之下的魏晋，而是，它代表的某种真性情，那种不论男女都因它的存在而美丽的一种叫作“风骨”的东西。而不像现在，几乎每个人都有的，已渐入骨髓的“风湿”。

这些思考又带我重新想到我的爸爸，在他对我们疏于照顾的那些时日里，曾经不经意地播下过最初的种子：那个下午，万水千山纵横，梁朝伟失着恋，信马由缰地上下嘴唇随便一碰，就把曹植和我不知道的“建安风骨”，悄然留在了我的生命里。

虽然说，初初，我一个学龄前儿童，也没有真的领会曹植那首诗的精神，甚至我爸讲的意思我也半懂不懂，有很长时间，我还都以为“何太急”是一个人的名字，因为这样念起来比较顺嘴……

那天我很快就背会了那首诗，扯着嗓子在院子里冲各种人显摆。大概这让梁朝伟很有成就感，没几天之后，在另一个又不得不继续独自面对我的下午，他来了兴致，教我写字。

我会写的第一个字，不，确切地说我学会写的第一个词儿，是“毛主席”。

再来依次是“天安门”“大米”“我”“爸爸”“妈妈”“是”。

当梁朝伟把这几个字摊在我眼前的时候，我人生第一次想到了“死”。

“死”在这儿是指一种情绪的喜乐程度，跟真正的“死亡”没啥子关系。

一个人欢喜到一个特别的境界，别的任何词汇都无法准确形容的时候，通常，直接蹦入脑海的，就是“死”。所谓“欲仙欲死”，大概就是这个意思。

学写字足以让我有欲仙欲死的感觉。那是我人生第一次情绪到达这种程度，第二次是和初恋偷偷摸摸的初吻时刻，中间隔了起码有漫长的十几年。

整个下午我都无比快乐。我把那几个字颠来倒去写了很多遍，那种快感比现在看到股票翻了很多倍还要实在。

等我妈下班回到家，我忙不迭地举着我人生写的第一张字欢快地向她展示，期待着她的赞扬和分享。

人最珍贵的是“自由意志”，可最需要的又往往是“认同感”，所以，这两个从逻辑上互相抵触的因素，让所有人都无法避免地注定要随时迎接悲剧，甚至连儿童也不能幸免。

就在我期待陈萍认同的时候，她却给了我一个意外的打击。她看到我写的那些字之后大惊失色，一把抢过去团成一团，俯身瞪着我问：“这个，谁教你写的？！”

她在俯身问我之前还左右看了看，好像要确定方圆十米之内没有旁人，这一警惕的态度让我感到了事态的严重性，我被她突如其来的惊悚表情吓了个半死，“哇”的一声大哭起来，同时立刻指着里屋，把责任完全推给了教我的梁朝伟：“是爸爸……”

陈萍不顾我的哭泣，继续怒目圆睁地恐吓我道：“以后再也不许写了听见没有？！再写我就不要你了！”接着三两步冲进屋里抖着那张纸跟我爸吵了一架。

顺便说明一下，我那天在纸上扭扭搭搭写了很多字，其中有一个组合是“毛主席是爸爸，天安门是妈妈，大米是我”。

看吧，也不能怪我妈态度简单粗暴，对于他们那一代人来说，这几个字如果再早写个几年，又被旁人看到，恐怕足以导演出一部“家破人亡”的真正的惊悚片了。

陈萍和梁朝伟在屋里为教我认识什么字儿拌嘴的时候，梁小飞放学回来了。他先是倚在门口探听究竟，等听明白之后，就冲到我面前严肃地把我写的其他字拿起来也撕了个粉碎。接着我继续大哭，梁小飞把书包一扔，若无其事地出去玩儿了。

那天，对我造成的最大损失是，从此我爸再也没教我写过任何字。

又再后来，我上学了，凭着对认字的热情，迅速掌握了让我勉强能看懂小人儿书的字数。

那也是一段不错的时光，我无意中继承了梁朝伟的方法，用书本当盾牌，可以整天和家人没什么交流。

只有一次例外，那时已入冬了。我跟我爸像两个石像一样分别坐在炉子的两边，他在看一本小说，我在看一本神话故事。

那本神话对我来说生字太多，什么女娲的“娲”、大禹的“禹”、后羿的“羿”……我很崩溃，只好攒了几个壮起胆向我爸请教。

我端着书，蹑手蹑脚地绕过炉子走到梁朝伟身后，很虔诚地叫了他一声，他一回脸，吓我一跳……那是一张我从来没见过的布满泪水的脸。

我尴尬地僵住，梁朝伟则坦然自若地用手背胡乱抹了抹脸上的眼泪，又清了清喉咙，然后逐一耐心地把每个生字的读法和意思都给我大致讲了一遍。

前提是梁朝伟平时对我的耐心相当有限，如果不是他的反应如此不一般，我大概不会知道失恋之痛在梁朝伟心里持续了那么长时间。表面上他早已恢复了常态，该吃吃，该笑笑，该吹牛吹牛。全家人差不多已经忘记了他的恋爱和失恋。

没想到，他偷偷流泪泄露了他内心的秘密。那张泪脸超出了我对世界的想象。我偷偷瞄了一眼他正在看的那本书，叫“什么什么格小说选”，幸亏他当时在看的那篇的所有字我都认识：《一个陌生女人的来信》。

或许是失恋的折磨让梁朝伟在私下成了一个伤春悲秋沉闷寡言之人。

我一个不谙世事的小孩，啥都不懂，以为是那本书本身的魔力，后来我趁他不在家的时候偷偷翻出来看，对那个时候的我来说，内容过于晦涩，生字过于频密，实在没觉得有什么非哭不可的必要。

我第一次看小人儿书哭到不行的是《红楼梦》，第一次看小说哭到不行的是《茶花女》。茨威格的那部小说，是一再被拍成电影之后才又把它从我的记忆中挖了出来，我又看了几遍原文，都没哭，但，之后的“没哭”，是“欲哭无泪”。

我妈最不愿意做的事儿就是违心地捧我爸

最大梦想就是他会听她的

Part 02

爸爸的第三者

我爸梁朝伟先生的那次失恋是他个人性情的一个拐点，他在之前和之后的个性都不是那样的。要写清全貌，还是要从他那段突发的婚外情讲起。

梁朝伟的情人出现的那年，我刚上幼儿园小班，所以很多事情发生时，我还处于糊涂没立场的懵懂状态。只知道，那一段时间，家里的气氛变化多端，大人们总是有很多突发的情绪，非常不符合我对这个世界才刚刚建立的小小的认识。为了防止不知道哪时因为何事就踩到了哪位大人的尾巴，我只好自己先行夹起尾巴，过得碍手碍脚，怪里怪气。

整个“外遇事件”被发现的过程是这样的。

有一天我爸外出闲晃，回家之后，我妈刚做完晚饭。

吃饭的过程中，我妈忽然发现，我爸的假领子不见了。

“咦，梁朝伟，你的假领子呢？”陈萍问。

在继续这个画面之前，大概还是要解说一下什么是“假领子”。

那是上个世纪刚步入80年代的时候，在那个多数人还不太买得起衬衫的年代，为了制造“里面穿了衬衫”的假象，“假领子”应运而生。尤其是在很多穷但有追求的小城市，“假领子”代表着女人的体贴和男人的自信。

假领子有它不能深究的明显缺陷：除了“领子”和普通的衬衫领子看起来没什么两样之外，领子之下一般都是潦草的收尾，通常的长度就只到胸部，所以，脱掉外衣之后，这个装饰品尴尬地搭在胸前，看起来挺滑稽的。

在那个“行头”严重缺乏的时代，一个男人的假领子能一时制造一种假象，让他在陌生人面前有更多挺胸抬头的动力。是的，很多人，尤其是很多男人，特别在意“自己在别人眼中是怎样的”。“假领子”的作用就是制造给别人假象的道具。或是应该这样说，每个时代有每个时代不同的“假领子”。它在上个世纪80年代初表现为“假领子”，到后来，被更多符合“时代特色”的其他东西取代，从“标签缝在外面的西服”，到“皮尔·卡丹”T恤，到滞留在国外当非法移民，到路虎、保时捷、玛莎拉蒂，到雪茄、红酒、马术、EMBA领袖俱乐部……

普通男人在意别人看待的程度常常高于实际感受本身，时间久了之后，实际感受会在别人的看待中遭到蒙蔽，时间更久之后，感受力下降，“真实”也就没那么重要了。然而，真相往往是，所有以别人的眼光当作生活主要标准的人都不会过得很快乐，这确实残忍，毕竟，这个世界上，虚浮的“假领子”很多，真实快乐生活的人很少。

我爸是普通男人，当然相当介意别人怎么看自己，至于快乐不快乐，他可管不了那么多，男人嘛，先保全面子再说！

所以，在正式的外出时，他都会穿假领子。

若干年过去，当我也已成人，自己结婚之后，会因对“婚姻”本身的不解而自然地想到我父母的婚姻，诚实地说，这个回忆中令人愉快的部分不多，然而梁朝伟的“假领子事件”是其中难得的亮点，每每回想我都会忍不住发笑。那是多么有趣的画面：一个男的，偷腥。

想必他本来就有点颤颤巍巍……那个时代，偷情的人可不像现在这么大鸣大放……在终于进入宽衣解带的阶段，忽然，对方发现，这厮，里面穿着个假领子。

哈哈，哈哈哈哈。

这画面真太好笑了！

无从知道那女的作何感想，亦不好意思想象那女的如何眼睁睁地看着我爸脱下他的假领子而不笑。

每个男人的人生中都有很多给他带来动力的假象。然而，一个给男人制造动力的那玩意儿，也很可能在不料的时候给他制造出尴尬。

我猜我爸实在没有勇气当着他情人的面再把那个破坏他形象的假领子穿回去。他把它怎么处理掉的？不得而知。但，那一次假领子的不翼而飞开始引起了我妈妈的怀疑。

陈萍这一句“你的假领子呢？”问得梁朝伟猝不及防。他顾左右而言他地胡诌了句：“打牌的时候热，脱在老祁家了吧。”

“去，到你祁叔叔家，把你爸假领子拿回来。”我妈冷着脸对我哥说，说完低着头继续吃饭。

“你这是干吗？还不相信我了？”我爸急了，梁小飞刚站起来，一看形势复杂，又坐下了。

我妈这时才正式狐疑地盯着我爸又问了一句：“这假领子，跟‘热’有什么关系？你脱它干什么？”

“我，我，我就是把它扔了！怎么样？！”我爸忽然发火了。

“干吗扔啊？！怪了！你胡乱扔东西你还有理啦？发什么火啊你？！”

我妈也嚷起来。

“我，他妈的，老子不吃了！”我爸把碗往桌上一丢，走了。事实是他也吃完了。

梁朝伟由于做贼心虚，情绪波动得很没道理，陈萍这才开始察觉到有一些不正常。

其实她让我哥去祁叔叔家要假领子完全没有表达任何“不信任”的意思，她只是出于一个家庭主妇专业化的管理精神和负责的态度。没想到，梁朝伟心里有鬼，自己往“不信任”上引，这才勾起了陈萍的怀疑。

我家因此开始了一段不安宁的日子。我爸的行迹越来越诡异，我妈暗自产生了很多猜疑和揣测。她唯一没想到的是，我竟然是梁朝伟那段婚外情的直接目击者。

要说这桩婚外情的起源是我爸的一次“制造门面”的壮举。

那年我将近 5 岁，当时我们居住的那个城市的人民平均年收入大概在 500 元。我爸瞒着我妈，把我们家仅有的全部 250 元积蓄借给了一个跟他一点都不熟的牌友。虽然那个牌友和我爸不熟，但他很快就发现了我爸的软肋，然后三招两式就找到了主导我爸的方法，显得比我妈更了解我爸。整个的制服过程大约也就一顿饭工夫。也许拿钱给他并非我爸本意，只是，他在那一刻活活被他制服了。很快，梁朝伟就像提线木偶一样从我们家偷偷摸摸地把全部的钱都拿出来，给了牌友。

当然了，制服我爸也没什么技术难度，重点就两条：第一，使劲捧他，把他说成一个天下无双的仗义之人；第二，使劲挤对他，说他不愿意做的什么事儿都纯属怕老婆。

那是我爸最明显的两个“死穴”。梁朝伟先生生平最希望得到的评价就是“仗义”，最害怕听到的评价就是“怕老婆”。这两点刚好和陈萍的愿望形成一组鲜明的对立：我妈最不愿意做的事儿就是违心地捧我爸，最大梦想就是他会听她的。

有这么一对意见相左然而情商相当的夫妻，我们家的生活质量就可想而知喽。

糟糕的是，正如我妈预言的一样，那个人在借到钱之后就不再来跟我爸玩儿牌了，还有我妈没有预言到的更糟糕的结果是，那个人在被我爸催了几次债之后，竟然“逃逸”了。

“逃逸”是一个具有当时时代特色的事情，集中发生在中年男人身上。

好像那时候的男人的内心和行动都更自如，很多原因都有可能导致他们逃逸。

什么婚姻不幸啦，欠债啦，工厂出事故啦，不想承担家庭责任……不一而足。

只要感到乏力或无助，都能随时随地轻松地选择溜之大吉。且那时候的通信相当不发达，不太可能像现在这么容易地来个“人肉搜索”什么的，弄得连离家出走都失去了最后的一分悲情的浪漫。那年代不同，说逃逸就逃逸，茫茫人海就是茫茫人海，“沧海一粟”随时可以汇合为“粟米粥”，没个性的时代有的是更多安全。所以逃逸成了一个介乎于严肃与不严肃之间的回避现实的方式，大概跟古代名士的“归隐”相似，基本上属于司空见惯。

我小时候就见识过有个邻居“逃逸”。

那邻居是个大叔。他逃逸的原因是他老婆太凶恶，导致他跟她无法正常相处，他对此也无力解决，就只好一走了之。好玩儿的是，他逃掉一阵之后又会自动溜回来。每次他回到家，他的老婆都会摆酒庆祝，并当着众人的面赌咒发誓说从此要举案齐眉，跟他百年好合。但总是坚持不了俩月就又原形毕露，他只好又逃掉。最后一次他老婆坚持得“最不久”，那回是在他又出走了好几年之后。一次，他在大街上看到了他儿子，父子久别重逢，情绪一激动，又经儿子一劝，他就跟在儿子身后回到了我们那个大院。那时他儿子已经上中学，他和老婆双双步入中年，很有落叶归根的氛围。

哪知，他老婆在大宴宾朋欢迎他回家的酒席中就当场旧病复发。如果从理解她的角度想，可能她真的很开心，所以喝醉了。也或许是太开心，渐渐表现成了撒酒疯，在没人劝酒的情况下一直狂灌自己。就像喝了黄酒的白素贞一样，那位婆姨原形毕露，借着酒力撒泼打滚地当着众人说了些腌臜的话。

起初男的还忍着，谁承想他的忍助长了她的泼，最终他终于忍不住跟她对骂起来。直吵到女的滚在地上，男的掀翻饭桌。一众邻居实在看不过，好言相劝，男的收起怒气，起身说去趟厕所，众人帮着收桌子也没太在意。

结果，半个小时还不见踪影，婆姨急了，说了句“又要出事儿”，就直奔男厕所去了。到那儿想都没想直接冲进去查看，吓得一个正在拉屎的男邻居此后一年多都落下了便秘的毛病。反正，逃逸的大叔确实再次逃逸了，且据说从此再也没有出现过。

那女人，从那天起，从泼妇变成了酒鬼，依然撒泼，变本加厉，孤独终老。

因着有这样的“芳邻”，我们对欠钱的人选择出逃没有感到十分惊讶，但感到了十分懊恼——主要是我妈懊恼。

我爸在我妈的指责下坚持继续去讨债。陈萍的理论是，欠钱的虽然走了，可跑了和尚跑不了庙，他老婆和小孩总归无路可逃吧。

很难想象一个为了 250 块钱就背信弃义抛妻弃子的男人是个什么样的浑球，但，一个被这样的男人抛弃的女人确实是挺可怜的。

梁朝伟在向那孤儿寡母讨了几次债之后，鬼使神差，竟动了恻隐之心，继而，迅速转化成一段计划外的婚外情。我爸在内心深处大概把这段婚外情粉饰了一通，先美化了自己。后来在跟我妈的争吵中我听到他把自己描述得特别侠肝义胆，好像他完全是出于同情的原因身不由己地想要照顾被浑球撇下的可怜母子。

唉，每个人都有一个“想象中的自己”，我爸那个想象中的他自己是一个仗义、有爱心、有责任感的大男人。

也不能说这些完全是他虚构出来的，在梁朝伟的一生当中确实有过一些行径能用“仗义”“爱”和“责任感”去形容，只不过，他很少把这些元素用在自己的家庭中而已。

说回那段婚外情。试想，一个男人有多少种可能会爱上一个女人呢？

不知道，但，“同情”一定可以成为男人对女人产生爱情的动因之一。

我喜欢的美国女星戴安娜·莱恩演过一个不怎么出名的电影，在那部电影中，她扮演一个因失恋而远走他乡的人。在异乡定居的日子，初初很多生活琐事她都不能自理，不得不频繁向隔壁善良的熟男邻居求助。一次，当她愁眉不展地请那位邻居帮她修理壁炉的时候，那个中年男人看着她，可怜巴巴地说了一句很朴实的话：“请你不要再这么难过好吗？你再这么难过，我就只能跟你做爱了，可是我从来也没有背叛过我的太太。”

在已经想不起那个电影的曲折发展之后，我依然记得这句台词，并且，我绝对相信那是那男人的肺腑之言。

男人的天性让他们更愿意扮演承担者或拯救者的角色，女人的天性则应该是扮演被承担或被拯救的角色，但凡演不好这个“被动角色”的女人，在男人的世界中就会显得不那么受欢迎。

我妈陈萍就是一个这样的“反面教材”。

在我父母漫长的婚姻道路中，陈萍这个天性本来相当小鸟依人的女子，在经历过一段企图继续小鸟依人而未遂的坎坷之后，终于不得不走上了“自食其力”的不归之路。

为什么说它是不归之路呢？

因为“自食其力”和“婚姻”确实是没必要同时存在的。婚姻的真谛就在于“相辅相成、同甘共苦”，而我妈，在婚姻中的大多时候只是“单打独斗、自甘自苦”。婚姻在这样的精神独角戏中成了摧残她的累赘。她之所以没有想过主动离开她的婚姻，主要基于两个原因。一是当时那个时代的道德标准，“自我”和“公众评价”比起来微不足道。第二个原因是，很多女人，即使在经济和情感上可以独立，也很难在精神上独立，她们需要依托某一种东西才能扎实地感到自己的存在，那个东西，常常是婚姻中最不咸不淡的那个“名分”。

比起我妈，我爸婚外情的女友就保存了更多的天性，或者说，她显然更懂得“现实主义”的价值。她一出现就表现得比我妈更像个需要照顾的人，她没有因为情感事件而放弃婚姻，也没有因为婚姻的存在而放弃情感的肆意生长，她把侵略隐藏在外表柔弱的自私当中，以至于到后来，大家都忘了，整件事里，她明明就是侵略者，梁朝伟是破坏分子，而我妈陈萍才是唯一的、真正的受害者。

是啊，对于陷落在“情感”中的男女，“是非”有时候显得不那么重要，梁朝伟在找到一个令他神魂颠倒的温柔乡之后，迅速把讨债抛在脑后，也迅速把我妈我哥和我自行屏蔽，那女人似乎也暂时忘记了逃逸的丈夫，和梁朝伟当真吊起膀子来。他们的婚外情就在那么一个奇怪的“欠债还钱”的夹缝中热烈地展开。

那个女人还有另一个身份是我就读的那家幼儿园的老师，虽然教的不是我那班，但我们彼此认识，我每次看到她都会乖巧地叫她“冯老师”。

梁朝伟和冯老师勾搭上以后，就常常到幼儿园去接我。起初我妈还感到很慰藉，以为我爸开始醒悟分担家庭内务了呢。

我一个 5 岁的小孩，当然不知道他心怀鬼胎，有人接我我就高兴，哪里知道我这位亲爸爸只是为了给自己的约会拿我当一个冠冕的幌子。

当他们进入热恋的阶段后，梁朝伟不再满足于借接我之机在幼儿园跟冯老师眉来眼去，就非常大胆地带着我去冯老师家。他们幽会，我和冯老师的儿子在院子里玩儿。

那个小男孩叫王乾，比我大个一两岁，刚上小学。很好笑的是，我们这两个无知的小孩儿竟然相当能玩儿在一起。王乾跟我哥咋咋呼呼的个性不一样，他是一个天性内向的男孩儿，白白的，怯怯的，说话很小声，像个女孩儿。直到今天都对他当时给我那团白白的印象记忆犹新，所以在回忆的时候，都叫他“小白孩儿”。诚实地说，不知道是出于新鲜感还是什么，我喜欢和小白孩儿王乾一起玩儿，我也能清楚地感到他也喜欢跟我玩儿，我们迅速建立了小朋友之间天真烂漫的友情。那时我哥梁小飞已开始有大男孩的骄矜，不屑跟我一起玩儿，我童年的孤独，生出来一个很大的缝隙，放得下好几个能跟我玩儿在一起的男孩儿女孩儿，小白孩儿在梁朝伟出轨的那些日子成了我主要的玩伴之一。

而小小的王乾，在那个不管不顾就出走的爸爸和一个没头没脑便热恋的亲妈之间，想必也寂寞得很。我们两个很傻很天真的小孩儿，一见如故，是那个多层次关系中感情最纯稚的两个。

记忆中，冯老师家有个院子，院子里没什么设计地胡乱种了几株夹竹桃、两盆月季、一丛指甲草和一墙的牵牛花。那些牵牛花从地上顺着牵引它们的一排绳子一路爬上屋顶，朝北的窗户因此整个被遮挡得严严实实，好像有预谋一样，把梁朝伟和冯老师这一对儿偷情的狗男女挡在屋里。

我还记得，那天，冯老师像变魔术一样贤淑地帮我把十个手指甲都用指甲草绑好了。我相当高兴，一直很小心地把手放在眼前举着。冯老师会玩儿很多把戏，染个指甲啦、剪个窗花啦、捏个泥人啊什么的都十分像样。

这些事我妈从来不屑也没空带我玩儿，而且冯老师说话的语速又慢，声调又细，跟我妈妈的雷厉风行、言简意赅形成鲜明对比。所以，那阵子，我打心眼儿里相当接受和喜欢冯老师。

等我开心体验着人生第一次染红指甲的时候，梁朝伟还很阴险地跟我说："不叫你别进屋啊，一进屋指甲就不红了。"

"哦哦。"我虔诚地点头如捣蒜，完全没明白我爸说这句话时冯老师为什么要娇嗔地用粉拳虚张声势地打他几下，嗲声说："讨厌讨厌。"接着他们就进屋了。

我和小白孩儿被留在院儿里，闲来无事，折磨蚂蚁。

折磨蚂蚁是我们这两个小孩儿最爱玩儿的游戏，要说那真是天赐的好游戏啊，反正那时候，蚂蚁有的是，而且蚂蚁对折磨相当有反应，这就制造了游戏的前提，可以一直玩儿都不厌倦。

我们在充足的实践过程中发明出很多折磨蚂蚁的手段：掘开它们小小的洞穴，拿开水烫，拿铲子铲，拿树枝捅，拿放大镜灼烧，拿蜂蜜、胶水一类的黏稠物制造城墙，有时候小白孩儿还亲自撒尿浇灌。

当我和这个陌生男孩废寝忘食地捣毁蚂蚁们的家园时，哪里能想到，我自己的家正在经历被捣毁，并且，我在无意中为这场捣毁制造了烟幕弹。

然而，终究它还是东窗事发了。

“假领子”是警钟，我妈在它莫名遗失之后加强了警戒，又经过各种明察暗访，终于成功捉奸。

确切地说，我妈只是确认了奸情，仅一步之遥，控制着自己，没捉。

就是那个下午，距离梁朝伟追债未遂同时陷入恋情的几个月之后，当时我正举着缠满指甲草的手和小白孩儿在他们家院子里不亦乐乎地玩儿蚂蚁，一个人影悄然出现在夏天午后被阳光洒满的院子里，我抬头一看，惊喜地发现这人竟然是我妈。

陈萍当时头顶上是灼灼的烈日，我抬头的一瞬间她恍若被镶嵌了金边儿，那种母仪天下的浩然姿态仿佛传说中的圣母玛利亚。

我欢快地扑进她怀里，又欢快地指着那个闩了门的房间说我爸和冯老师在里面，还欢快地向她展示我可能已经变红的手指甲。

现在想想，陈萍女士确实是一个受过良好教育的知识女性，她很镇定地向我确认了我爸和冯老师在屋里的事实，又很镇定地把我手上缠着的指甲草一个一个地拔掉，狠狠丢在地上，用同样的语气镇定地对我说了句：

“记住，你是好人家的女孩儿，不许弄这些！”

“哦哦。”我再次虔诚地点头如捣蒜，内心充满迷惑。

那句话对我的影响是，我一直到 30 岁之后，才开始涂指甲油，因为在那之前，指甲油在我的内心深处，代表着某种“不贞”与“不洁”。

我妈把我抱起来离开冯家的时候，用她能做到的最后一丝镇定对小白孩儿王乾说：“你跟梁叔叔说，悠悠被她妈妈接走了，记住，接她的是她妈妈！”略沉吟，又说：“你告诉梁叔叔，他不用回去了，就住你们家吧！”

我妈说到最后几个字的时候声音抖动起来，眼圈儿也红了，我没懂，但直觉感到很害怕。

那天回家的路特别漫长，起初我妈抱着我，等出了冯老师家的胡同，她就把我放下，牵着我的手走，可是她走得太快，我跟得相当费力，她不得不又把我抱起来，继续疾步前行。我在她怀中跟着她的步伐颠簸，一口大气也不敢出。她在走到公共车站的时候把我放下来，她开始流泪。整个坐车的过程她的眼泪一直都没停下来，吓得我看到空座位也没敢坐。等下了车，她又一把抱起我，直到快走到我们家的时候才再次把我放下，自己仔细擦干了脸上的眼泪，在走进我们家院子的时候变魔术一样地恢复了微笑，没事儿似的跟对面走过的邻居打招呼，互相问："吃了吗？"跟平时平和的光景别无二致。

然而，"平和"只是演给外人看的，对内，我爸妈无可避免地开始闹离婚了。

那一刻对我来说

他说什么都不重要

重要的是他瞬间成了我能想到的

唯一可以依赖的人

Part 03

闹离婚

陈萍和梁朝伟闹离婚的过程很像法国著名文艺片的片名：《红》《蓝》《白》。

在“红”的阶段，他们无休止地哭吵打闹，那是我一生当中首次清楚地感受到与动荡同在的震撼。

然而，这个震撼的实质又显得十分乏味，他们对阵的核心只有一个单一的问题：梁朝伟到底有没有偷情。

这个答案昭然若揭的问题被两个大人重复来重复去，相当没有新意。

交战双方各自扮演着乏味的角色：我妈质问，我爸否认，然后我妈拼命质问，接着我爸抵死否认。

作为一个小小的旁观者，那段时间他们的对话在我看来实在是太没技术含量了。那些对话甚至让我对成年人的智商和逻辑产生了严重的鄙视。

这鄙视导致尚在学龄前的我就早早开始思考一个很多行将就木的人都不见得会思考的问题：很多时候，两个人之间的争吵，到底是为什么？是为了获得真相，还只是纯粹为了压倒对方取得某种象征着“胜利”的情绪？

我的思考首先来自我看不懂陈萍的立场，为什么她硬要梁朝伟承认？

不管这事的真相是什么，如果我爸确实应邀“承认”了，那接下来要怎么样呢？

或是说，这个世界上，到底存不存在“真相”？

我的思考没有答案，但我妈陈萍很快得到了她想要的答案。

梁朝伟循环往复被同一个问题连续问了几天之后，终于崩溃……他承认了。

“就是有！”梁朝伟忽然红着眼睛厉声道。

陈萍呆住，嘴巴还惯性地持续在上一个枯燥的问句上，尴尬地半张着，梁朝伟又追接了句：“你满意了？”那种神圣不可侵犯的表情俨然他是个受害者。

我妈确实没做好应对的准备。那些天以来她都沉浸在激情四溢的追问中，一旦对手突然缴械，她反而没有了及时应对的能力。

接着梁朝伟一副大义凛然的德行说出了“就是有，你满意了”这七个字。

陈萍终于也崩溃了。

崩溃的陈萍在恍惚了几分钟之后，化悲痛为力量，这一次，她选择了动武。

对丈夫的背叛没什么经验的陈萍女士，和天下很多没经验的妇女一样，开始出于本能地用对方的错误惩罚自己。

她动武的对象都是没有还击之力的“东西”。那是我第一次看见我妈砸东西，她随手抄起家里的各种物件，死命地就地砸烂。我惊呆了，要知道，陈萍是我们家唯一一个负责保护家庭用品的人。当那些平时被她保护的东西纷纷坠落在她面前时，我内心升腾起的恐惧是担心她会把我也举起来扔在地上摔烂。梁朝伟想必也很震撼，他先是长久地愣在一旁和我一样手足无措，直到陈萍抡起一个炒菜锅准备砸他的鱼缸时，他才像睡狮一样猛然咻地冲上去阻拦她，一边大声喊着：“你疯了啊你?！谁动我的鱼我跟她拼啦！”

两个人就这样迅速扭打在一起，我吓得溜着墙边边哭边逃出来，穿过门口几个探头探脑看热闹的邻居，冲进公共厕所一个多小时没敢回去。

就在我蜷缩在厕所的一角快被沼气熏晕过去的时候，我听见了梁小飞的声音。他正走进隔壁男厕所，对一个打探我们家内部矛盾的男大人亢奋地讲述我爸我妈的“战事”：

“我爸一个流星望月，我妈接了一招幻影流动……”

梁小飞的口头表达能力超强，这一点随我爸，梁朝伟在失恋前和失恋后都是那种能把活人说死或把死人说活，或说得别人死去活来的人。

一件庸俗的家庭内讧，被梁小飞在厕所里说得活色生香，特有画面感，简直像武侠小说或热播剧里的情景。

然而，那一刻对我来说，他说什么都不重要，重要的是他瞬间成了我能想到的唯一可以依赖的人。

我在女厕所用尖厉的叫声打断了梁小飞的讲述：“哥哥——”等分辨出叫“哥”的人是我时，梁小飞不耐烦地跟旁边如厕的男邻居说了句：“你听我妹喊的，我的屎都被她吓回去了！”我那时早已冲出女厕等在男厕门口，见他出来，得了救星般地冲进他怀里，又继续大声叫着“哥——”就放声大哭起来。

“哭什么哭！”梁小飞把我推开，白了我一眼，用袖子蹭了蹭我糊在他身上的一小缕鼻涕，叹了口气说，“老子有点儿饿，你饿不？”

“饿。”我本来应他要求控制着自己只敢抽泣，他这么一问，我忍不住又哭了。

我们兄妹俩在厕所门口闻着恶臭还竟然想到了“饿”，可见果然很饿。

是啊，“饿”是我爸妈内战初期“红”的阶段我最清晰的记忆。

我一个小孩儿，不能理解大人们闹事儿的时候为什么要跟肚子过不去。

所以说，童年是一个人一生中最美好的时光，其美好的部分在于：心是心，胃是胃，各自单纯地天真地独立着，不会有那种“为伊消得人憔悴”的彼此干扰和拖欠。

陈萍那次的崩溃持续了将近一个月，等家里能砸的都砸得差不多之后，她在某一天，重新恢复平静，但那个平静也是没有任何原因和征兆，突如其来，有点吓人。

在我已经被饿习惯之后，一天早上醒过来，忽然闻到久违的煎鸡蛋和烤馒头片儿的味道。我一时恍惚，以为自己定然是被饿死了，进了传说中的天堂。在我童年时代对天堂的幻想中，煎鸡蛋和烤馒头片儿是绝对不能少的两样东西。

正在我睡眼惺忪地努力分辨自己身在何处时，我听见了陈萍唱歌的声音，她只有在两种情况下唱歌，一种是真的心情很好，一种是心情很差但拒绝与人交流。

那天唱歌的原因自然是后一种。当我激动地翻身下床跑过去抱着她的腿又想掉眼泪的时候，她蹬了蹬被我抱着的腿，俯身狠狠瞪了我一眼说："哭什么哭，没出息劲儿的！"

这是我妈的口头语，她会因为各种原因说我"没出息劲儿的"，导致好多年我都确定我自己肯定没什么出息。

从那天开始，她像什么都没发生一样，每天照原样上下班收拾屋子买菜做饭，还微笑，还哼歌，还添置新的碟子碗什么的各类家庭用品。

事件由此作为一个标志，进入到我记忆中的"蓝"色阶段。

梁朝伟在陈萍表面上冷静之后，也变得彬彬有礼，如果没有记错的话，那几乎是我们一家人见识过的他唯一一段彬彬有礼的时期。偶尔让我帮拿棋盘递茶杯的时候，他甚至会说"谢谢"，客气得像个我从来也不认识的陌生人。

我完全摸不清他们真实的想法，只好尽全力乖巧。梁小飞则瞬间成了家里话最多的人，空前热烈地每天把他的见闻讲给我爸妈听。结尾处一定会跟一句："妈，你觉得呢？"或是："爸，你说是吧！"

我爸妈在那时候勉强会有的零星对话都是借由我哥这些没话找话的内容才产生的，梁小飞一时间简直成了家里的"总机"，他这一傲人的表现博得了我由衷的崇拜。

然而，毕竟梁小飞也只是个孩子，对于两个大人当时变幻莫测的内心世界，他和我一样也只能静听天命。

那时候，冬天来了。

有那么一天，我爸从外面回来，罕有地给我买了一根甘蔗，更不可思议的是，他竟然负责地帮我把甘蔗皮全给削了，完全不符合他一贯顾前不顾后的作风。等我心花怒放地啃起甘蔗的时候，他冲我笑了笑就在旁边的书桌上伏案疾书起来，等写到酣处，梁朝伟冷不丁回头问了我一句："我跟你妈离婚，你跟谁？"

之后根据大人们对这一段的回忆，我才知道他当时写的是离婚申请。我当时才 5 岁，不知道"离婚"为何物。但家里诡异的气氛就让我依稀地知道"离婚"一定是一件不好的事。

我爸问我的时候，刚巧我最顽固的一颗幼齿被一截比较硬的甘蔗给撬了下来，我一抬头，满嘴是血，口是心非地冲他说了句："跟你。"然后我就哭了，一是牙疼，二是惭愧，因为"跟你"并不是我内心的真实答案。

我真实的答案是不选择、不变化，我只要继续跟他们俩，还有梁小飞，我世界上三个最亲的人，继续在一起。可是，换成任何人，上学前，大约在冬季，被问了这么严重的问题，除了说"跟你"，请问还有什么标准答案？

没几天，同样严酷的情景再次出现。那天我妈休息，她在厨房唱着歌儿给我炒了一盘板栗，我感到再次进入人间天堂，因为板栗是我幼时的大爱。等板栗上桌，我迫不及待地放进嘴里一颗，那颗栗子"啪"的一声当场在我嘴里绽放，我的嘴被热栗子崩得一阵灼痛，正在纠结要不要把它吐出来时，我妈幽幽地问了我一个同样的问题："我跟你爸离婚，你跟谁？"

"跟你……"我没选择地又说了一遍，嘴里的栗子和口水一并流出来，不知道什么情绪作祟，我再次咧开嘴大哭起来。

最最讨厌的是，又过了没几天，梁小飞这厮，不知道是何目的，起哄架秧子，也问了我同样的问题："咱爸咱妈离婚，你跟谁？"

他问我之前说是带我去巷口吃羊肉串。

当他说出这句话的时候，我拿着串羊肉的竹签直接就哭了——我哭的原因是，我险些就顺嘴回答说：“跟你。”

要不然呢？

那时我好像成了我们家唯一的弱势人，没“群”。除了选择跟个什么人，我甚至都没有能力证明自己的存在。

这个过程中，我的父母兄长没有在意的是，美好的食物是童年生存下去的主要动力，它们在我对世界五年的记忆中，和游戏、玩伴的意义等量齐观。他们关于离婚的提问，离间了我和食物之间的亲密。只要一见到那些吃的，我就条件反射地想到“跟谁”这个问题，只要想到这个问题，心头就涌起一阵害怕的心酸。虽然，我父母因为因缘际会，婚姻得到修复，而我和我爱的那些零食之间却长久地处于冷战……那之后我人生的几十年当中，都对甘蔗板栗羊肉串敬而远之，因为它们会唤起我父母闹离婚那年我在家里感觉到的一种特有的害怕和分裂感。

一个月后，我爸妈进入筹备离婚的最后阶段，也就是被我称作“白色”的阶段。

他们不再闹。我妈也不再强颜欢笑，他们在我家不足 30 平方米的空间里视对方为透明，那气氛，着实比“闹”更让人难受。他们分别独自待在房间的两个犄角。陈萍长久地叹气和默默落泪，梁朝伟则没完没了地抽烟，并整天用我们家唯一值得称道的电器——一台松下牌的砖头录音机重复地放着同一首歌：《美酒加咖啡》。

所以，我到现在还能一字不漏地唱出这首当年流行的情色小调：“明知道爱情像流水，管他去爱谁，我要美酒加咖啡，一杯再一杯……”

这个让人倒胃的小调混杂在很多很多的沉默里，像乌云一样把我们家压得阴森森的，难以呼吸。

那时候我恨不得他们能重新吵起来，或打起来，起码有个动静，好让我能趁乱出一口大气。唉，那是一段在家不能出大气的时间，因为“冯老师”，我又被禁止去幼儿园。

说到这儿，我不得不再次浓墨重彩地好好讲讲我哥梁小飞。

梁小飞在这个事件中的一系列表现让他成了这起婚外情事件里除我爸妈和冯老师之外的另一重要人物。

梁小飞在这件事儿发生的后半个阶段表现出的沉着比所有大人更像个大人，他空前地顺从和配合我父母的一切动静，同时在并没有人要求的前提下开始对我行使“哥哥”的权利及义务。

那又是一段我说不太清的悲喜参半的时光。我终于如愿以偿跟在自己哥哥后头跑前跑后，天知道，那种传说中兄妹的形影不离我是多么地迷恋。而，这个来之不易的幸运中又包裹了我不能理解的纠葛。

有天，梁小飞比平时提前放学，我正独守空房，梁朝伟和陈萍都去向不明。梁小飞到家放下书包之后就带着我出了门，我兴奋地跟在他后头“哥”长“哥”短地问了好多问题，他很有尊严地一个都没回答。我们就这样一冷一热地到了一个陌生的小学校门口，梁小飞给我买了5分钱的酸枣，然后问我能不能认出冯老师的儿子王乾，也就是那个曾经当过我临时小伙伴的小白孩儿。

“那当然！”我被酸枣刺激得满嘴生津，对梁小飞心存感激，非常愉快地对他肯定道。

待酸枣吃完，我一排刚长出来不久的牙被成功酸倒，小白孩儿也适时地出现在学校门口。我兴奋地指着他刚要嚷，梁小飞敏捷地一把把我的嘴堵住。我赶紧知趣地收声，继续乖巧地看他眼色行事。只见他像我们那个时代电影里的地下党一样，眉毛一拧，嘴巴一撇，很神秘地带领我沿着路旁的树荫远远跟在王乾后面。我也一路小碎步紧跟在我哥身后，虽然不知道他要干吗，但他神秘的表现已经让我对他充满崇拜。我们一直尾随王乾到了一个巷子里，跟他一起排路队的同学都已各自到家，那条巷子里只有小白孩儿一个孤独的小身影在夕阳下被拉得很长，这时候，梁小飞加快了脚步，在接近小白孩儿的地方大叫了一声："站住！"

王乾闻声吓了一跳，但，当他转身看到我的时候，脸上露出了"松一口气"的表情，他又看了看梁小飞，笃定地认为这是个误会，就心无城府地冲我笑起来。

就在这时，梁小飞冲过去，在我还没弄明白的时候，就已劈头盖脸给了小白孩儿一顿拳脚。

我完全没料到梁小飞会这样，吓呆了，两腿像僵了一样粘在原地，就那么眼睁睁地看着我崇拜的亲哥以大欺小地暴揍了我曾经的亲密玩伴。那顿拳脚直到王乾小便失禁才停止。

"你个屄包！婊子养的！你妈就是个屄婊子！！"梁小飞意犹未尽狠狠地骂道，"回去告诉你妈！再惹我们梁家人，我打你个满地找牙！！"

王乾痛苦并尴尬地夹着腿跑了，他跑开之前又看了我一眼，我正被眼前失控的一切震慑得说不出话来：小白孩儿的脸上挂着若干泥巴和一条鼻血，他的腿上因尿渍而沾了些尘土，他和我短短的对视中充满了严重的不解与委屈。

我爸妈在知道这事儿之后表现得都很淡定，陈萍只是轻描淡写地跟我哥说了句："打人不对啊！"梁朝伟则只是很严肃地盯着我哥看了几分钟，而我哥也同样严肃地回看着他，两个人都有那么种"无声胜有声"的挑衅劲儿。

经过这事儿，之后二三十年里，不管我妈当面背后地说过多少次"还是儿子好"，我都心悦诚服。

至少，梁小飞在整个的事件中表现得相当有立场并有行动，而我，不但没有任何立场，还没头脑地跟"敌方"的孩子成了朋友！

我简直鄙视我自己。

不久之后，当我还在尝试懵懂地自省时，这一桩看似会绵绵无绝期的事件忽然因一个意外事故的发生戛然而止，非常地虎头蛇尾。

事情的经过是，新年将近，梁朝伟在不知道哪个牌友家喝醉，回来的路上被汽车撞倒，断了一条腿。

我再次看到他的时候他已经躺在医院，一条腿上打着石膏，正和撞他的人聊得兴高采烈。

我小时候，人民群众的品格高尚且温良，人民群众之间的交集也热情且单纯，“逃逸”这种事，或许可以发生在无法解决的家人和家务事之间，但反而不流行于肇事者和受伤者之间。那个撞断我爸腿的年轻人丝毫没有迟疑地承担了他应当承担的责任。

同样地，具备那个时代特征的陈萍也不计前嫌，于得知情况之后的第一时间赶到医院探视自己的合法丈夫。反而是受伤群众梁朝伟，看到拎着保温桶来探望他的妻子陈萍和女儿梁悠悠，表现冷淡。

长大之后我才想明白我爸当时内心的小九九，我妈和我不是他盼望的人，他盼望见到的是他的情人冯老师。

然而，梁朝伟的情人在听说他的伤情后始终没有出现。

我爸自作多情地以为她不来是为了避免和我妈短兵相接，为怕她担心他，他还写了很多的情诗托人带出去，表达他对她不渝的爱情，表达他不想令她担忧的心情。

那时候他最爱的“黄色小调”从邓丽君的《美酒加咖啡》变成了邓丽君的另一首受当时内地中年男女偷偷追捧的《你可知道我爱谁》。我亲眼见识过我爸在听这首歌唱到“受到了创伤不流泪”那句时的表情，当时我妈给他倒痰盂去了，我爸脸冲着窗外，夕阳斜斜地打在他的脸上，他的表情有 50% 的自我陶醉和 50% 的视死如归。他兀自感动着，作为一个旁观者，这幅画面让我想到的唯一一个我认为贴切的词就是“烈士”。

哪知，当梁朝伟望眼欲穿终于等到情人的回信时，其内容只是坚决简短地表示她要跟他一刀两断。

真是屋漏偏逢连夜雨，我那刚断了腿的爹，又失恋了。

梁朝伟在失恋之初非常悲伤，甚至拒绝继续接受治疗。这时候，陈萍继续表现得顾全大局忍辱负重，她不但假装没事儿人似的悉心照顾我爸，也没有就冯老师再发表过任何的评价，连冷嘲热讽都没有，就好像那件事从来没发生过一样。

三个月之后，病愈的梁朝伟如医生预言的一样可以架着拐到处乱走了，他外出去的第一个地方竟然就是他的情人冯老师家。

可想而知梁朝伟同志当时有多么不甘心，他去找冯老师是为了要跟她对证，他不能接受冯老师主动遗弃他这个现实。

一个“相信爱情”的人总归是有一些可爱之处的，尤其男人。我在想，之所以我在回想起所有这些画面的时候心头都充满着一种跟家庭不睦无关的小小喜感，很大一部分原因，是我爸在当时表现出了一种难得一见的单纯的执着。

然而，这个世界往往是这样，不管故事还是现实，我们总是听说单纯的女孩儿遇见了市侩的男人，同理，单纯的男人也不免碰上势利的女人。

或说，与美不美好无关，有些看起来“屹立不败”的女人，总是能直觉地把“求生”当作对这个世界的第一诉求，那些浪漫疯狂的事，则往往只是锦上添花的那朵可有可无的“花”，而已。

我爸并未如愿和冯老师再续前缘，甚至，连再见一面的运气都没有。

接待梁朝伟的是跟他借过钱的那位牌友。他在听说了我爸已成残疾的传闻后，果断地终止了自己的外逃生涯。

“你觉得我老婆会跟你这么个瘸子吗？”牌友倚在自己家大门口，抖着腿，两只手抱在胸前，对站在门外拄着拐的梁朝伟进行羞辱，并不时伴以仰天大笑，“哈哈哈哈。”

据目击者称，梁朝伟起初还像个情圣似的，不顾牌友的羞辱，只管直着嗓子大叫他情人的名字：“淑珍！淑珍！冯淑珍！”

才叫了没几声，情人没出来，情人的儿子出来了。那个被我哥暴揍过的小白孩儿一脸凝重地递给他爸一个小包袱，然后赶紧低头回屋了。牌友接过那个包袱查看一番之后，就用力丢在我爸面前说：“把你这些破玩意儿拿走，死心吧，别喊了！快滚！”

小包袱散落在地上，里面的物件儿悉数展现在梁朝伟眼前，除了他送给情人的各种信物之外，还有他不小心落下的那件的确良的假领子。

梁朝伟一看，连假领子都扔出来了，悲恨交加，一瞬间忘了自己是残疾人，奋勇地架着拐冲过去准备跟他情人的丈夫理论。那男的没费多大力气就把我爸连人带拐推倒在地上。围观的人们发出了看笑话的嘘声，梁朝伟这一气，也不管拐了，试图靠自己的两条腿站起来，不承想，很多时候理想和现实之间就是这么地有距离，他靠两只手好容易撑起身体，还没站稳，就重新跌倒在地上，不得已，只好把拐又捡起来，在周围人事不关己的看笑话的冷眼中，狼狈地离开那个他当年的温柔乡后来的伤心地。围观群众看他一走，立刻跑过来哄抢地上的那些“信物”。

就这样，偷情的大门在情敌的揶揄和陌生人的嘲笑声中向我爸重重地关上了。

梁朝伟回家之后大病一场，连发烧带昏迷，持续卧床了好几个星期。

这倒给他的腿伤制造了充足的康复机会。等烧退了，腿也好得差不多了。

不过他明显话少了，要么抽烟，要么发呆，要么看书，要么听歌，来回来去还是各种邓丽君。

这种情况一直持续到几年后我们家忽然天降一笔横财的时候，彼时家里的情绪目标随之集体转移，梁朝伟好像才终于彻底走出失恋的阴霾，那是后话。

一个人在真实的时候最容易让人靠近

而一个人安静的时候

也绝对更容易获得别人的尊敬

Part 04

QUIT

人的情绪真的很怪，当我父母经历了那次考验终于重归平静、我和梁小飞终于又能吃饱穿暖全天无惊吓、我们家终于活出一副浴火重生的兴旺劲儿之后，我在回望这一切的时候，独自偷偷怀念的，却是我爸失恋的时候那些“看书流泪”“沉默听歌儿”的状态，甚至，也有一丝怀念他带我去冯老师家的情景。我的怀念很单纯，因为在我的全部记忆里，我爸只有出轨的那几个月带我的时间最多，只有失恋的那个阶段在家的时间最多，只有那时候的他才不经意地给过我一些正常的父爱。虽然他那时让我妈蒙羞，让整个家都充满阴霾，但对我来说，那起码是真实而安静的。

是的，那是我爸一生中绝无仅有的一个真实和安静的阶段。一个人在真实的时候最容易让人靠近，而一个人安静的时候也绝对更容易获得别人的尊敬，虽然我也说不清为什么。

几年后，当时光模糊了梁朝伟的失恋之痛，他渐渐恢复了谈恋爱之前的那种以“说大话”和“假仗义”为主的个性状态，甚至还有点变本加厉的意思。他乐此不疲地给自己制造“谁都需要他”“忙得不得了”的假象。

从表面上看起来热烈极了。可是，不知道为什么，我总能透过这些热烈感受到一种格格不入的冷漠。

而且，不管这些事情的表现形式是热烈的还是落寞的，它们都好像是孤立存在的，至少，它们和我之间，再也没有太多的关联和“黏度”，这和传说中的父女之情大相径庭。

在我小时候，有好多年，我都会为此相当困惑：按照理论，按照常识，按照街坊四邻和各种文学作品的传说，女儿总是跟爸爸比较亲密才对啊，为什么我们这父女俩活得那么离经叛道？

如果可以选择的话，我当然是希望当那种被爸爸当作心肝宝贝的女孩儿。一个女人，一生中假若只有一次当别人“心肝宝贝”的运气，那，那个“别人”，首选也应该是自己的爸爸才对呀，不是吗？

事实是，“生活”本身似乎常常不怎么依据理论、常识、作家或街坊四邻的说法。

女少年时候的我对此只是无能为力。我也不太记得这种淡漠始于什么时候，回忆从前，我跟我爸之间微弱的情感交集，有很多都需要借由别人的叙述才能证明其存在。似乎，我们弹指可破的父女关系，从一开始就没有什么特别好的征兆。

按照我奶奶的说法，她第一次看到我的时候，我刚几个月大。那天，我妈陈萍在上班，我哥梁小飞在上学，我爸梁朝伟则在家睡觉。当我奶奶抵达我家的时候，我因为太饿，正爬到床头，伸手从放在床边的米饭锅里抓米饭吃。

那幅情景似乎是我爸对我懒得照顾的最初写照。

再来看陈萍的记录：在我一岁半的时候，有次她指派我爸给我喂饭，似乎那是他唯一一次给我喂饭。当时我站在用竹子编织的小推车里，正欢快地抓着车把手等着吃饭。

梁朝伟一边给我喂饭，一边回头看两个邻居下象棋，其间他看得太过投入，手里举着的饭勺离我越来越远。我一个刚牙牙学语的小孩儿，对此当然提不出什么意见，只能遵照本能噘着嘴使劲够那个里头有食物的勺子，结果，终于因为够得太用力，导致身体失去重心，整个人朝前栽出了小车外。

当我栽出来的时候，我的右脸磕在了前面那个下棋的人坐着的板凳角儿上，把那个人吓了一跳。30 年之后，只要我一笑，还能看得出两边脸明显不对称。拜那一磕所赐，我的右脸有一个明显的凹陷，比酒窝大，比法令纹圆，距离我的右眼仅五厘米远。

小时候我姥姥常说，人死了之后，在接受上帝的审判时，生前的每一个画面都会重新来过。我时常对此小有盼望，起码我很想看看当年小小的自己是如何为了够那一勺饭而造成了终身毁容，那画面一定非常好笑，哈哈哈哈。

是啊，很多事都可以做不同的解读，就像这两个事件，它们可能说明梁朝伟确实对照顾小孩不太有兴趣也不太有特长，也可能说明似乎我从小就是一个为了吃可以忘乎所以的人，这种特性一直延续到今天。

反正，随着当时家里的各门女将对我爸不会带小孩的谴责越来越多，他一烦，索性就完全不带了。

关于我很在意吃这事儿还必须补充一个我哥的说法：梁小飞从上中学开始就常常吃我做的午饭，因为我上小学，中午比他放学早。那时候陈萍工作太忙中午回不来，梁朝伟上午没工作就在家待着。按道理说，应该是他在家给我们做饭——那也只是说“按道理”哈。

我爸是一个不按牌理出牌的人，或，准确地说，他只按他自己的牌理出牌。在他个人专属的牌理中，关于“做饭”这事儿的标准是：一个男的怎么能做饭呢？！

我不知道“一个男的不能做饭”这个理论体系的依据和历史沿革是从哪朝哪代哪个地域开始的。但，梁朝伟硬是以身作则，用毕生的行为强势证明“男的不能做饭”。他确实是一次饭都没做过。

我们家那个阶段在每天中午最常出现的画面是：我回到家，家中一片死寂；我爸躺在床上，背冲外，一副拒绝理会任何人的架势。我那时候很怕他，为了避免招惹不必要的麻烦，唯有自己动手。

因此，我从小学1年级开始就熟练掌握了如何在30分钟之内把炉子重新生着并煮出一锅片儿汤或一锅菜饭的方法，味道也不会太差。

我在喂饱自己和梁小飞之后，也像供奉一样盛一碗放在桌上，小心翼翼地冲梁朝伟说一句：“爸，吃饭。”他通常会发出哼呜的“嗯”一声，然后一动不动地继续躺着。我不肯定他到底是在睡觉，还只是回避跟我们交流。他也从来没有评价过我的厨艺，反正我只记得，每天下午放学回来的时候，他早已不见踪影，中午给他盛饭的那个碗则是空的。

长大之后，我对于梁朝伟那时候长久地躺在床上忽然有了一些谅解。

睡觉是最节省成本的回避现实的方式。如果再往积极面去想，一个人躺着的时候有可能是在思考，而只有当一个人的思考不被人理解的时候，他才只好将计就计干脆继续睡觉算了。

毕竟，比起肢体的懒惰，我更嫌恶心灵的懒惰。在花了很多年说服自己多看梁朝伟的优点时，我宁可相信，他在躺着的时候，心灵是活跃的。

再说，成年人跟孩子相比，最大的失落往往在于，孩子可以对未来存在无限的想象，而成年人必须要面对的是“自己对世界的想象恐怕永远无法实现”这个残酷的事实。

和几乎所有正常男人一样，梁朝伟是一个曾经自视极高的人，和大多数正常男人一样，他也必须在而立之年过后，要面对自己注定碌碌无为的事实。想想这也确实是挺惨淡的，人生一片灰暗，没有成就，没有爱情，甚至也没有特别值得在意的念想。虽然这个情况是他自己一手造成的，但，不是所有人都能具备面对“世上没有受害者”的慧根。我爸的认知和芸芸众男人一样，心底隐约觉得自己是某一种类型的受害者，怀才不遇，兼遇人不淑。害他的可能是那个时代，可能是这个家庭，可能是那个没良心的情人，也可能是看不见摸不着的命运，反正不是他自己！

林林总总这些原因，让我们父女之间的感情，被风吹日晒，变得稀薄和迟钝，俗称“隔阂”。

后来又有个特殊的事件，让隔阂终于变成了鸿沟。

那是某个下午，我发烧了，没去上学。

我小时候常常生病，最常见的问题是扁桃体发炎，一发炎就发烧，然后就会被送去医院连续打好几个星期青霉素。

因此在我的生活中，最有威严的形象一个是老师，一个是大夫，确切地说，应该是护士。

那一日我又生病躺在家里，内心强烈地翻腾着想吃橘子罐头的愿望。

童年的时候，我每次发烧都会重复做同样的梦，在梦里，有一个巨大的被子，而我自己是一个小线头，被压在被子中间，软绵绵无力挣扎，那样的情况下，只有橘子罐头是我的强心剂，像大力水手的菠菜，能把我从梦魇的压迫中解救出来。

想象吃橘子罐头的过程让我在被发烧折磨的过程中体验到一种抽离的美感。我沉浸其中，头晕目眩，浑身是汗，嗓子眼儿因渴望橘子罐头酸甜可口的汁水而痒起来。

我妈上班去了，只有我爸在家。

梁朝伟当时不知道在忙什么，出出进进，路过我第八次的时候终于敷衍地问了句："你好点儿了吗？"

我老实地摇摇头，然后说："爸，我想吃橘子罐头。"橘子罐头不是随时都能吃到的，我仗着自己生病，眼巴巴地看着他要求道。

"哦，你睡吧。"我爸还是散神儿的，所以答非所问。

我有点委屈，心里涌出"妈妈"这个呼喊，心想如果我妈在就好了，肯定会立刻买橘子罐头给我吃，想到这儿，我侧过脸掉了一滴小眼泪，又没别的办法，只好继续昏昏睡去。

昏睡过程中，我听见外屋响起了麻将声，还有梁朝伟和几个人说话的声音。我很渴，可是浑身绵软，挣扎着到底要不要爬起来去喝水。

我大概挣扎了很久，其间又半梦半醒，徘徊在巨大的被子边沿，很累，很晕，很沮丧。

就在这时，忽然响起一阵激烈的敲门声，那声音相当凌厉，我被惊醒。

等我惊坐起来望向外屋的时候，敲门的人已经破门而入，门上的四块儿玻璃中的一块也碎在地上。

以前的门都是那样的，下半段是木头，上半段是玻璃，通常玻璃都被隔成“田”字形。

我没太弄清那个闯入者是先砸碎玻璃伸手开了门闩，还是踢开门闩的时候震碎了玻璃。总之，那是我从来没有见识过的粗野的场面。我直接的反应是：“我爸不在家！”因为，在我的印象里，如果非发生这么“凶恶”的态度，一定是我爸对别人而不是别人对他。

我正在惊恐，梁朝伟跳入我的视线，只不过，让我意外的是，他对那个来势汹汹的人，完全是一副软弱求饶的姿态，跟他平时在我们面前塑造的耀武扬威判若两人。

此时我也看清了那个闯入者，他是住隔壁院子一个叫林强的男孩的爸爸。林强比我哥大几岁，高中毕业，当时正处在无业状态。

林强他爸揪出一个人就是一顿嘴巴，我认出那是他儿子林强。

梁朝伟这时好像要劝阻林强他爸，一边伸手乱够，一边低声下气地说：“不要这样老林，不要这样！”

哪知道，老林一听，立刻放开自己儿子转身揪住梁朝伟的领子劈头盖脸同样也是一顿嘴巴，边打边说：“你个死瘸子，你他妈什么东西！居然带着孩子赌博！我叫公安局的来抓你！！”

梁朝伟一边用两只手慌乱地护住脸，一边诺诺地嘴巴里不知又说了些什么。

林强和另两个牌友趁乱跑了，林强他爸在冲出去追儿子之前先把麻将桌掀翻，又一阵惊天动地的响动。

这群大人在整个过程中都没有在意我的存在，而我则完全被惊呆了。

我呆坐在床上久久无法回神，梁朝伟在外面打扫了残败的现场之后，回头看了我一眼，然后默默地出门。又20分钟之后，他回来，拿了把椅子坐在我面前，从口袋里掏出一个橘子罐头，用改锥一点一点小心地启开，递到我面前，说了句：“吃吧。”等我接过罐头，拿勺子舀了一口送进嘴里，他又说了句：“别对你妈说。”

我看了他一眼，没抵制得住橘子罐头的诱惑，低头，一边吃，一边回了句：“嗯。”

不知道为什么，我吃了两口之后忍不住哭起来。

“哭什么哭！”梁朝伟压低嗓门冲我吼道，然后很不耐烦地站起来走了。临走很嫌恶地把改锥一丢，那阵势仿佛买橘子罐头给我吃让他很后悔。

除此之外，他对我再没有任何交代。或许他认为没必要吧，在他眼中我只是一个孩子，一个对他不会产生任何社会威胁和家庭干扰的孩子。

他不了解这个事情的发生在我内心产生的变化。

我在想，如果当时我哭的时候，他再稍微多一点耐性，或，他再肯多放下一点姿态去审视，也许，我们之间的关系不会那么快就进入到一个因为互相不理解，又懒得理解的彼此鄙视当中。

在那之前，梁朝伟一直在努力树立着他身为一个男人和父亲的尊严，问题是，他树立的方法很单一，无非都是采取“说”的策略。他乐此不疲地告诉我们他如何如何了不起，如何如何被尊敬。问题是，他陈述的事件有很多我们从来没有亲眼见到，以后也不可能再见到。然而，除了“陈述”之外，他在我们面前具有说服力的具体表现本来就乏善可陈，如何再经得起这么一件一个小孩子无法理解的考验。

反正，不管之前我听到他口若悬河地自诩过些什么，在那天，当他在我面前被人掌掴、被人辱骂的时候，他完全没有显示出任何基本的尊严去维护自己的形象。我只能得出以下结论：他确实做了不好的事，他有可能是个不太好的人——和他平时说的不一样。

得出这个结论让我内心的惊吓又深入了一层，我很纠结，充满疑问，非常需要有一个可信赖的人告诉我刚才的事件我应该作何感想。而这个人，本来应该非我爸自己莫属。

可惜，梁朝伟也许并不这么认为。

我后来还是没能恪守诺言，让我妈知道了这件事。我不知道梁朝伟是否能理解，我让陈萍知道的目的，不是为了“揭发”，而是为了“答疑”……

天晓得我有多么需要在这件事情上给我一个辨析是非的标准。

或是说，我也不能算没有恪守诺言，如我所承诺的那样，我确实没把这事儿“说”出去，而是，把它“写”了下来。

我从 6 岁开始就有记事本，里面记录着一些数据，比方说存钱罐里的钱数、梁小飞欺负我的次数之类的。

那件事压在我心头一个星期之后，我把它写了下来。像写作文一样，还相当注意修辞。写完之后，我找了个我认为合适的时机把它拿给我妈看了。

那天陈萍正在准备晚饭，我说有重要的东西要给她看的时候她手里拿着一只茄子在削皮。她开始只是一边削一边漫不经心地扫两眼。等看了两行之后，她就把茄子和刀都放下，从我手里把那个本子接过去仔细看起来。

我在旁边屏住呼吸，内心无比复杂地等待她看完之后的反应。

好像过了很久，陈萍终于看完了，她仰起脸闭上眼睛喘了几秒，才转脸看着我问：“院子里还有没有别人看见这事儿？”

她的问题和我所有的预想都不一样。

我想了想，对她摇了摇头。

陈萍重新拿起刀和茄子，继续削起皮来。我大失所望。她那天从做饭到收碗，其间断续大概叹了八百多次气，我才确定她确实看了我写的那些。

那么，我又在失望些什么呢？

我失望的是，他们都不了解，我按捺不住心情非让我妈知道这件事的核心理由，不是为了告发梁朝伟，而是为了寻求我心里那份困惑的解答。

这件事在我心里始终没有一个真正的结束，它不能结束在梁朝伟贿赂我的橘子罐头中，也不能结束在陈萍气韵悠长但结论不明的叹息里。

它要结束，就必须结束在一个毫无回避的说辞中，并且这个说辞最好是简单扼要的陈述句，单句。

如果让我假设的话，我希望我妈跟我说：你爸没错，林强他爸才是错的。

或是，我希望我妈也照着林强他爸的样子，等我爸回来之后，狠狠给他一顿嘴巴，打烂他身上某种令人嫌恶的自我陶醉和粉饰。

至少，那将是一个明确的结论：“你对！”或“你错！”

可我经历的现实不是这样，那个下午，梁朝伟甚至没等我吃完橘子罐头就恢复了原状。开始我还对他抱有一丝期望，以为他只是想掩饰尴尬，不让别人知道。后来，经过我在病榻上细心的观察，发现他根本就没把那当成一回事。他甚至在林强家的人路过我家门口的时候故意没话找话热情地开玩笑打招呼，表现得比平日更加热情。

这谄媚劲儿，让我迷惑、恶心，渐渐成了暗自的愤怒。我心想：你这个平时负责大着脸告诉我什么是对什么是错的大人，自己又是如何这般就模糊了对错，如果“对”与“错”的重点只在于“有没有别人知道”，那对错本身又有什么本质的差别？！

我一个小孩儿，就算还不知道“赌”的意思和“赌”的危害，但我清楚地知道，一个人面对羞辱和冤枉的态度时绝对不应该是“谄媚”。我之前那一丁点儿维护他的奢望破灭了，梁朝伟的形象瞬间在我心里经历了 6 级以上地震，我们原本就属于“危房”级别的父女情感，在这个我没有完全搞懂的事件中又崩塌了很大一部分。

对了，我妈看完我的小记录本儿的当晚还和梁朝伟大吵一架，梁朝伟从而觉得我是个叛徒，有很长时间都不理我。或，准确地说，他跟家里所有家庭成员的正面接触也越来越少。除了吃饭和必须回家睡觉的时间，他都尽量地让自己长久地流连在别的地方。

几次三番的积怨，我们的父女之情，自然无法避免地走向疏离。

我们像两个分别走失的家人，没有特别智慧的人指导我们如何找回爱和被爱的原点，也没有一个类似“地震”或“海啸”的事件像抢救病危人员一样以电击的强度瞬时刺激出彼此内心一息尚存的爱的残渣余孽。

后来，我离开家，越来越没有实质交集的生活让我以为我可以把“爸爸”这东西从我的记忆里忘却。

然而，就算早年前只剩下那么一丁点儿有限的残渣余孽，它也依然以我不懂得的顽强绵延着。很多瞬间我都能向我证明它在内心最深处顽强的存在。

最明显的表象是，在我离开家久别梁朝伟之后的很多年，我都还是不能看描述“父爱”的作品。

某次长途旅行，我在飞机上看卡皮特的小说《圣诞忆旧集》，当读到结尾处“‘我爸爸’的保险柜里一直收藏着‘我’写给他的圣诞卡”时，我无法控制地在周围旅客不解的侧目中哭了个乱七八糟。

我内心默默抚慰自己说，也许那是因为天气、食物、时差、激素分泌或任何问题，造成了我情绪比较脆弱吧。之后那本书被我借给了别人。一年之后，对方还回来，我在准备把它收进书柜前又随手翻到了那页，哪知，再看到那段的时候，再次哭了个程度不减当年。

那一刻，我确定，“父爱”这个词，在我的情绪深处并未泯灭，只是，我把我的感情分崩离析大卸八块，像小松鼠藏松子一样地以只有我自己知道的秘密方式，埋藏在不同的感情中，分配在了不同的人身上。

因此我也会试图猜想，那我爸呢？

他内心深处是否也有某一坨需要抒发给“小孩”而未遂的情愫？

是否因为他在我哥和我面前都表现得太失败，所以气馁，只好把他想抒发的内容隐匿起来了呢？

我不得而知。

我只是看到他开始长年顽强地对家里任何一个人都表现出一种满不在乎置身事外的逍遥感。

在记忆中，梁朝伟只有两次在我们面前哭得很伤心很失控：一次是小时候带我们去看《白毛女》，一次是他最爱的一条狗丢了。

而我奶奶的死、我哥哥的失踪，他却都没哭。

确切地说，他得知那两个消息的时候，都只分别“哦”了一声，看上去相当矜持。

这很不符合常理。因此我也忍不住幻想，他会不会像很多文学作品里写的那样，表面上平静，背后等我们都不在的时候找个没人的地方号啕大哭。可，毕竟这是一个“孤证”——无法证明有，也无法证明没有。

这也是为什么在我的记忆深处一直固执地珍藏着我看到过的他唯一动情的脸——他失恋后看《一个陌生女人来信》时那副泪眼婆娑的样子。

至少，那个画面代表着他不是一个全然绝情的人，他只是对动情更加有自我的见解，不愿意受制于世俗的随波逐流。

后来很多事情的发生都在验证着这一点：梁朝伟当然不是一个全然绝情的人，甚至他的行为还给了我一些对“情意”的另类解答。

20 年之后，我已经历了考上外地大学、毕业留在原地工作、结婚、离婚、又结婚等很多变故。这期间我和我爸的维系仅限于每年春节的拜访式会晤。

在麻木了 20 年之后，已经年过半百的梁朝伟，不知何故，冷不丁助养了一个“伪孤儿”，名叫玎珰。

说玎珰是“伪孤儿”，因为这女孩儿的亲爹亲妈双双在世。玎珰

7 岁的时候，她爸把她妈和她一起抛弃了，玎珰妈勉强拖着玎珰过了一年半载，而后碰上一个自外地来做童鞋生意的男人，这童鞋男跟玎珰妈还有玎珰，苟且做“三口状”过了一段相对安适的生活。然而，不久之后童鞋生意碰上了瓶颈，这男人返乡在即，几经踌躇，他最后表示对玎珰妈不离不弃，要带她一起回他的故里重新过活。这女人在经历过一个坏男人的遗弃后，面对转危为安的承诺当然欣喜若狂，因此情急之下答应了童鞋男的附加条件：玎珰，就没有必要同行了吧。

天下着实有这样的亲妈。

玎珰被留给了她奶奶，她妈和童鞋男鸳鸯交颈双宿双飞去了。

不知道是一个什么因缘际会，让梁朝伟在茫茫人海中和玎珰邂逅，要说也是一段孽缘，他竟然重操旧业再次自愿当爹，认真地资助并教养起这个孩子来。

让我扪心自问我对这个玎珰会不会有感情，我可以斩钉截铁地说，一点都没有，真没有，怎么可能有?

我没有因她的出现而切断或减少对我爸金钱上的供给已经是我的这点小度量能做到的最好的事了。

说真的，在一旁默默观察一个陌生女孩和自己亲爹的亲密交流，感受相当诡异。

在那之前，我长久地认定我爸没兴趣也没能力当一个好爸爸。在目睹我哥的经历、我自己的教训后，我对这个结论从未怀疑过。

可是时光就是常常会雕刻出一些意外。

比方说，打死我也想不到，有那么一天，梁朝伟会特有耐性地帮一个小女孩儿梳马尾辫；还特有耐性地教她骑自行车；更瘆人的是，作为一个长年睡懒觉的人，梁朝伟会为了怕玎珰上学迟到而在家里上七八个闹钟先把自己叫醒然后立刻打电话敦促玎珰起床上学；他还特有耐性地用一下午的时间修一个破竹笼子，为了跟这个来路不明的小女孩儿一起喂一只小白兔。

那个下午他们就坐在距离我只有三米开外的地方，那女孩很开心，一直在嘀嘀咕咕说着些没有任何内容的废话，梁朝伟则很慈祥，咧着大嘴傻乐着回复所有那些废话，旁边还有一只蹦来跳去红眼睛的小白兔。那幅画面堪称柔美，充满着“天伦之乐”的祥和，配得上任何一段巴赫或亨德尔写给教会的音乐。

我从来没见过我爸这样，尤其对面是一个跟我们家没有任何关系的小孩，我表面对这幅画面安之若素，内心却冒出一百多个问号。

或许，对我来说，底线是，我可以接受他一辈子当不了称职的爸爸，或我也可以容忍他在对我们特好之余也顺手对别的小孩儿随便好一好。但我不知道怎么理解他对我们很不好却对不搭界的人很好。

我甚至希望自己内心只是因此产生一些直接简单的负面情绪，比如嫉妒啊、小气啦之类的。

可它不是。

它就是纯粹的疑惑。

我的这个疑惑，无人能解答。

那阵子我最想见的人是我那位也已失踪多年的亲哥哥梁小飞。

梁小飞失踪的事儿后头会交代，先说我的疑惑。

我特想跟我哥分享的这个疑惑是，设若说，我和我哥出现的时候我爸还年轻，不懂爱，而我爸他知天命之后忽然情感泛滥需要找个目标宣泄，他也不是没有别的选择。

起码，梁小飞有个儿子，那可是他们老梁家正儿八经“三代单传”的亲孙子。为什么我爸对他也仅仅是客气，远不及对那个八竿子打不着的玎珰来得情真意切呢？

我糊涂了。

而且，特别声明一下，梁朝伟虽然是一个有过婚外情记录的不良丈夫，但他绝对不是一个有任何恋童情结的流氓。他对那个玎珰的感情里绝对没有什么畸形的东西。

这件事的巅峰事件发生在我到北京第17年的某天。那天我正在家里监督技术人员装卫星天线，我妈忽然颤颤巍巍打电话说我爸要来北京，须得我好好接待一下。这是我在北京期间他首次出现。我正纳罕，陈萍又很不好意思地补充了一句说：玎珰考上北京的大学，你爸送她入学。

我一听就火了！要知道，我从离开家去读书到在外地工作，这十几年里他从来没有看过我半次，我敢说他连类似的念头都没有冒出来过。

新仇旧恨在那一刻一起翻滚而来。我原打算就此做个了断。好在，因缘际会，就在这个关键时刻，我无意间看了一个节目。

是上帝的安排吗？我正被梁朝伟要带玎珰入学的电话搅得心烦意乱的时候，天线装好了。我小高兴，暂时把烦恼放在一旁，打发走工人后，自己弄了些个茶点打算好好享受一下新天线带来的境外频道。胡乱翻台的过程里我看到了《奥普拉秀》，好死不死的，那一集竟然讲的是“父女关系”。奥普拉请上来一个美国的心理专家，那专家讲得头头是道，长得又慈眉善目，很容易让人产生信赖感。我被他吸引，认真看起来。在其后分析所谓“不正常的父女关系”时，那个心理学家用了一个词：“Quit”。

他说，实际上，有部分父母，如果在经历“为人父母”期间产生挫败感，无奈之余，会选择“Quit”。只不过，“Quit”不像离婚，无法借助一个证书或是仪式向公众说明。

所以，“Quit”只是父亲或母亲在自己内心暗自做的决定。多数做了这种决定的父母都不知道如何表白，因此也不会特别地表白，所以他们表面上依然会和孩子保持着法律和社会认定的关系，不过，一旦他们做了这个决定，很有可能在内心把自己摆在一个袖手旁观的位置，在表面上则时时处处都显得冷漠，只有那样才让他们感到安全和舒服。

另外，“Quit”也有可能会让这类型的父母感到内疚或之类的，但，这并不代表说她或他就因此不“Quit”。

“Quit”是他们下意识的选择，或许连他们自己也不清楚。

尽管我平时很反感别人用“散装英语”，可忽然之间，我就是不知道怎么翻译这个单词才确切，“Quit”，把它用在父母和孩子之间，到底换成哪个中国词儿才能让人坦然地接受而不至于感到更大伤害或更多迷惑呢？

“放弃”？

“退出”？

“辞别”？

……

这些字摆在血缘中，尤其是摆在特别喜欢把血缘上纲上线的中国人中间，特别尴尬，特别刺眼，真叫人为难。

是啊，道德的约束让我们必须遵守一些所谓天经地义的事，其中很重要的一项是：你要爱你的小孩。

反过来一样的，各种宗教或古代伦理的书籍以带动着上千年历史的巨大压力对于一个人应该要“孝顺”有着各种吓人的说法。

可是，道德、伦理或宗教都没有明确的“方法论”。为人父母的应该如何对待小孩在那些大道理中并没有多么明确的规定和解说。好像大家都想当然地认为父母一定会爱小孩，想当然地认为父母一定就具备爱小孩的能力。

事实证明天下不懂如何爱小孩的父母大有人在，血缘在这样的事实之下也相形见绌。我们不能依靠宗教和伦理的理论就能获得充满爱的生存，就像我们不能用纸上谈兵的方式要求天下父母和他们的小孩彼此爱得多么心有灵犀。

结果，虽然凡俗人在凡俗社会中会惯性地把“爱”强行加于父母和子女之间，虽然它庞大的道德压力让多数人更多地服从于形式，然而这并不能解决我们中的一些人天生一副脆弱的心肠。

没有人喜欢长久地浸淫在失败感和被厌弃的氛围里，当他们确定自己做不好某一件事或无法担当某一个角色的时候，理论上，他们就是可以“Quit”。

呵呵，不知道为什么，听到这个词，对我来说，竟是一场意外的解脱。

当我旷日持久地默默怨尤着我不再能得到来自我爸的关爱时，突然，这样的一个词从天而降——“Quit”！

它让我没有任何准备地就谅解了梁朝伟。

是啊，他没有错，他只是顺应着他的天性与感知，在某一个我们都不知道的时刻，在他跟梁小飞和我的关系中早早选择了“Quit”。后来的那些岁月，他早就悄然不在他的义务范围内，而我，当时年幼无知，对此并无察觉，竟像个怨妇一样为得不到那些我不见得真想要的东西而长时间默默地焦灼。

至于玎珰，或许是前世拖欠，或许只是他的一次意外的“再就业”，毕竟他和所有人一样需要正常地输出爱，而我们一家亲人之间已经对他闭合了接收的通路，所以，他要对他认为合适的人输出多余的爱，简直无可厚非。那也是一种完全跟我没有任何关系的选择。

在认清和接受“Quit”的合理性之后，我开始感到轻松，那是一种从来没有过的解脱感。

我周到地安排梁朝伟和他的新女儿玎珰，像一个成熟的女人应该做到的那样。我的内心和脑海都不再对此有任何问号。

甚至因此我也看清了另一个真相：当我们为自己得不到的东西痛苦的时候，很少会理智地去设想，那些我们没得到过的，难道真的会给我们想象中的幸福？

比如，当我重新调整焦距，设想：如果梁朝伟长久地对我保持密切的关注或爱护，我真的会快乐吗？那真的是我想要的吗？

内心真实的答案其实是：不。

本章结论是：我们的人生常常被我们自己虚耗在一些在我们的成长中被灌输为“应得”的事物或情感中，因此当一个人因求之不得而痛苦的时候，往往会失去对它客观判断的能力。真相往往是，你一直渴求的可能根本不是你真正需要的，所谓“悲剧”，除了像鲁迅说的，是“把美好的事物毁灭了给人看”，还有，就是：“把不见得需要的事物过分美化给人渴望。”

谁都不要对别人的行为妄下定论

所有不符合常态的行为背后

都有它形成的理由

Part 05

本色

当看到梁朝伟以老当益壮的姿态拎着玎珰的行李跟在玎珰身后去新学校报到的时候，记忆又把我带回到很多年以前。如若独自诚实地面对内心，必须承认，我从来也没有真的期待过我爸去我的学校看我。

呵呵，说实话吧，在没有离开家之前，我最大的噩梦之一就是“我爸去学校看我”。

梁朝伟常常把我置于极度的尴尬而不自知。

我上小学的时候，有那么一次，他去我就读的小学接我回家。

至今我也不清楚，他那天猛然去学校，到底是为了接我，还是为了显摆一下他跟朋友借的摩托车。

反正，那天他到学校的时候，骑着那个自己加了挎斗的摩托车，弄得校园里飞沙走石，引起了全校师生的侧目。

我当时正在操场排在路队里等着回家，看见一堆土里的那个人依稀仿佛是我亲爹，当即恨自己为什么不能化身为一只土拨鼠。人生第一次，我深切感受到什么叫“真想就地挖个地洞钻进去”。

这还不是重点，重点是，梁朝伟从他的挎斗上下来，到他发现我并走到我面前的大约 150 米的距离中，统共挑逗了三个女老师和一个高班的女学生。请原谅我用“挑逗”这个词，我可以保证的是我爸其实也没什么恶意，公平地说他确实不猥琐，但，如果不用“挑逗”，实在不足以说明梁朝伟在那 150 米之内花哨的表现。

时光流淌到今天，我会假设说，如果我爸是个美国人，或起码是一个在美国长期混迹过的华人，至少在受教育程度不高的蓝领阶层中，他应该会挺受欢迎的。可是不巧，时空是 80 年代初的中国，我们居住的城市是中国内陆相对偏远而落后的小城市。你说，你一男的，跟人家女老师女学生连认识都不认识，就急赤白脸地夸人家长得美还冲人家挤眉弄眼儿，在中国人，尤其是中国女人特别爱在外人面前标榜自己特贞洁的那种造作的标准中，那不是挑逗又是什么？

结果是，其中有一个女老师不为所动，一个女老师明显表示了嫌恶，那个女学生一声尖叫跑开了。从此我每次出现在操场上碰见她，她都有激烈的反应：冲我或吐吐沫或翻白眼。糟糕的是她回回都不是一个人，所以，每次伴着唾沫白眼，还会跟周围小姐妹窃窃私语。其结果就是冲我吐吐沫翻白眼的高班女生层出不穷一拨接一拨，足足持续了有两年之久。

只有最后一个女老师对我爸的行为热烈响应。这个女老师是教音乐的，是一个长得巨丑还不自知的女人。平常就相当活跃，特别符合“丑人多作怪”的传统。她平时就不怎么在意全校多数师生对她的活跃有多么反感。那天也是那样，该女人在我爸的挑逗下笑得花枝乱颤，浑身的肥肉都像过电了一样呈波浪状翻滚。就是这样的一个人，跟我爸一见如故，两个人还在众目睽睽之下的操场上即兴地载歌载舞了起来，一边唱着当时特流行的那首“我们的祖国是花园”，一边跳着自创的新疆舞——奇怪，那时候不知道为什么哪个学校都时兴跳新疆舞——我首次发现梁朝伟的脖子竟然可以左右平移出大概十公分，那叫一灵活！

那三分钟，实在是我人生经历过的最最漫长的三分钟，当梁朝伟和那个女老师齐刷刷地以“哇扎黑”结尾，并对着大家摆出翘臀噘嘴的“Endding Pose”时，不骗你，那一刻，我的心头升腾起一种限量版的忧伤，好像瞬间理解了一个人如何能做到不再惧怕死亡的威胁。

那天回家，我把我妈叫到一旁，很严肃地对她说，如果以后她再让我爸去学校接我，我就故意考不及格，故意留级，故意跟学校成绩差的同学混在一起。

我妈在问清楚原因之后很烦躁地回了句：“都不是省油的灯啊！”我没搞清楚她在说谁。不过，她的确是没有再让我爸去接过我，以梁朝伟的个性，陈萍要求再三的事他还不一定全做，何况是她不再要求的事。

梁朝伟好像对一切家务事都很漠然，而且，从来不知道我对那天发生的那一幕有多么地讨厌，当然更不知道他超强的表现欲使得我小学的后几年像得了自闭症一样羞于见人。

连我自己都无法想象，我，一个成年之后每天像得了话痨一样滔滔不绝的人，自我爸去了学校一趟之后，瞬间变成一个一年在学校里都说不了十句话的小孩。

同样量级的另一幕恐怖情景发生在我的中学时代。

有一阵子我和班上的一个男同学有些小小的青春萌动，我们之间的小纸条被我妈发现，陈萍在痛骂我一顿之后，开始加强了对我的管理。

没几个星期之后的一天，我放学后留在学校和几个同学一起办板报，一投入，忘记了时间，陈萍的警惕发作，忘了之前跟我的约定，时隔多年后再次差遣了我爸来学校寻我。

我在倒完垃圾回教室的路上远远看到梁朝伟走进了我们班。我当即感到头皮一阵发麻，背后平地而起一阵凉风直入骨髓。如果不是书包还落在教室，我大概会立刻掉头跑开。

等我踌躇了两三分钟才踏进教室的时候，不出所料，果然看见梁朝伟站在几个同学中间正口沫横飞的狂喷画面。

我的同学们大概从没见过这么没大没小的家长，纷纷流露出一丝新奇。

那不过是一般小孩子少见多怪的自然流露，梁朝伟却在这个反应中受到鼓励，根本不理会我催他赶紧回家的要求，越说越亢奋，就像甲状腺或肾上腺脱离轨道一般自顾自热烈起来。

他不负责地传播了一些关于我们学校道听途说的秘史，一口气大概说了一刻钟，同学们听呆了，下巴纷纷不受控制地跟随地心引力往下掉了半寸。梁朝伟相当得意，忽然，他停下来指着我们班的班长，饶有兴致地问：

“哎？你妈，是不是叫张丽霞？”

班长被他突然一问，一愣，点头说：“是啊！”

“我就说嘛！像你这样的大高个儿，你爸妈肯定也是个大高个儿，这个城市里女的超过一米七的我全都认识。”

我爸蒙对了，我们班的班长，在其他同学们的平均身高勉强刚一米七的时候，他已经急不可待地独自蹿到了一米九，而班长的妈妈也确实是一个身高一米八的高个子阿姨。

“你妈是我中学同学！”这个巧合又给梁朝伟提供了一个新的主题，他又继续滔滔不绝多讲了 20 多分钟。

“你妈那哪是个女人，她根本就是一面墙，往她旁边一站，冬天可以挡风，夏天可以乘凉。

“有一次你妈往我自行车后座一坐，我还继续蹬呢，怎么自行车不走了，我一看，前轱辘都被她压得翘起来了。”

梁朝伟来回来去乌泱泱说了一堆，主要是用各种事例证明班长的妈如何高、如何壮。我听不出他说这些话的意思和目的，但我清楚地感到他已经让我的班长相当局促。只不过班长也不知道要怎么帮自己的妈妈辩白，他肯定没想到自己竟然会碰上这么口无遮拦的同学家长，还是自己妈妈的同学。

在大家终于对那些真真假假的事例感到不耐烦、纷纷拿起书包准备散场的时候，不甘心就这么结束的梁朝伟好么央地又冒出一句：“你妈左屁股上有个疤！”

我那几个没理智的同学又纷纷把书包放下了。

“是让我用铅笔扎的！”

梁朝伟一看丢悬念这一招奏效了，相当得意，紧接着又用了将近 20 分钟讲了他当年的恶作剧。他故意讲得非常曲折，夸大其词，用了很多形容词和比喻。基本情节就是他和班长妈同桌，某天班长妈被叫起来回答问题，他就拿一根刚削好的铅笔，尖头向上握在手里，放在班长妈妈的座位边儿上等她落座。结果，她一坐，铅笔顺势扎进了肉里。

“我还放在凳子边儿上，要一般的人根本就扎不着，主要你妈屁股太大！”我爸沉浸在他捉弄别人的回味中，一点也没在意他讲的故事已经造成了严重的尴尬气氛。

“她现在还那样吗？估计她这辈子是不可能瘦了，她小时候就是，不但高，而且胖，远看那个体型，活像一座塔，我给她起了个外号就叫‘雷峰塔’，别人都学雷锋，她不用学，她自己就是‘雷峰塔’。你们家还刚好是杭州人吧，你小心啊，说不定哪天你妈一抬屁股就能放出一条蛇，哈哈哈哈……”他说完被自己编的笑话逗乐了，仰着脖子哈哈大笑，他仰得过猛，从我的角度刚好能看到他上排牙齿的内侧，几乎每颗上面都有厚厚一层烟垢，那种令人生厌的观感到现在我也想不出适当的描述。或者说，如果形容词可以用数学的方式去加强它的浓烈程度，那，我彼时的感觉，应该是“厌恶”的平方，外加“尴尬”的 13 次方。

我那几个同学，谁也没有应对这种场面的经验，都僵在原处，走也不是不走也不是，笑也不是不笑也不是，只好面面相觑。

梁朝伟笑完，发现没人跟他一起笑，又强调了一下重点：“你回家一定要问你妈，你就说妈你左屁股上是不是有一个疤啊，疤里面还有铅笔芯呢吧！”说完又笑，再次把他黑棕色的牙垢暴露在一个暮色中的中学校园。

我的那位班长，以一个 14 岁的男孩来说，他的涵养可谓是到达了极致。只见他的那张脸在几分钟内由红变白，由白变青，由青变成了菜色，最后终于绿着脸愤然拂袖而去。同学们看到班长走，也赶忙跟着走了。

我爸，像他一辈子百分之九十的时候一样，完全不识趣儿，冲着大家的背影又重复了一遍：“绝对没错，他妈就是当年著名的雷峰塔，左屁股上有个疤！”

我不记得那天我是怎么跟他一起回的家。传说人的内心有一种防卫功能，会自动封闭对一些不良画面的记忆，通常在受刺激的时候自动开启。

那一次，我很肯定，我受到了严重的刺激，简直无颜再见那一班同学。

第二天我没有去上学，据说班长也没去。这个高个子的男孩一直到我们中学毕业都没有跟我说过半句话。后来我们学到鲁迅《论雷峰塔的倒掉》那篇文章，有一个那天听过我爸讲笑话的同学，在朗读课文的过程中“扑哧”笑了一声，还回头看了看坐在最后一排的班长。我知道那位同学没有任何恶意，他的笑和回头或许只表示他还记得我爸说的笑话。但，几分钟后的下课时分，他就挨了班长的一顿暴揍。

我们的那个班长平时是一个个性很温和的男孩，那是他唯一一次打架。

挨打的同学被打歪了鼻梁骨，一辈子再也没有正回来过，班长则从此被贬为庶民。那天放学之后我独自趴在座位上放声大哭了整整十分钟，对打人和挨打的同学都充满了复杂的负罪感。

在那一次痛定思痛之后，我在我的学生生涯和我爸梁朝伟之间自行建立了一个壁垒。我没有再给过让他认识我任何一个同学的机会。

梁朝伟对他信口开河给别人造成的伤害没有任何觉悟，客观地说，他的所有信口开河都确实没有任何“恶”的发心动念。也许他只是长期渴望被关注，被景仰，也许这是一个男人的常态，只是他在这个常态上表现得需求过多，同时被满足得又实在过少而已。

除了这些恼人的事件，对自己的言行疏于管理的梁朝伟偶尔也会有一些相当有“喜感”的行径。

某个暑假，某日。

那天陈萍派遣梁朝伟去百货公司买充电器。适逢我的手表需要换电池，就跟他同行。

我们到达百货公司的时候，刚好碰上当红影星刘晓庆在那儿推销以她自己名字命名的化妆品。

那个年代，像我们那样的城市，几乎都只有一个商场，当时叫“百货公司”。且我们那个时代的人当时都没怎么在现实中见过大明星。因此上，大家反而不会表现得特热烈，大都呈现出一种“近星情怯”的羞涩和游移。

我爸梁朝伟，这个一向自视是经过风雨见过世面的人，当仁不让，径直凑上去和刘晓庆搭讪。

我记得他指着刘晓庆手里的产品问她那东西男人能不能用的时候引发出了围观群众的第一阵哄笑。要知道，那是20年前，那个时候连女的都不见得人人用化妆品，一个男人问这个自然会引发笑声。

不管怎么着吧，观众的笑声激发了梁朝伟的“斗志”。他就是那么一种“人来疯”型的人，周围的人越有反应他就会越来劲，至于反应是好是坏，他从不在乎。

有时候想，可惜他生不逢时，要是换在今天，加上他还有“梁朝伟”这么一个得天独厚的名字，想必他最起码也能当个和罗玉凤之流齐名的网络红人，被人叫成什么“哥”或什么“帝”的。他一定会很开心，并且由衷地享受被关注的乐趣。就像他那天在刘晓庆面前表现的一样，他泰然自若地开始像个天桥耍把式的人一样根据人群的反应即时调整他对刘晓庆的提问，使尽浑身解数让自己和刘晓庆的对话具备花样翻新的延续性。

我被越来越多的人群挤着，不知作何感想，只能进不去也出不来地透过人肉缝隙看着我爸跟一个从《大众电影》封面走下来的大明星站在一起，那感觉很奇特，我说不清楚。

刘晓庆以当年稳坐中国女艺人第一把交椅的地位，而因为自己的品牌放下姿态与民同乐的表现给我留下了相当深刻的印象。

后来刘晓庆他们一行人离开了商场，我爸也热情地带领一队陌生的人民群众跟出去了好远，我知道他早就忘记了我的存在。

我独自回家，跟我妈讲了刚才的经历。

我妈只有在听到“刘晓庆”这三个字的时候眼睛亮了亮，之后就一直对我叙述的画面表现得相当轻蔑，说了不下五次“太丢人了”。

透过陈萍的标准，我这才忽然也觉得我爸刚才那副样子有点丢人，虽然我当时并不那么觉得，因此我又为自己的后知后觉深感懊悔。

很多事情都不是独立存在的，虽然我对我爸跟刘晓庆对话的场面没有我妈的感觉那么敏锐，但，这事儿却跟另一件事情产生联系，最终导致对他失去了最后的信任和尊敬。

我爸是一个职业乒乓球教练。我们那个时候全国最有名的乒乓球运动员叫庄则栋。

我小时候常听我爸跟别人说他和庄则栋是非常熟的球友，而庄则栋的那位日本太太，则是在我奶奶保媒拉纤之下才缘定终身的。

对此我曾经深信不疑，并以此为傲。

我猜大概多数孩子起初对家长的话都是深信不疑的。正常的家长通常也都会教育孩子们“不要说谎”，在孩子们原始的认知中，教育我们不要说谎的家长，他们自己自然也不说谎。

直到那天目睹我爸和刘晓庆在百货公司的对话场面之后，我开始怀疑我们家和庄则栋一家的关系的真实性。因为，从那天起，我开始听我爸到处跟人说影星刘晓庆是他的好朋友。刘晓庆确实对我爸说了句：“你这个人挺有意思的。”

这句有口无心的敷衍造成的严重后果是，后来有大概小一年的时间，梁朝伟凡聊天开口必提刘晓庆。

而且前缀往往是貌似很不经意的那种：“我一个好朋友，叫刘晓庆，演电影的那个女的，你知道吧？”

这简直是废话！当时从 7 岁到 70 岁的智力和记忆力均正常的中国人民恐怕很难有人不知道谁是刘晓庆。

问题是，梁朝伟每次都会在他自己的想象之下对他和刘晓庆的关系添砖加瓦，并且每次都说得跌宕起伏有声有色，说到后来估计连他自己都难辨真伪。

他最“入戏”的一次是某一天他带的几个打乒乓球的队员到我们家做客，几杯茶之后，我听见梁朝伟对那些队员说：“你们趁我还在赶紧好好练吧，说不定哪天就换教练了，我好朋友刘晓庆，啊，就那个演员，她让我帮她去管理她的企业，催了好几次。我看咱们这个地方，她的事没有我估计是办不了的，不过我还没想好呢，唉，主要是为了你们啊！”

说完惆怅地长吁一口气，陷入不知道哪来的沉思中。

我在角落里听得倒抽一口凉气，他说得实在太投入了，投入得我几乎要怀疑自己的记忆力：难道是我记错了？难道是当时他和刘晓庆对话的时候有什么特关键的句子我没听见？

二三十年之后，当目睹社会上各种骗子此起彼伏粉墨登场的时候，我每每都由衷地为我爸梁朝伟感到惋惜。如果他再晚生一二十年，他肯定早就“扬名立万”了。我绝对相信他也能制造假学历，他也能捏造自己见过珍稀动物，他也能编造自己和各种大领导不同寻常的亲密关系。而且，他绝对有能力让多数人相信他说的是真话。他有臆想的天分、捏造的意愿、唬人的能力和对被关注的病态渴求。他最大的悲剧是生错了时代，可惜这么一个表现欲爆棚同时瞎话张嘴就来的天才，就这么被埋没在当时那个温和朴实的岁月里了。

就在我爸浩浩荡荡地把他和刘晓庆的故事讲到就快山穷水尽的时候，一直对此一无所知的女主角刘晓庆出事儿了。

我猜，刘晓庆当时终于卷了官司对我爸来说一定是一个不小的解脱。

要不，真不知道他如何善终。

梁朝伟最后一次跟别人提到刘晓庆的时候说法如下：“做女人难，做名女人更难。晓庆啊，她是聪明反被聪明误，遇人不淑，早知道我真应该早点去帮她。她现在这个处境……唉，好多事，我虽然知道，但也不便多说啊。”说完神色诡异，制造出他掌握着别人的秘密同时自己又有许多难言之隐的氛围。整个表演一气呵成，出神入化，就这样，一个旷日持久的无聊的“闲谎”终于在他制造的悬念中完美落幕了。

梁朝伟的这一场大话告一段落，我对他的信任尊重则早已在过程中丧失殆尽。我不圆滑的个性从此在梁朝伟面前表露无遗：他讲笑话的时候我不笑，他吹牛的时候我能走就走开，实在不能走开就横眉冷对。

梁朝伟表面表现得相当达观大度，对我的不随和似乎毫不介意。我们虽然生活在同一屋檐下，但过得桥是桥路是路，彼此越来越没有交集没有评判，我们的亲情在每天互相漠视的擦身而过中飘散。等我到了青春期叛逆阶段更是无师自通了一种屏蔽他的能力，那时候，不管梁朝伟说什么，我都能做到立刻“听不见”。那不是物理的，而是心理的，只要他在我面前张嘴说话，我心里就好像自动升起一根天线，然后这根天线能迅速直接接收到外太空的某个频率，于是我想听到的音乐即刻就随着我的意愿在耳边脑海响起来，那些音乐宛若天籁，充分圆满地盖过梁朝伟嘴巴里喷出来的所有不规则的主谓宾定状补。

再次“亲自”听到我爸说话已是多年之后。那时我已考上外地的大学，首次回家过年是为了特地带当时的男朋友回家见我父母。

那是我首次带男朋友回家，我爸妈表现得很热情。那时候我哥梁小飞也已不在我们的父母身边，他们已经很久没见过“男晚辈”，就把内心郁结的一些热情都冲我那位男朋友释放出来。起初其乐融融，没任何不妥，我沉浸在恋爱的新鲜和欣喜中，看什么都是姹紫嫣红开遍，以往对我爸的戒备也自动解除。

哪知，梁朝伟半斤白酒下肚，故态复萌，嘴巴开始不受大脑控制地胡说起来。

或许我那个个头高大的男朋友又唤起了我爸对个头高的人群的各种回忆，他不管不顾，我防不胜防，终于又一次听他大讲“刘晓庆”“庄则栋”以及“雷峰塔”和“铅笔尖”的逸事。

他的愉悦丝毫不减当年，不到五分钟又连续提到了八遍“屁股”这个词。

我无比倒胃，为了掩饰自己的情绪猛喝了几杯白酒，之后借酒装疯，在家宴结束之前冲我爸吼道：“你有什么资格总说别人是雷峰塔？！你自己呢？还不是一身的红白喜事！”

我爸那时候刚得了白癜风，还没有蔓延到脸上，但他已经紧张得四处求医找药，又好面子，我们家所有人都被告之要三缄其口，谁也不许多说任何跟皮肤有关的话题。

我的酒胆，不仅让我爸瞬息之间立刻醒酒，也害我妈那天失去了三个盘子和一面穿衣镜——梁朝伟在我吼完之后像发球一样连续冲我掷了三个盘子，身手敏捷老当益壮。

我躲闪的功夫也不算太差，三个盘子带着剩菜悉数砸在我身后的镜子上。我们家的家庭聚会就此彻底结束，完全是“盛筵必散”的超现实版本。

不过，往好处想，“砸东西”已经算是我爸在愤怒时段位最低的表现了。

那天结束在我妈词不达意的哭喊中：“要是梁小飞在就好了。我的儿子啊！”我跟着她一起哭起来，其实我没听懂我妈想要表达的确切意思，不知道她是认为梁小飞会阻止我爸和我的战争呢，还是觉得梁小飞会取代他们对我的情感需要。我自己哭泣的理由很简单：因为委屈。这份委屈来自于幻想，从小，我就幻想有人能保护我，初初这个幻想对象是我爸，不久，这个幻想就破灭了。在这场突发的事件中，我那个早就吓慌了的男友也没能给我想象中的保护。所以我只能假设，或许梁小飞在，不会袖手旁观，会保护我。

唉，谁知道呢？不过，最起码，梁小飞不在现场，总算让我保留了一点幻想被保护的余地跟可能。

一年之后，我和那个男孩分手了，两年之后我辗转听他跟别人说我们分手的理由："一个和自己亲爹都不亲的女孩子，我担心她和我们家人也不会亲的。"

他说得没错，可这个说法让我无比伤心和哑然。他击中了我身体内部最脆弱的软肋。

我从这个说法里得出的唯一教训是：我们谁都不要对别人的行为妄下定论，毕竟，所有不符合常态的行为背后，都有它形成的理由。毕竟，没有谁能代替别人成长，也没有谁会真的知道别的人在成长的过程中有过哪些说得出和说不出的成长之痛。

那又构成了我和梁朝伟之间的新的壁垒。那位对我爸抱有同情的男孩也是我爸唯一见过的我的男友。

此后，我一切感情的选择或挫折，基本上都是自己决定，自己疗伤。

也不用对我爸蓄意隐瞒，他仿佛从来都没有留意过我的这些变化。他最大的本领就是自得其乐，在他的乐趣中，我也早被屏蔽了或渐渐成了透明人。

梁朝伟一辈子都不会知道，在我看来，感情的波折已经有太多的复杂需要我疲于应对，实在无力再承受任何突发状况，哪怕那在我爸看来只是一两句没经过大脑的笑话，它们都能轻松地刺穿我的心脏，渗入我的细胞，留下一堆无法破解的恐慌，那些，能让我随时为之崩溃的恐慌。

某个阶段我也试图去理解梁朝伟。他代表着某一类人，他们或许没有任何恶意，不论对他的家人或是女儿的同学，都没有。只是他们的小宇宙中长期地缺乏一种培训，使得他就算拥有异常丰富的情绪和感知力，但，除了他自己，似乎他从来没有从任何他人的角度去看待和感受这个世界。

他的系列行为给我带来了一些说不清的影响。我的后半生有大把时间都在企图弄清这个"说不清"的过程中度过。

为得到答案我看了大量的书籍并参加了无数的课程。在一个叫作

“家族系统排列”的课程中，我发现，这个体系基本上能够详尽地解释我和我爸的关系在我跟历任情侣间的作用。

我的几任前男友及一任前夫一任丈夫，无一例外，每人身上都具有一个非常显著的属于我爸的特点：有一个比我大20岁，有一个特仗义，有一个极爱面子，有一个嗜赌，有一个随时口若悬河，有一个完全不知道“责任”这两个字为何物。

把所有这些人拼在一起，恰恰是梁朝伟的完整版。

我被自己的发现打败了。结论是：一个女孩一生最大的运气不是嫁得好，而是生在一个父母关系和谐的家庭，重点是，有一个爱她宠她支持她并自己保持自强自律的爸爸……和爸爸关系欠佳的女孩在处理男女关系上“胜算”的概率比拥有良好父女关系的人低超过30%。传说中的“天壤之别”莫过如此。

可，就算所有理论都对自己解释清楚了，这事儿它就能有个了局吗？

日子就能像童话一样从此“幸福地生活在一起”了吗？

恐怕不行。

有时候想，在我们这样的父女关系中，到底谁比较可怜？我们虽然负责延续同一炷香火，但一个固执地长期持有自己的小宇宙，而另一个则早早在他面前把自己放逐去了别的星系。

那年我认识了摇滚诗人张楚，后来无数次在现场跟着他一起大声地唱《姐姐》里那句：“我的爹他总在喝酒是个浑球……”

再后来，张楚有次对我说他不再愿意唱这首歌，因为：“对一些事情的看法已经有很大的不同。”

我听到默默的泪奔。

这个说法比那句歌词更让我有知己之感，只是，谁又真的知道，这个过程，这个和以前看法不同的结果，到底需要经历怎样的跋涉，又到底是否能真的消解。

很长时间，我都会梦见自己变成一只小鸟，孤立无援地在黑暗中的茫茫海面上飞行，在梦里我总是感到好冷、好疲惫、好无望。这个梦境很像“精卫填海”，我和梁朝伟感情中的缺失，像深不可测的夜晚的大海，好像要填一辈子还是不免会无功而返，但，又没有可能中途找到停下来的落脚之地。

一个儿童对自己的长相

最初通常不会有太多认知

除非他（她）有一个对披露该真相乐此不疲的妈

Part 06

出生

想问你一个问题，当一个小孩长大了之后，如果发出这样的感叹：“我怎么自己没命选一对儿更好更抻头的父母？”

他或她是否应该被拖出去吊起来打？

不得不承认的是，它可能是真实的，很多人都偷偷想过，但多半没说出来，因为说这话显得没什么良心。可话说回来，会不会也有一些父母，曾经隐约在心里，对没有生出一个心仪的小孩而偷偷懊丧？

基本上，我不太相信天下所有的父母看到自己小孩都第一时间自动在心里把她或他绝对化成一个“小天使”。

我就知道很多不喜欢自己小孩的妈妈，比如法国著名影星碧姬·巴托。

她一直对生了孩子而影响了自己身材这事儿耿耿于怀。如果艺人的例子不算数的话，就再说一个近的。

我一表姐，是一个很不喜欢自己小孩的妈妈，从她的小孩生下来那天起，她就拒绝哺乳，理由是，她这儿子长得太像他爸爸了！前提是，她和孩子他爸感情并未破裂，只是以容貌来说，我表姐确实比孩儿他爸长得体面些个。

这真是一个奇怪的理论，如果我们能放低要求把自己的终身托付给一个长相不合格的陌生人，为什么我们不能接受一个从自己肚子里出来的长相不合格的小孩？

关于这一点，我一直最想采访的人是我爸妈。

因为我就是那种我爸妈在第一眼看到的时候没有马上喜欢的小孩。

据说，在我出生的时候，因为头实在太大了，所以，大夫在和我妈的共同努力都显示无效之后，最终不得不用一把钳子把我给钳了出来。从技术面我对此很难想象，不过，如若说我对这个世界的第一面认知是一把冰冷又坚硬的铁器，那么，后来很多的遭遇给我的感觉就终于都有了一个统一的令人释怀的理由。

我妈陈萍常津津乐道于此事。只不过，她津津乐道的部分是，和我以同样方式被迫出生的小孩都有各种不同程度的后遗症。

事实的确如此，在那个医院和我同一个月份出生的孩子们中，还有其他四个也是硬被铁钳夹到这个世界上的。他们中有一个智障，有一个斜视，有一个在16岁之前都只会摇头不会点头，有一个一只脚的脚后跟一辈子都无法着地。

而我，竟然在目测之下看不出任何的不正常！陈萍为此感到格外欣喜。每当我做出了任何让她产生失望情绪的举动时，她都会历数另外那四个不能算完全正常的小孩来平复自己的情绪。她的这份欣喜一直持续到我20多岁，我猜她默默认定我后来感情经历一直不顺利也是拜那把铁钳所赐——出生时脑残在年近30岁才终于有临床反应也不是没可能。

除了我被钳子钳出来这事儿之外，我妈还特别津津乐道的另一件事就是我的长相。

关于我的长相倒有一个听起来相当“民俗”的开头，说是我刚出生之时，我妈陈萍在已经连续使劲好几个小时之后累得几近昏厥，所以，得知我落地，她连看我一眼的力气也没有，就以最快速度昏睡过去。可是，那个被指派抱我去冲洗的护士则不打算这么息事宁人，她在看清我之后马上原路返回冲进病房，腾出一只手拼命把我妈摇醒，同时以响彻整个妇产科楼道的大嗓门惊呼：“快看啊！大萍子，我早就跟你说过，怀孕的时候别老看门口那个面瘫的老太太！”

坊间一直流传一个说法，说是怀孕的时候看谁看得多，小孩子生下来长得就可能像谁。护士阿姨说的那个“面瘫的老太太”是医院看门房的，为人相当和善。无奈和善对抗不了命运，老年之时仍旧落得面瘫的下场。

我妈从怀孕开始每每经过医院都跟她打招呼。说这些只想证明一点：可见我刚生下来长得有多不体面。

一个儿童对自己的长相最初通常不会有太多认知，除非他（她）有一个对披露该真相乐此不疲的妈。

几年前“中国妈妈”成了一个含有特定意义的词组在美国的校园流行过一阵。和“Chinese cut”一样，“Chinese mother”很明显也是对某一个特定“中国特色”的贬义，特指“喜欢攀比”“喜欢包办”。

只不过美国人不知道，中国妈妈在成为“Chinese mother”的过程中也都有自己的秘籍。就拿评价自己家小孩来说，“中国妈妈”就能走出两种极端：一种是从不赞扬自己的小孩，别人赞扬她也急于否定；一种是从不批评自己的小孩，谁批评跟谁急。

这两种都比较不幸，我是前一种，我妈就是那种绝不赞扬自己小孩的妈妈。

搜遍30多年的全部记忆，我悲哀地发现在我长大成人的过程中几乎没有任何被陈萍赞扬过的记录。有一些事，她不赞扬是有原因的，像是说我的功课不够那么好，像是说我在学乐器的时候常常偷懒，像是说我和所有小孩子一样也会说谎或作弊。但，有另外的一些事，对于她坚持批评，说真的，当年那个身为小孩子的我就相当郁闷。

其中印象最深的就是我自打有记忆以来一直都在听我妈跟各种人批评我的长相。陈萍平时是一个少言寡语的人，唯有在表达我长得如何不好看这件事儿上她总能妙语连珠，和我爸一起飞短流长，表现出空前丰富的语言组织能力。

他们比较常规的表达是：

“我女儿长得不好。”

“我女儿长得怎么这么不好。”

“我女儿这长相……真说不上来是随谁了。”

“怀孕的时候吃核桃也不见得就对孩子的头发好，我也吃，你再看看我女儿，头发没见得怎么长，倒是刚生出来的那张脸，你可不知道，简直跟核桃皮一个样！”

比较非常规的表达是：

“我女儿不可能走失，就算被人贩子拐走也卖不出价钱，扣掉饭费还赔了。”

“我早就看出这孩子天性挑剔，你看看她那五官长得，都挑到别人家去了。”

“但愿我闺女命好，能多遇上些不以貌取人的人。”

“我跟她爸可得努力挣钱，要不然就我女儿这个长相，以后没个丰厚的嫁妆谁要她啊。”——不过，这句她倒是说得颇有预见性。哈哈。

前两年流行过一句话：“长得丑不是你的错，出来吓唬人就是你不对了。”

我用了很大力气才忍住没问梁朝伟和陈萍那是不是他们原创的，因为实在有他们当年挤对我时的语言风格。

更有趣的是，我妈在说所有这些的时候，回回都情绪高涨，以至于我起初并不太拿捏得清她的心情。

功夫不负有心人，经过我妈妈的反复重申，我在学龄前终于知道了自己长得难看这一事实。

可是，知道归知道，身为一个小小小女孩，我还无法了解这个世界对漂亮的女孩和不漂亮的女孩预备的完全是两份方案。

我只是很奇怪，觉得有些大人神经兮兮的。

以幼儿园为例，那时候，我们每天的头等大事就是等着喝牛奶。我那时人生的最高追求就是有朝一日能一天喝上它两碗牛奶。不过这个愿望从来没有实现过。倒也不是因为牛奶不够分。我们同一个班一个叫陈巧玲的小孩就常常喝两碗，有时候还不止两碗！不仅如此，她受到的特别待遇还有喝蛋花汤的时候，幼儿园阿姨往往会把锅里仅有的几片凝结成片的蛋花捞进陈巧玲的碗里，而我的碗里，勉强漂浮的蛋花始终比雪花还稀微。

少小无知的我有时会壮起胆跟阿姨提出要求，当然从来都没被满足过，好在阿姨们都还算善良，总是微笑着对我说："你当好孩子哈，牛奶留给别的小朋友喝。"而不是直接说："你长这么丑就别糟蹋牛奶了！"

陈巧玲是一个长得好看的小朋友。

当然了，我当时并看不懂她好看在哪里，但扛不住阿姨和其他小朋友的家长每天议论。

好在我的幼儿园生涯提前结束了，结束在梁朝伟的那次出轨，我不用再拧巴，回家喝自己家买的牛奶去了。虽然我父母也嫌我不好看，但在给我分配牛奶的问题上还是始终很慷慨的。

长大之后，我试着理解我妈到处散布我不好看的动机，替她想出了以下理由：一、她从小是个美人，没有当丑小孩的经验，所以不知道应该如何应对；二、她从心底里无法接受我不好看这现实，但又不知如何自处；三、她不愿意别人说我丑，只有每次先发制人，可能她认为她自己先说了，别人就不好意思再说了。

或许吧。

我不知道。

起初我对所有这些安排都安之若素，因为小，对这个世界既定存在的不公正没那么敏感，且从来都是受唯家长和老师之命是听的教育。

我不仅不太介意自己好不好看，也不太介意我的爸爸妈妈是否有钱有地位。

基本上，小孩子在幼儿时期，性情形同小狗，大部分的小狗都不太知道自己长什么样，品种是否稀有，主人是否是权贵。长相、品种和主人的社会地位都无法阻止一条小狗效忠自己的主人，并以最愉快的心情在夏日午后的阳光下追逐自己的尾巴。

同样地，对一个天真的孩子来说，只有在连自己的长相都不是搞得很清楚的那个阶段才会由心而发地相信"世界充满爱"。是的，世界充没充满爱跟世界本身无关，只跟由心而发的那个时机有关。

相信世界充满爱的小孩子都尚且不知道，人生就是一个自愿或被迫改变现状的过程，只不过，有的人在过程后有一个结果，有的人，过程就是结果。

我第一次真正为自己的长相感到难过是在我拥有人生第一个好看的玩伴的时候。

我父母有一对好朋友，他们膝下无女，只有一子，名唤波波。波波是个公认的好看的男孩子。

因当时双方家长走动频繁，我和波波自然而然就成了好朋友。那时候我好像上小学二三年级，但就已经看过《红楼梦》小人书。当然最喜欢林黛玉，也默默以林妹妹自诩……诩的时候压根没想到长相这一层。波波，作为比我大一岁半的男性小朋友，又作为我继“小白孩儿”之后唯一亲密的玩伴，当然是贾宝玉的不二人选。

那肯定不能被称作早恋，但我和波波之间的友情，也有些成长之后的不可复制。我猜这就是传说中的“两小无猜”。

波爸波妈常带波波来我家，我爸妈也常带着我“回访”。现在想想，那时候大人们之间的交际真是无聊得可以。印象中，不论是别人来我家，还是我们去别人家，最主要的一件事儿似乎就是坐在那儿一起看电视。我一直对此感到不理解，大人们干吗非要凑在一起看电视？分别在自己家看岂不是更自在？想剔牙剔牙，想放屁放屁。何苦跑到别人家假拘着，连添个茶都推三阻四，装半天客气。好在当时没有太多频道可供选择，否则，想必还会因为爱好不同而默默累积很多怨气吧！

比较起来，我们小孩儿的聚会显得更加纯粹，起码每次都玩儿一些自制的游戏。

波波哥和我最常玩儿的是“拨冰棍棒”。

“吃冰棍”在我们童年的时候是很重要的事儿，它几乎是夏天的一个不可或缺的组成部分。可不像现在，不但四季随时都能吃到，还有过多的品种可选择。“进步”在某些方面会降低或冲淡事物本身的美感，让人忍不住怀疑进步本身的意义。

在那个遥远的一年当中只有夏天才能吃到冰棍的美好岁月，我们这些孩子用其他三个季节去沉浸在向往和盼望的美好情绪中，直到大街上开始响起美好的叫卖声，当时还有这么一个特定的职业就叫“卖冰棍儿的”。

“卖冰棍儿的”们都拥有自己的冰棍儿车，所谓冰棍车就是小推车或自行车上面放一个木头做的掀盖儿箱子，箱子里铺着棉被，每当箱子盖儿和棉被依次被掀开，就有一股凉风裹着奶香扑面而来，对我们这些孩子来说，世间一切烦恼都会被冰棍儿的凉气瞬间吹散。

卖冰棍儿的走街串巷，边走边叫卖，孩子们闻之雀跃。盼望之所以显得格外美好，是因为盼望常常不能被实现。

我的纪录一般是每真诚地央告三次能吃到一回，成功概率算是相当高的。梁小飞就没那么好运，他大概每央告十几次才能实现一次。不过这也不能怪运气，主要是我哥耳力太好，一般情况下我只能听到路过我家院门的卖冰棍儿的吆喝声，而梁小飞，隔三条街之外有任何卖冰棍儿的出没都逃不过他的顺风耳。

另外，对于冰棍儿，我小时候还有一些想不明白的问题：为什么冰棍儿车里都是底下铺被子上面盖被子的？被子不是用来保暖的吗？冰棍难道不会被暖化掉吗？还有，为什么冰棍儿在电扇下反而更容易化掉？电扇不是制造凉气的吗？

我们家没人有兴趣理会我的小小无知，也没大耐性多做解释，因此冰棍儿平添了几分神秘感。

那个时候，因着几乎一切都“来之不易”，所以我们不自觉地就被发掘了层出不穷的“珍惜”的能力。

对冰棍儿的珍惜让孩子们发明了“拨冰棍儿棒”这个游戏。冰棍儿在吃完之后，竹签子质地的冰棍儿棒是不会被丢掉的。攒出二三十根之后，洗干净再晾干，就可以开始这个游戏了。游戏规则很简单：把这一把冰棍儿棒呈垂直方向往地上一撒，再把它们一根一根地挑出来。在挑的过程中一次只能动一根儿，一旦牵动了任意别的冰棍儿棒，就要换对方挑。最终以挑到数量多的一方胜出。听起来和台球的规则相近，其秘诀也跟台球相近，就是在完成自己挑棍儿的同时，不忘给对方制造难度。

就是这么一个简单的游戏，贯穿着我和波波将近一年的童年生活。他每次来我家我们都玩儿这个，一玩儿就是一小时，玩耍地点是在我家或他家的床底下。

“床底下”也是那个年代才有的空间。反正每家都不大，全国人民都在“蜗居”，所以谁也没觉得有什么不对头，更不会有特别的意见。“床底下”是小孩喜欢的地方，一般大人们都钻不进去，特别有“专属感”。

有一天，波波爸妈又带波波来我家。我们在床底下玩儿了 20 分钟冰棍儿棒就赶紧爬出来，因为电视里正在放 87 版的电视剧《红楼梦》。

我时年八九岁，跟林黛玉进贾府的年龄相仿，看得相当投入。

剧情过半的时候，我听见我妈很应景地赞扬了一句说波波长得很像贾宝玉。

波波妈大概不是第一次听到这样的评价，很受用，按捺不住自豪地拍了拍波波的头，同时假意谦虚了一句说：“男孩子长得好看也没什么大用。”

几个大人随即沉默了一阵，眼睛全盯着电视剧。又过了两分钟，波波妈，想是出于善良，端详我半天，说出一句很明显的谎话：“悠悠的嘴巴挺像林黛玉的。”

陈萍闻言猛然哈哈哈大笑三声，吓我一跳，接着她边干笑边补充道：“悠悠哪里像林黛玉！悠悠要是演那个‘傻大姐’根本不用化妆！”觉得不解气，接着她又说了那句让我伤心的话：“波波现在还傻着呢，等长大了就不跟我们家悠悠玩儿了。”怕大家没听懂，又加以补充：“哪有好看的男孩儿爱跟不好看的女孩儿玩儿的啊！”

波波妈大概也不知道这话怎么接，就一直说“哪里哪里”，但她的眼神同时显然透露出几分赞同。

我们两个被议论的当事人都没说话。

波波，作为一个上小学4年级的小男孩，压根也没注意所有的这些，甚至他也不见得特别注意过别人对他的看法。他只是追随着天性，自然地活在一个“好看的男孩”四处受宠的那种宽松的天空下，而我，身为一个“不好看的女孩”，渐渐在我亲娘带领外人议论我的长相的过程中了解到这个世界“霁月难逢彩云易散”的炎凉难测，心思随之渐渐缜密了起来。

更重要的是，我当时笃定地认为我长大会嫁给波波。万万没想到在我们之间存在着这样的危机!

我一个小学生当然不知道“嫁”究竟意味着什么。那或许只是内心某种评定感情或喜好的标准，我从7岁到13岁有过三个想嫁的对象：第一个是好脾气陪我玩儿冰棍儿棒并从来不知道要让着我的波波；第二个是初中以后和我在一个兴趣小组的我们的学生会主席；第三个是周润发，因为看了他演的《上海滩》。

所以，在一个能和周润发并驾齐驱的人面前如此践踏我的形象我的情感，我受到的伤害可想而知。那是我人生第一次因为长相而自卑，而受伤。

那种感觉新鲜热辣，到现在也还被我清楚地记得——或许也因为之后很多年又重复过很多次的原因吧。

那天以后，我的对抗方式就是彻底拒绝再和波波一起玩儿。除了想尽办法决不和爸妈一起去他家，他来我家的时候我也使出各种办法回避和他一起玩儿。整个变化的过程在我心里波澜壮阔，充满着各种情绪，有悲壮、委屈和透彻心扉的孤独。不过，所有的这些变化都是我独自完成的，似乎没有任何人对此有过任何方式的关注。大人们似乎完全没有发现我的变化，同为小孩的波波也没有特别在意，我不缠着他玩儿冰棍棒，他刚好能跟梁小飞一起跑出去弹弹珠。对他来说，天下的小朋友大抵是一样的，无非分久必合合久必分。我只好黯然承受着自己一手营造的矛盾情绪。至于我妈，和以往任何时候一样，不失时机，继续在各种人面前披露我不好看的现实，好像很怕我忘记了似的。

小的时候我对此是有怨尤的。有很多次我在心底对我妈有如下反诘：天生长得不美，到底是我的错，还是你们的错？为什么这倒成了你们成天攻讦我的把柄了？

再后来，当我发现长得不美才是“大多数”，才是“常态”的时候，我开始渐渐感到“从众”的安全感。设若有一阵子我妈没议论我的容貌，我倒不习惯了。

这个期间，有很多长得不美的先行者都展示了某种榜样式的自我抚慰的方式。比如安徒生，他应该是“天生长相不美”人物榜中的翘楚吧。然而，只有像他这样的人，才写得出《丑小鸭》；也只有长成我这样的人，才读得懂《丑小鸭》。

尽管长大成人之后，我最终懂得：大多数的丑小鸭长大之后只会变成丑大鸭而不是白天鹅，但，那已经不再重要。

重要的是，“丑小鸭”们其实特别需要灵魂的陪伴。

有时候想，我们中国人是全世界出了名的对教育下一代特别不惜代价的，可怜的是，我们中国人同时又是全世界出了名的对教育下一代特别不在行的。

就算这么矛盾着纠缠着，在全民无神论的教育之下，好多时候，我们却拥有特别坚强和卓绝的灵魂。

想到一个特别好的词叫作“造化”。

之于教育，或许是吧。

婚姻不幸的女人有一个致命的天分
就是永远能把任意外部矛盾
都成功转化成为家庭成员之间的内部矛盾

Part 07

离家出走

作为一个内向型的、心思缜密的女孩儿，我特别容易崇敬一切力量都能外化的男孩儿。我哥梁小飞就是这种。

梁小飞的很多人生轨迹都让我垂涎和景仰。

小时候，有很长一段时间，我最想做的一件事就是“离家出走”。

可能因为从来也没实现过，所以一直不停地想，想了很久。

虽然我从来没敢跟梁小飞交流过这个想法，但他却在无意中又一次成功地成了我的先驱和偶像。

那是在梁小飞初中 2 年级的时候，有一天，他竟然真的“离家出走”了。

事情的起因是在他消失前四五个小时，我们家对门的张叔叔刚在院子门口的马路边上摊了两排煤饼。

由于我们国家建设发展得太神速了，所以很多以前大家耳熟能详的东西，不过才刚二三十年，就成了得费一番笔墨介绍说明的内容，“煤饼”就是其中之一。

在以前，多数平凡人家到了冬天都得在家自己生炉子，北方的煤炭供应也不是那么充裕，为节约使用，就有类似“煤饼”这样的东西出现。它有点儿像北京的“蜂窝煤”。只不过，蜂窝煤是由专门厂家生产好的，买来以后可以直接使用的，而煤饼则需要每家自己动手。

煤饼的制作过程也不难，每家分到炭之后，都会进行一番挑挑拣拣，大块儿的成色好的单堆一堆儿，再剩下的边角料敲成碎末，找一些小土块儿，碾碎，加水，和在一起，搅拌均匀之后摊在方格子状的模子里，等晾干，就是成品的煤饼。

做煤饼最麻烦的一个环节就是“晾干”。因为常常会在没晾干之前就可能被邻居踩坏或顺手挖走，到了做煤饼的季节，各家也都相当警觉，纷纷派出自己家的小孩儿站岗放哨。

张叔叔家当时还没有能站岗的小孩儿，所以他们对邻居的自觉性要求最高，他们家人的猜疑心也相对比较重。哪知，越担心的事就越容易发生，那天中午张叔叔顶着烈日刚把三排煤饼摊好才回去歇晌，不想午觉醒来发现，一个没看好，煤饼上面就落了几个恶性的鞋印。

那些鞋印一看就是故意踩上去的。张叔叔发现之后先是站在院子里乱骂了一通，接着就到我们家来投诉了。他认定这个恶作剧是我哥干的，理由如下：院子里不睡午觉的小孩没几个，院子里不睡午觉的小孩有“回力鞋”的没几个，而类似“穿着回力去踩煤饼”这样的行径，根据大家的分析，也就梁小飞能干出来。要知道，“回力”牌运动鞋是那个时代少年向往的奢侈品。

我父母对此感到很抱歉。为表示诚意，我妈先贡献出了几块自家的煤饼作为赔偿，我爸则咬牙切齿地对张叔叔说一定好好教训教训梁小飞。

“也不是让你们打他，对吧？也不是想要你们家的煤饼，对吧？就是觉得不应该那么糟蹋鞋！”张叔叔说了两句让人心悦诚服的话，拿着我们家的煤饼愉快地走了。

我很纳闷，我爸妈半个“打”字也没提，不知道这张叔叔怎么自然地就提到了“打”。“打小孩”是当时最主流的教育方式，在中国，尤其北方，一个男孩从生下来到长大成人从来没挨过打是不可能的，除非他有什么让父母一看就觉得特有愧的先天缺陷。

梁小飞从生下来就身体健康四肢发达，所以总挨打。

梁朝伟在邻居张叔叔走后，出于面子上过不去，当下决定必须就煤饼的事揍自家儿子一顿，且一定要揍得街知巷闻，务必让整个院子的人都啧啧赞叹他是一个不徇私舞弊的好人。

于是，在等梁小飞放学回来的两三个小时里，梁朝伟充分做好了打人的环境准备和心理准备，以及相应的说辞。

那天，我哥放学回家，就煤饼一案跟我们的父母进行了一番激烈的辩论。在最终仍被认定有罪之后，梁小飞愤然撂下几句颇具挑战的话语：

“你们有什么证据？”

梁朝伟一听急了：“证据？老子还跟你讲证据！”

我哥，一个受过小学以上教育的小孩儿，已经越来越不容易妥协：“没证据凭什么说是我？”

“妈的你还跟老子顶嘴！”梁朝伟无言以对，只好搬出“辈分”来压人，“大人能冤枉你吗？！”

“你们就是在冤枉我！”梁小飞说到“冤枉”这个词的时候忽然感触，呜呜地哭起来，我们家的人有一个共同特点是情绪越爆发，逻辑越清楚，话语越顺畅。只见梁小飞一边抹眼泪一边正色道：“为什么出了什么坏事你们都非要认定是我干的？我到底是不是你们的儿子？！为什么你们总是为了满足别人的看法来冤枉你们自己的儿子？！你们看看你们，你们这副急吼吼的样子，啧啧，简直，简直让我觉得吧，如果这事不是我干的，我还真挺对不起你们！”

我哥说完这些接着呜咽，我父母一时语塞。梁朝伟大概觉得“语塞”太有失身为父母，尤其是“为父”的尊严，只好把事件直接升级至暴力面，他没有正面回答梁小飞的反诘，而是起身去找“兵器”，嘴里同时嚷嚷着：“你个狗日的坏小子！干坏事不算，还犟嘴！一天到晚什么都没学会，就学会犟嘴了，好好好，你给我犟，看老子今天不敲死你！”

梁小飞赢了说辞，过完嘴瘾，正梗着脖子得意。一看我爸果然拎着“野猫棒”出来了，断定局势对他相当不利，立刻收起眼泪转身跑了，边跑边说了句：“老梁，就你厉害哈！有本事你也打折我一条腿！”

我妈一看儿子跑了，再回头瞧见我爸手上提着的那根木棍，立刻很气愤地嚷了句：“你拿这个干吗？至于的吗？！”

必须得说道说道，“野猫棒”是我们家久负盛名的著名兵器。

我们家有很多类似这样的“兵器”，这些家伙什儿除了各自正常的用途外，还都有一个重要的“兼职”，就是用来揍我哥。

我爸最爱和我哥玩儿的一个游戏就是让我哥“找兵器”。每当他准备拿出当爸爸的架势教训我哥的时候，就会很轻蔑地对我哥说出两个字：“去，找！”他在那短短的一字一顿之间能迅速加剧他制造的恐慌。

梁小飞在10岁以前通常都会颤抖着在不大的三个房间里瞎转悠，以耗时间来试探能否躲避挨打的厄运。他有很多选择可以让他瞎耗，从轻到重依次可以是炒菜铲子、衣架、跳绳、捅炉子的铁钩子……

一旦他找来的兵器和梁朝伟认定他的罪行不匹配，他还得重新再找。

梁朝伟对这个戏弄梁小飞的方法乐此不疲，他不知道的是他的这一做法早早达到了一石二鸟的结果。我从小就非常善于观察父母的表情，尽量按照我认为的他们的意愿行事，在我看来挨揍实在太恐怖了，比挨揍更恐怖的则是挨揍前的这种“序曲”。

唉，真是搞不懂，当一个大人欢快地羞辱他的小孩时，为什么不会想一想，他正在做的事，打着教育的旗号，却恰恰达成了反教育的结果，因为频繁的羞辱会让小孩习惯于被羞辱。你怎么能指望一个在家常常被羞辱的小孩成人后踏入社会眨眼间就掌握他压根不熟悉的尊严？

才怪。

反正，从我有记忆开始，每年都要目睹几十次我哥自己用自己找来的兵器挨揍的情景。直到梁小飞小学毕业长成一个大男孩儿，他不肯再去找打自己的“兵器”了。

梁朝伟对这个情况的变化也只有默默地接受，他应对的方式是亲自“找兵器”并尽量把它演绎成一种更有恐怖色彩的过程。并且，根据他手上拿来的东西可以反映出他当下想要表达的恼怒程度，时间长了，这在我们家简直成了一种独特的“礼节”。

不过，很多时候，梁朝伟都表现得特没谱，就说“野猫棒”这根木棍，拿它作为揍一个人的兵器，那对应的事件起码应该是“企图杀人放火”

那一级别。

我再来详细介绍一下“野猫棒”：实木，长1.4米左右，直径约5厘米，重2～3公斤。我一直不太清楚它正常的用途，大致目测一下，觉得武松拿它打个虎什么的应当没什么大问题。平时它都被放在我爸妈的床底下。

在这次被拎出来预备打梁小飞之前，它只被使用过一次，那次的打击对象是一只硕大的野猫，这也是这根哨棒的得名来历。

那只不知名也不知死的野猫在某一年除夕前夜潜入我们家厨房，大概是之前饿的时间太长了，它居然一口气吃掉了我们家准备第二天包饺子用的一块起码两公斤的五花肉。吃完之后，野猫体形骤然间变肥，无法从门缝里顺利地原路挤回去，无奈之下只好大声哀鸣。

我妈听到猫叫派我爸去侦察。我爸进厨房一开灯，看到野猫在作案现场撑得跑不动，顿时觉得非常好笑，赶忙跑回来当笑话讲给我妈听。

陈萍，一个长久地在困顿的生活中被折磨得已经完全没有幽默感的女人，一听，马上联想到第二天没饺子吃的现实，哪里还笑得出来，当即又生气又心疼，气的是我爸不分重点，心疼的是那坨红白相间粉嫩欲滴的五花肉，重点是，它象征着全家人年三十的正点大餐。每年除夕夜，猪肉大葱白菜馅儿的饺子都是我们翘首期盼的重要内容。其中一只饺子里面还要包一枚象征来年好运的硬币，正是由于那枚硬币的存在，全家所有人忽然一起细嚼慢咽，跟练习过似的，每个人的吃相和姿态都近乎优雅，看起来相当扯淡。

是啊，那是我们全家全年最认真对待食物的时刻，简直相当于那一年中四口人嘴巴感官的集体最高潮！

可是，这么重要的一刻，就这么被一只来路不明的弃兽，给截和了。

我妈岂能不气！

梁朝伟笑到一半被陈萍当场泼了冷水，很伤颜面，转笑为怒，又觉得陈萍的观点和情绪无懈可击，确实比较更加站得住，心头顿时生出一团无名的闷气，必须找个出口把这团闷气给抒发出去，于是从床底翻出那根哨棒，拎着冲回野猫的作案现场。

大约 15 分钟之后，人猫对峙在两败俱伤的情况下仓皇结束。野猫惊恐的狂号和梁朝伟愤怒的咆哮像一部没经过什么设计的动作电影，一人一猫交响的惨叫打破了夜晚的寂静，引来了十几个衣衫不整的邻居围观。最终以梁朝伟打折野猫一条腿，野猫抓伤了他一条胳膊为结束，其间一人一猫共同打翻了一个放在柜子顶上的案板，那上面摊着陈萍辛辛苦苦做了俩星期的黑芝麻馅儿。

要说，我爸也算是尽了最大的努力，在黑芝麻馅儿从柜顶翻落的一瞬间，运动员出身的他确实摆出身手敏捷的姿态尽最大努力去接来着，然而，他接的时候，重心略微偏移了些个，只抓住了案板，一案板的黑芝麻馅儿则倾泻而下，从头到脚尽数撒在了他身上。野猫趁他被黑芝麻馅儿糊得睁不开眼的一瞬间，拖着一条瘸腿穿过瞧热闹的邻居夺路逃跑了。

还有更邪乎的是，梁朝伟在大步趋前抢救黑芝麻馅儿的时候，一只脚没站稳，踩在了地上的一个脸盆里，那脸盆里满满地盛着陈萍做的酒酿，就在那天白天，她还带着我在厨房观赏过这盆酒酿。

我清晰地记得当她小心翼翼地掀开盖在脸盆上的厚毛巾时，有一股甜甜的酒香立刻欢愉地跑出来。

“这次的江米真好，你舅舅给的，酒曲也不错，一点儿毛都没长。”陈萍蹲在地上微笑地欣赏着自己的成果。我也很快乐，那是那个年代里一种特有的，很容易被一些小满足感染到的幸福的快乐。

陈萍是上海人，在过年的重点食物中，“汤圆”的意义一点儿不亚于饺子。黑芝麻馅儿的制作过程很细致，拣，晒，炒，碾，拌，掺猪油……一个工序都不能少。酒酿也是一样的，选上好的江米，拿捏准确火候和时间蒸出来的半熟的江米饭，加入特别央告亲戚从上海给寄来的酒曲，轻柔地有感情地搅动至酒米合一的境界，然后保温。每一步都能决定酒酿最终的成功，是否足够甜软，是否足够醇香，是否溢出充足的酒液。

虽然说，现在出门到超市，花个十几块钱这两样随时都买得到。但我还是怀念在凡事都需要自己动手的那些我童年的岁月，有一种制作的情感会透过食物穿梭在整个家庭氛围中，那是不太能用语言形容得清楚的一种曼妙。

所以，一旦美感被中途破坏，它的伤害也是没什么相对准确的语言能形容的。

当天的大结局是我妈隔着厨房的窗户发出一声痛彻心扉的悲呼："我的芝麻啊……"那声音穿透夜空，其悲情和爆发力之强大简直像在旷野上听几十公里外有人在吼秦腔的气韵。

等梁朝伟那只脚从放酒酿的脸盆里拔出来的时候，陈萍愣在窗口，这一次，她连悲呼的力气都不再有了。

那个春节我们家过得特别不愉快。以前的春节也会有一些不愉快，只不过，那些不愉快一般都是我们因争抢食物而破坏了陈萍精心设计的过节氛围，而那一次的不愉快，则是陈萍一直在叹气抱怨，提醒我们没有值得争抢的食物。

由于公共浴室过年期间并不开放，所以梁朝伟从初一到十五都全身上下飘散着黑芝麻和酒酿的气息，像一碗行走的醪糟汤圆儿。不同的只是，初八之前还算是个让人垂涎的汤圆，初八之后就成了一个馊了的汤圆。那是我们全家唯一没有吃汤圆的一个正月十五——实在是闻都闻恶心了。

之后梁小飞就一直管那根木棍叫"野猫棒"。

野猫逃离之后，陈萍和梁朝伟争吵到天明。

我妈一边吵架还一边含泪打扫厨房并及时帮我爸包扎了伤口。就算是这样，大家印象最深的还是他们的吵架。

婚姻不幸的女人有一个致命的天分就是永远能把任意外部矛盾都

成功转化成为家庭成员之间的内部矛盾。

我妈就是这样的一个女人。因此，她为这个家做出的大部分贡献和牺牲都被她转化矛盾的结果给抵消了。我们往往记住的不是她给我们做的那么多美味的食物，不是她为所有人准备的合身的衣服，也不是她打扫出的干净的环境，而是我们在吃饭、穿衣、行走或只是待着的时候她因各种理由训斥我们或和梁朝伟吵架的情景。

梁小飞从进入青春期开始，无师自通地渐渐学会了如何利用陈萍的这一特点。到后来，他能游刃有余地把明明是针对他的事件轻松地变成我爸我妈之间的互相针对。

就像这次，当梁小飞意识到自己有可能要落得挨一顿暴打，眼看局势对他不利，急中生智，立刻转身跑了。要重点记录的是他“智”的那部分。

他一边跑，一边回头冲梁朝伟说了那句：“老梁，就你厉害哈！有本事你也打折我一条腿！”

这就形同再次提醒我妈野猫事件。

果然，我爸妈中计。

这夫妻俩在我哥跑走之后像刚更换了新电池一样精神抖擞地就地互相指责了将近半小时。

而我，梁悠悠，一个小学生，作为整个事件的旁观者，在我哥跑掉的一瞬间，忽然灵感乍现，以我小小的智商判断出那件事应该真不是梁小飞干的，否则他的反应通常是跪地求饶。一个人只有对自己的人格特别有把握的时候才有勇气出走，心虚的人一般都会选择苟且。起码我哥是这样的。

他时年 14 岁，有着 14 岁的男孩正常的软弱，但也有着 14 岁的男孩基本的尊严。

只不过我们的爸爸妈妈不太在意这些，对他们来说，区别小孩子的好坏只有听话或不听话，至于“尊严”，对很多大人来说都是奢侈品，何况小孩。

等梁朝伟和陈萍忙忙叨叨了一整天之后，做完晚饭，才发现梁小飞没回来，于是两个人再接再厉又互相指责了半小时。

我当时很生我哥的气，因为他害我又没按时吃到晚饭。我爸妈通常在吵架之后都不会马上吃晚饭，除非吵架发生在吃饭过程中。

他们不吃，我们当然也不好意思吃。如果梁小飞在，我们还能结伴混到饭菜附近，他不在，我势单力薄，目标太明显，饭没到嘴，很有可能还招惹到一顿不白之骂。

如果说有一种话叫“闲话”，那么一定就有一种骂叫“闲骂”。这种“闲骂”和“闲话”的共同之处就在于，它们都来无影去无踪，无原因，也都无目的，好似只是为了动嘴，同时证明自己强大的肺活量。

我是在“闲骂”中长大的小孩，所以特别知道在父母情绪不佳、情况不明的时候最好夹起尾巴闭起嘴巴，并随时做好饥肠辘辘的准备。

等我饿得实在扛不下去只好睡觉的时候，我爸妈终于按捺不住，出门找梁小飞去了。

当我醒来时已是深夜。

应该这样讲，我在深夜被我爸妈吵醒，他们刚从外面回来，怒气完全战胜了疲惫，他们并没找到梁小飞，因此两人有了更大的动力把吵架进行到底。

我翻身的时候瞥了一眼桌上纱网笊篱里放晚饭的碟子们，似乎馒头少了一个，菜也明显被吃过了。我心头涌上些委屈，觉得我爸妈偷偷吃饭不叫我太不仗义。但这股情绪很快被再次袭来的浓郁的困意给压下去了，我饥肠辘辘地把嘴巴撇了撇，心里一酸，眼睛一湿，就又睡了。

梁小飞离家出走的消息第二天传遍了我们住的那个大杂院。他出走的原因在我爸妈分头给邻居们讲述的过程中变得模糊了。他们像两个在竞选过程中的棋逢对手的党魁，所有的行为都不过是在不断地拉拢群众，好让大伙站在自己的立场上。

有好多瞬间我都听得头晕，仿佛他们已把儿子的走失放在脑后，而让如何感化别人支持自己的观点和阵线成了重点。

事情就这么乱哄哄地持续了一整天。在那漫长的一天当中，校方和我爸妈的亲朋好友陆续纷纷介入。他们都表现得情绪高涨，不过他们的作用和他们的情绪一点也不成正比，这些人除了提供出一堆没什么大用的线索之外，就是说了一堆“谨代表个人观点”的言论。那些言论在他们离开我家之后，又分别给我爸妈新一轮吵架提供出各种有利证据。

最惨的是我。由于他们完全无暇顾家，我只好饥一顿又饥一顿，持续过着全然被忽略的生活。

即使是这样，必须得诚实地说，那天是我一辈子最崇拜我哥的时光：

梁小飞做到了我当时最想做的两件事情。一、他居然真的离家出走了！二、他招致了超过十个以上周围人民群众发自肺腑的热切关注！

这简直太了不起了！那天，我在上学去和放学回来经过邻居们的时候，都能听到整个院子此起彼伏地在议论着梁小飞，他成了不争的焦点，我为此深深地感到骄傲，以及艳羡。

那时候大多数家庭的成员配置都基本相同，“标配”一般是：一对有工作的成年人，一堆大小不一的孩子，和一个负责每天坐在自己门口打听和传播家长里短的女老年人。

那些坐在门口的奶奶们是在“民间”最能掌握“话语权”的人群。她们之间对各家各户的交流传递以及相应的点评最终构成那个家庭的对外形象，有效范围可以从整个院子扩展至就近的几条街区。

然而，我们家在这方面有一个天生的缺失，这主要得怪我姥姥。

我姥姥本来责无旁贷，应该就是我们家那个充当话语代表的女老年人，可是她非常失职。首先是她行踪不定，不是一直固定地住在我家，只要她跟我妈对任何家事发生意见相左的情况，就立刻打个小包袱去我舅舅家了。

那些事当然都是些鸡毛蒜皮的小事。等她和我舅妈再因为另外一些鸡毛蒜皮的小事又发生不一样的意见时，就会不请自来。

就这样，由于我姥姥长此以往地奔波在我家和我舅舅家之间，导致我们这两个家庭中都缺少称职的女老年人去增加我们在院子里的"家庭美誉度"。

不过话说回来，我倒是认为，即使我姥姥在家，也很难增加我们家的家庭美誉度。因为吧，我姥姥这个人，个性比较清高。

姥姥的清高也不是没来由的，不如简单介绍一下她吧。

我姥姥生于清宣统二年，即公元1910年，和大数学家华罗庚同岁，是个成年之后能穿37号鞋的"正常脚度"的老太太。在她那个岁数，完全没裹过小脚代表着家长的思想进步和精神的前卫。

没错，我有这么一位进步并前卫的姥姥，主要得归功于我姥姥的亲爹，我太姥爷。我太姥爷他老人家具有远见卓识，安排自己唯一的女儿上了当地的女子学堂，家里又有私塾先生垫底，所以我姥姥不仅颇认识几个字，且能背诵各种适合女子学习的古文，又写得一手漂亮的毛笔字，最擅长的是那种传说中的"蝇头小楷"，跟《红楼梦》里的贾探春走一个路子的。

姥姥娘家是有钱的徽商，我太姥爷的祖上当年是开酱菜园子发家的，那个时代的徽商，赶上了徽商辉煌时代的末班车。像我太姥爷这样的，吃过大苦，享过大福，经历过各个阶段令人目不暇接的变革和改朝换代，因此生性悲悯，颇有些个不同于普通商贾的深度忧患意识。

我太姥姥死得早，太姥爷早年丧偶，对这个独生女儿相当疼惜，和林如海一样，把我姥姥当半个男孩养活。太姥爷把个性中的悲悯和忧患，用在了对我姥姥的教育上，使得我姥姥，生在这样一个没什么近忧远虑的富裕之家，却出落成了一个有财有貌有品德有个人思考能力的新女性。只不过，在那时候，有独立思考能力对于一个女人来说基本上还属于白搭，必须得依存在某个男人身上才能焕发光彩，所以，姥姥只缺那个能让她一亮相就发光发热并流芳后世的优秀男人。

因此，当我外公出现的时候，我那个高瞻远瞩的太姥爷和我心高气傲的姥姥脑门上同时冒出一行字：就是他了。

我外公是留过洋的专业牧师，学的是“神学”。所以上通天文，下知地理，读哲学爱艺术有家学，是当时的中西教育在身上融合得比较好的那种人。外公天性温良，再加上后天受到的教育，成了一个谦和绅士之人，且有大爱有理想有抱负有学问，具备一切能撑得起革命、家庭，以及女人的精神的先决条件，唯独，没什么钱。

大概这就是传说中的天造地设。

外公布道期间偶遇我太姥爷，太姥爷以他的贼眼看出了我外公的很多隐匿于无形间的价值，所以，我太姥爷，除了给教会捐钱，还审时度势，大手笔地把我姥姥托付给了我外公。这在那个年月实在是需要一定的胆量和见识。

半年后，我姥姥带着丰厚的嫁妆，一步三回头，也像贾探春一样，一路唱着“奴去也，莫牵连”，以是年 25 岁的高龄从安徽到上海，嫁给了是年 29 岁的我外公，成就了很符合当时时代调性的一段珠联璧合的婚姻。

两年后，我大舅舅出生，太姥爷喜欢外公，更喜欢自己的外孙，一高兴，不仅亲自给我大舅舅起了名字，还把所有家产一分为二，一半捐给政府支持抗战，一半给女儿女婿外孙在上海置办了豪宅，自己留了足够的盘缠，带着一个新娶的小妾到国外四处游玩见世面去了，也许太过了无牵挂，几个月后竟意外客死他乡。不表。

我外公他们的豪宅地址位于上海上百年都没变的高尚社区，说是隔壁的隔壁的对门就是后来成了宋庆龄家的那个钻石地段。

从那以后的一些年里，姥姥过上了她这一辈子最最值得纪念的一段时光。他们和相继出世的四个孩子——我大舅，我妈，我姨，我小舅——一起经历了抗日战争和国共战争，谱写出了现实加长版的“倾城之恋”。

张爱玲在《倾城之恋》中借范柳原说过这样一句话:“《诗经》上说‘死生契阔，与子相悦，执子之手，与子偕老’。我看那是最悲哀的一首诗，生与死与离别，都是大事，不由我们支配的。比起外界的力量，我们人是多么小，多么小！可是我们偏要说：‘我永远和你在一起，我们一生一世都别离开。’好像我们自己做得了主似的！”

是啊，很多事，不由得人自己做主。只是，有时候，不由得人做主，竟也是好的！我外公外婆的安稳和小家庭的幸福，多少也来自于那个动荡的人人需要慰藉的时代。

所谓人无远虑必有近忧，或是说，更是所谓人无外力，才有内伤。同患难往往能增强情侣夫妻之间的向心力。人的不好情绪总需要一些出口，如果一致对外，彼此就更有举案齐眉的心性和耐力。这也是为什么在发生灾难之时或之后结婚率会上升一样，GDP 的增长总是和离婚率挂钩绑定，道理都是一样的。

不过也不是所有的动荡都能给人带来内部团结和幸福。是否能在社会动荡中保持家庭内部的和谐也取决于动荡的强度。当动荡值超过人的正常承受力时，不要说和谐，恐怕连基本的求生也会成为问题。

我姥姥和外公的幸福终结在后来那个众所周知的，强悍的动荡初期。

在那个剧烈的动荡即将开始之前，有那么一天，我外婆，一个对世事全然无觉悟的幸福女人，正在指挥用人例行晒虎皮。

我外公从教会回来，手里拎着一个奶油蛋糕。

那天是我妈生日。

外公和四个儿女闲聊了一番之后，问我姥姥有没有遣人把送到乐器行维护的小提琴取回来，说是要练习一阵，晚饭时亲自给我妈妈演奏一曲。

我姥姥常年被我外公宠，平日里脾气就不算太好，这会儿一听，不管三七二十几，先来气了，说你没看我正忙着呢吗？家里里里外外多少事需要打理，你一时间不拉琴也不会怎么样吧。

我外公，据我妈说，从未见过他与人争执，自然特别不会跟我姥姥争执，遇事最常有的反应就是笑笑，然后就自我化解了。果然，那次，他也只是笑笑，就回房间看书去了。

我外公回房之后，姥姥继续叉着腰在院子里指挥众人干活。这时来了几个官样的人物，说是要找我外公谈谈。

他们把我外公带走的时候，姥姥的两只手还叉在两边的腰间，眉头也没有来得及展开，外公回头微笑着对她说了一句："你别总站在大太阳下头，当心上火。"

我姥姥站在原地皱着眉头回了句："你不要管我，你早点儿回来就是了！"

"你不要管我"是我姥姥的口头语，专门对我外公说的。当然她也不过是说说而已，家里大小事，她都是要外公管的。

姥姥很年轻的时候眉心就有非常清楚的"川"字纹，因为她从小受宠，又碰上外公这么个纵容她的丈夫，于是情绪的标记就早早记录在脸上了。

我妈说，小时候她好几次都看到外公微笑着抬起手，轻柔地用拇指和食指帮姥姥把皱着的眉头抚平。姥姥的反应总是用手挡开，同时继续皱着眉说"你不要管我"。

不知道为什么，长大以后，想象那幅画面，我竟然能感到很多隔着尘世光阴的温柔。也不知姥姥是不是还记得。

反正，谁也没想到，那是外公和姥姥说的最后一轮对话，谁也没想到，那竟是外公和全家人的生离死别。

外公被带走两个小时之后，姥姥有些不知何来的焦虑，引出心头一些些愧疚，就赶紧翻出单据，请司机去琴行把外公的小提琴取了回来。那天晚饭姥姥还特地自己下厨烧了外公最喜欢的雪菜肉丝炒年糕。

只是，外公再也没有回来。

我妈妈他们兄弟姐妹四人，年龄都在青春期上下，对爸爸已经没有了少年儿童的那种甜腻的依赖，所以，等不及爸爸回来就自行吃了晚饭，分了蛋糕。

我妈那年正准备考上海音乐学院，据说外公生前最疼的就是她。所以，她等大家都睡了，又悄悄下楼，在留给外公的蛋糕下面塞了张纸条，写了："亲爱的爸爸，我爱你。小妹。"

我妈在家的昵称是"小妹"。这昵称是外公给我妈取的，在外公失踪之后没有人再这么叫过，怕回忆勾起太多心疼。直到我姥姥得了老年痴呆之后，这名字又从记忆深处被唤起。她只要一发病，凡见到女的一概称为"小妹"，且声音特别嗲，似乎灵魂又自动恢复成当年那个特别有安全感的少妇。大家这才正视：没有任何悲伤可以以掩埋的方式被处理或消解，"悲伤"都是只会偷偷僵化但绝对不会消逝不见的木乃伊。

每个人保存记忆的方式不一样。就像苹果教父乔布斯，起初不肯承认自己的女儿，可是他就用他女儿的名字 Lisa 命名了自己发明的某一部电脑。

说回我外公。

带走外公的人还是相当负责的，第二天正午，他们出现在我家，对我姥姥和我姥姥身边的诸位陪她压惊打气的亲戚们说，外公被正式逮捕了。

他们把他的罪名向大家公布了一下，听起来很吓人，叫作"窝藏间谍罪"。

非要理论起来的话，这个罪名也并非完全的空穴来风。在外公被捕的大约半年之前，曾经跟他一起在神学院就读的一个同学忽然投奔了来，说是要借住一个月。尽管自学成之后彼此鲜有联络，外公还是热情接待了那位同学。据我妈回忆，这在外公家实在稀松平常，他们家的几间客房，一年中倒总有八九个月是有人住的。

就是那么的，那个同学在外公家住了一两个月之后，轻轻地，告辞走了。

他借住期间，除了一日三餐他会出现在餐桌上之外，平时跟家里所有人都很少有交流，外公的教养又不会让他对别人的行踪产生特别的好奇，更不会去质询，因此，就是这样的一个“过客”，原来是被判定为“间谍”的人。

虽然外公和全家都不知他从何处来，也不知后来往何处去，但他却成为一夜之间把外公和全家人都毁掉的肇事人。

外公被带走的一个星期之内，我姥姥和她四个孩子就被驱逐出了上海，他们失业的失业，失学的失学，重要的是，他们失去了家里那个和他们至亲的人。

所有家当都被扣留在了他们的豪宅里一起被没收。只有那把德国产的古董小提琴被我姥姥抱在怀里死都不肯放手，成了她从那个家里带出来的唯一的物件。

他们全家被赶出上海的时候，得到关于我外公的唯一消息是他已被押送至青海的某个监狱服刑。我姥姥，一个安徽长大，后长居上海的妇女，凭着自己不怎么样的地理知识和相当了得的毅力，一路向西，一路颠沛，一路低眉顺眼蹭车蹭饭，坚决地向着她想象中的青海奔去。她唯一的愿望就是找到自己的丈夫，她没有别的选择，她必须找到自己的丈夫，她以为，只要方向正确最后总能找到自己的丈夫。因为她不解，她委屈，她惶恐，她愤怒，她不敢言语。她须得找到她那位当家的丈夫来告诉她是非曲直。

那是我姥姥人生首次的“独立”，在她中年之前，她只是一个不谙世事的幸运女子，被爱护她的父亲亲手交到爱护她的丈夫手中。她肆意地尽兴地活了半辈子，她的一切独立思想都建立在父亲和丈夫给她的安全包围之中。所以，之前她一切的独立都只是女式的、装饰性的。直到，她的丈夫在她没有做任何准备的情况下被带走，而带走她丈夫的人对他的定论又令她几乎要发狂！

世界在那一刻，参照物没了。

试想，还有比这更悲惨更恐怖的吗？

哪知，真的有！

一个月之后，我姥姥和她的四个孩子还没有到达青海，就被迫停在了一个西部的小城市。停下来的原因是我大舅舅病了。大概因为从小过于娇生惯养、从来也没受过什么罪的缘故，那位我从没见过的舅舅不堪路途颠沛，得了痢疾。没承想，闹了几天病之后，竟然，就那么着，死掉了。

我想象不出我姥姥在连续受到如此重大打击之后是靠什么力量支撑着她没有彻底崩溃。

后来据姥姥自己说，她内心坚信一定能找到外公，且她当时没有别的选择别的退路，只能收起悲伤，抖出坚强，蹙眉咬牙，带着剩下的三个孩子，死命地，活着！

“我就是觉得，我不能死，我没搞懂啊，我死不瞑目！”姥姥说的。

就这样，她硬是把那十多年的时间给挺过去了。

不过，她最终也没找到她的丈夫。她和剩下的三个孩子也没有离开那个原本只是因大舅舅的忽然过世而意外停下来歇歇脚的城市。

他们留在那个城市的另一个重要原因是两年后我妈嫁给了从山东出发支援西部建设的我爸。

最初的几年，我爸的重要责任是填补我大舅舅造成的“家里没有长兄”的空白。

姥姥到晚年的时候最爱念叨的一件事就是后悔那天没有早点儿帮外公把小提琴给取回来。

“你永远都不知道你下一分钟还能不能再看见这个人。”这是姥姥最爱说的一句话。

人往往会是这样，动荡能激发出你自己也不知道的内心的巨大能量和含忍心。当动荡结束，人性的光辉从动荡带来的激动和激烈的光彩中渐渐回落，就会恢复原始状态。

我姥姥在全国人民群众开始安居乐业之后，她也渐渐放松，自然地向世人逐步显现她原本不太合群的那“本真”的一面。

基于以上前提，我姥姥打心眼里不太愿意把自己和院子里的其他老太太们归为一类。这也能理解吧，她一个受过良好教育，过过奢华生活的安徽小姐上海媳妇，怎么能心甘情愿地放下身段去投入到一帮在她眼里属于没见过世面的小脚侦缉队的行列里呢?

梁小飞离家出走之时，适逢我寂寞的姥姥刚好又负气去了舅舅家。

院子里的议论于是更显得随心所欲。有一个上院的老太太午饭后甚至专程跑来拍着我的头说：“悠悠丫头，你可得争气，可能你们家就剩你这一个娃了。”

这句话把我妈气得够呛。

眼看梁小飞已经消失了超过24小时，不在任何亲戚家，不在任何他的同学家，也不在任何我父母找过的车站候车室。

我爸妈的情绪终于从最开始的慌乱和气恼中掺杂着一点莫名的兴奋，转化成慌乱、紧张，外加一些悲伤。

即便如此，他们仍旧没能统一战线，用最后一些力气坚持着互相指责。

唯一的转机是，他们的指责中多多少少表达了些许懊恼的内容。

“等真找回来你不许再对他下狠手了！”陈萍说，眼角含着泪花。

“是我下狠手伤人，还是你放狠话伤人？”梁朝伟说，眼角没含泪花，但中气显然没平时那么足了。

“你如果能像个正常爸爸那样好好教育他，我干吗要放狠话？！”

“我怎么不正常？我看你才不正常！还不是你非要要求他这了那的，要我说学习不好也没什么大不了的！”

“你是觉得没什么大不了，你妈就没怎么管你，所以你才这样！”

“我怎么啦？！”

“你怎么了你自己最清楚！”

“你给我说清楚，我怎么了？！我哪点比别人差？！”

“你了不起！你最了不起！你这么了不起倒是把儿子找出来啊！”

“我要是他，我也不想回来，回来干吗？！你成天批评这个批评那个，大呼小叫看什么都不顺眼！”

“你要是什么都好，我干吗批评！？什么叫我大呼小叫，倒成了我的错啦？！”

“不是你的错难道是我的错？！”

“难道不是你的错倒是我的错？！”

“算了算了，我懒得跟你吵！”

“我才懒得跟你吵呢！”

我坐在房间角落里看连环画，和往常一样，表面平静地维持着被忽视的状况，但心里就实在忍不住冒出一句：“你们说得好听，哪里懒啊！吵来吵去一点儿新鲜的都没有，我才懒得听是真的！”

不知道我爸妈是不是收到了我的内心独白，反正大家忽然就都安静了下来。待沉默了一阵之后，我妈先长叹一声，起身，默默地把中午的剩饭端进厨房胡乱热了热，又端回来，往我面前的小桌子上一放，说了句“吃吧”就回到沙发上继续和我爸保持相反方向坐着去了。

梁朝伟看了一眼我面前的盘子，轻微地露出了一丝对食物的鄙夷，再看陈萍暂时没有吵架的意思，百无聊赖，站起来去院子里找人下棋去了。

剩下我跟我妈在房间里。她继续每隔一分半钟就叹一次气，我则小心翼翼地保持着安静对着那盘剩菜消磨时间。

就在我独自食不甘味的时候，忽然房间里不知什么方向传出了隐约的呼噜声。我没在意，继续低头应付食物。

又过了几分钟，那个呼噜声明显比刚才更响，我妈肯定也听到了，她抬头四处看了看，嘟囔了一句：“隔壁怎么今天这么早就睡了？”再仔细听了听，又说了句：“咱们家这个隔音也太差了。”

说完陈萍继续顺着呼噜声传来的方向看了看，又朝相反方向看了看，忽然露出害怕的表情，压低声音对我说：“快，去把你爸叫回来！”我刚要出门，我妈又一把把我拽住，小声在我耳边说：“他要是不回来，你就说大红跳出来了又。”

“大红”是我们家养的一条红金鱼，梁朝伟对家里一切飞禽走兽游鱼都更在意，用它们当借口比用家人更能达到立刻叫他回来的效果。

我一路小跑到对面张叔叔家找到我爸，在他耳旁谎报了大红的事故。

果然，梁朝伟立刻丢下棋盘和对手。

“儿子找到了？”张叔叔问，问得置身事外，已经忘了就是他害梁小飞出走的。

“嗐，早晚得回来！”梁朝伟好像很怕张叔叔有心理压力似的，含糊其词地应了一句，就从我手里接过手电，带着我急匆匆往家里赶。

等进了家门，陈萍一把拽着梁朝伟，一边指着呼噜传出来的方向，一边低声说：“你听，是不是闹鬼了？”

“大红呢？”我爸甩开我妈，只顾疾步奔向鱼缸，定睛朝里面扫视，完全不理我妈的紧张。

“啧！都这时候了，你还管什么大红二红的！大红没事！”陈萍压着恼火和嗓门，耐心道，“出怪事了，咱们家墙那边是十六小的操场啊，怎么会有呼噜声，你听！”

梁朝伟坚持在鱼缸边确定大红确实在健康地畅游，才根据陈萍提供的线索竖起耳朵听墙外的“异响”。

他们俩贴着墙听了一圈，双重证实了声音发出来的方向，我妈又支使我爸出去绕到外面一看究竟。

几分钟后梁朝伟回来，进门的时候也是一副“傻眼”的表情，说墙外面的操场上什么也没有。两人蹑手蹑脚对着墙研究半天，最后目光同时停在了壁柜上。

那个时候很多人家住的简易房都有壁柜。它们沿着墙边被悬挂在房间的顶端，通常的体积是半米高半米宽三米长，是家里存放被子和冬衣的地方。

梁小飞被梁朝伟从壁柜里揪出来的时候还没有完全醒过来。

和他一起从壁柜里掉下来的还有两个馒头和一个玻璃杯——他趁我父母出去找他的时候爬上壁柜，又趁我父母再次出去找他的时候爬下来吃吃喝喝。

“最有难度的是上厕所。”梁小飞之后不无得意地多次给他的小伙伴们讲他的出走史，“不能让院子里那帮小脚侦缉队给看见啊！所以我就得从窗户爬到后房，去上十六小的厕所，再爬进来！”

梁朝伟再次食言，趁乱把梁小飞“出走”前没实现的那一顿打给补上了，不过稍有例外的是，他只有这次是徒手完成的，没有使用任何“兵器”。

梁小飞则一点不客气地哭天抢地，表现的夸张程度和平时别无二致。

邻居们闻讯纷纷前来道喜，居然还有人带了发糕炸辣椒之类我哥平时喜欢的食物，这些东西一般情况下都得我们主动去邻居家谄媚才能蹭得到。

不过依我看，表现最“怪异”的还是我妈，她不仅对我哥完全没有责备，第二天还特地亲自送我哥去学校，专门嘱咐老师“别批评”。更让我觉得不可思议的是，陈萍那天下班回家的时候还买了一条鱼、两斤排骨和一斤桃酥。几乎用完了我们家那个月被配给的全部粮票！

要知道，在我们那个物质匮乏的年月，得发生多大的事儿才能同时吃得这么饕餮啊！

我无法了解陈萍的心态，这到底是鼓励还是奖赏呢？不过我很了解我自己的心情：我很生气！我知道自己的生气里有争宠的吃味。

话说回来，能指望我这么个小孩儿有什么高风亮节呢？基本上，我不太相信天下有对小孩全然公平对待的父母，通常淘气的孩子会博得更多的关注也是人之常情。

只是在那个当下，我很不解，自己一贯坚持走“老实巴交”路线，唯爸妈之命是听，结果呢，每天残羹冷炙！这梁小飞倒好，公然揭竿起义，搞得家里鸡犬不宁，反而被奉为上宾，受到了大鱼大肉大点心的款待！

更可气的是，这不是一个独立存在的“事件”，很长时间以来，我爸妈对梁小飞和对我就一直用两套标准在要求。最明显的例子是对考试成绩的要求：梁小飞每门功课只要考到八十分以上，他就会得到来自我父母的各种奖励；而我只要有一科没考满分，我妈就会怨声载道，用各种鄙视的态度冷落我，好像我因此就注定一生碌碌无为了。最夸张的一次，因为梁小飞都考到了八十五，陈萍竟然给他买了一个有吸铁石的那种塑料的铅笔盒！而我，从来也没敢低于九十分，可始终都在用梁小飞淘汰的那种很不高级的铁皮铅笔盒！

我曾经试图提醒陈萍，哪知才刚起个头，就被她一声断喝：“你要是也考成你哥那样，你就完了！”

我被她吓回去，自然不敢问“完了”是啥个意思。

反正，我爸妈对梁小飞和我林林总总的各种反应，最终让我得出一个总结：当乖小孩不仅很闷很无聊，而且相当吃亏。

我对他们心存积怨。

当然，以我那点儿小胆量，自然不敢把这份“积怨”对我爸妈表达出来，只好找碴儿，不时地跟梁小飞发生点儿小摩擦，把怨气都冲他撒出去。

要说，梁小飞这个人，他的个性特像《镜花缘》里“直肠国”的人，随时吃随时拉，凡事过目就忘，所以他完全没有解读出我内心的纠缠，只要我挑衅，他就毫不犹豫地凭直觉接招，一点没有因为自己受到了偏心的厚爱而觉悟或刻意低调。

“你们兄妹俩就不能好好相处吗？这家里就你们兄妹！”陈萍嚷道。

梁小飞一阵风似的立刻跑出去了，而我则留在原地，表面上特温顺地先低头又抬头，闪了点泪花，眉毛抖抖的，呈“八”字地看着我妈，把她打发了。

这就是我们兄妹和我们的父母不同的交际手段，而我心里相当清楚，我对梁小飞有着天下独一无二的爱和依恋，从来也没有因为父母某些时候的偏爱而改变。

只不过，渐渐，我感到自己在内心默默对我的父母产生了人生第一道防线，或是说，叫“隔阂”更形象。

表面上，我越来越按照他们的意志规范行为，内心当中，则越来越肯定地树立了自己的标准，我其实生活在他们规划的生活之外，很多时候，我都是一个冷眼的旁观者。

但对梁小飞就有些不同，那是一种较比复杂的情绪，除了爱和依恋的根基之外，还有一种嫉妒。嫉妒他的勇气，嫉妒他犯错之后的反而更加被重视，更嫉妒他身上有一种我总也搞不懂的特质，那种，似乎可以随时随地重新开始的气量。在我的记忆中，他对发生过的事情很少有过多的在意。

他是一个天生“拿得起放得下”的小孩。那一次，他也很快忘了自己“离家出走”的原因，很快和所有人没有任何嫌隙地该说说该玩儿玩儿，甚至第二天就跑去张叔叔家下棋，还赢！

梁小飞在少年时候就将他超强的“复原”能力和超快的“尽兴”

能力发挥无遗。而我，不知道谁留给我的个性，从小就是一个被“过去”黏住的人，哪怕是一分钟前的某一个不够好的“过去”，也总能让我纠缠好几个回合。

因此关于“出走”，我和梁小飞的不同表现是：他是从行为上真的“离家出走”了一整天；而我，则是在精神上，断断续续、反反复复地“离家出走”了好几年。

快乐能增加一个人的安全感和信任度

那是我对一切都敞开心扉毫不设防的一天

Part 08

说谎和家暴

每一个小孩的成长过程都蕴藏着各种风险，不仅对小孩，也对养育小孩的大人。没几个大人能真的特有把握地说，她或他对面前这个自己生出来的小孩了如指掌。好多小孩都能无师自通地制造表里不一的假象，在这一点上，女孩子比男孩子更具备会“演”的天赋。

像是我吧，在贼眼旁观我父母对我哥各种行迹作出的反应之后，根据他的悲欢得失，默默策划了一套我自己的表现方式，并最终成功地一路都过着掩我父母耳目的生活。

这个成功的表现是，我妈多年以来，每当批评梁小飞的时候，都顺道拿我对比：“你看，悠悠就不撒谎，这一点跟你不一样！”

我很得意，这证明我的“策划”奏效了。

事实是，我是一个说过很多谎话的小孩。

我在 19 岁的时候，认识了我的初恋。几次见面之后，即使那之前我没有任何恋爱经验，也迅速感觉到了“他喜欢我，我喜欢他”的那种电磁波在我跟那个男孩之间麻嗖嗖地存在。

那男孩虽然比我大那么几岁，但也是新手上路，所以，在任凭麻嗖嗖的感觉持续了一两个月之后，他对于如何能来个质的飞跃并无建树。

我被人生初见的美妙刺激到，决定自己掌握命运。

在一个我感觉到他想约又苦于找不到新理由的傍晚，我主动打了个电话给他。在电话中，我们例行了扭捏的问候，苦于没有话题继续的关键时刻，我急中生智，换了一副悲切的语气伴着抽泣说道：“那个什么，我爸，他，好像得了很严重的病。”

说完继续抽泣。

15 分钟之后，他出现在我面前。

我们在我的学校附近找了一个相对僻静的小树林里溜达，他对我进行了语言的安慰，我又持续抽泣了 15 分钟，当他终于试探地牵起我的手时，我开始停止谈论我爸。之后在我们交往的好几年里，我都再也没有主动提过我爸，因为“我爸”在促成我和初恋的关系中，功成身退，已经用不着再提。

我的初恋就在我编造的梁朝伟的病情中愉快地展开了。

其实梁朝伟当时啥病都没有，身强体健，一如他一辈子的多数时候一样。

“你说，咱俩好就好呗，你干吗要‘妨’你爸啊？哈哈。”后来有一次我初恋男友聊天的时候笑问。

“我也不知道。”我内心在喃喃自语，也从来没因为这个而对梁朝伟产生任何愧疚感。

如果非要倒一倒源头所在，只能说，以我从小对周围生活的观察而得出的经验，都在强化一个错觉，那个错觉是：谎言很多时候可以为一个人达到目的制造捷径。

最初说谎，是我很小就发现说谎能快速吸引别人的注意。这种方式的便捷程度超过我煞费苦心做的很多其他的更诚实或更恳切的事。

举例说明。

说谎好处之一：得便宜卖乖。

小时候跟父母去别人家，当对方拿出诱人的糖果或丰美的小点心时，我的第一反应必须是说谎。

那种说谎的方式是那个时代小孩的经典手段：你在已经被糖果点心挑逗得食指大动的时候还得强作镇定，扭捏地摇头说“我不要”或“我不想吃”之后，要经过那个大人一再地央告，再经过自己爸妈勉为其难地应许：“阿姨（也含叔叔、爷爷、奶奶等所有称谓）给的，就快拿着吧！”

这样，在得到糖果点心之后，才能得到父母的表扬。

如果很真实直接地接过来就吃，或只是简单地说声“谢谢”，那么，除了糖果，等待你的就还会有之后的一顿数落：“你怎么那么没出息啊？！给你你就要？！人家的东西就都是好的，啊？！”

不知道别人作何感想，我最恨的一句父母常用的骂人的话就是“你怎么那么没出息”。相信我，甭管天生是什么样的孩子，再多的“出息”也会被这句话渐渐骂没的。

所以，不如说谎，既得到想得到的东西，又不会被说成“没出息”。

说谎好处之二：明哲保身。

家里的大人们总是问小孩一些极其没有营养的问题。比如“你更喜欢妈妈还是更喜欢爸爸”或“咱们家谁和的饺子馅儿最好吃”？

这个时候，我总不能说“谁不催我早睡觉我就更喜欢谁”或“咱们家谁和的都一般，对门王奶奶和的最好吃”。

这种肺腑之言不仅会伤了家里的和气，还会给自己带来“更早睡”和“更没饺子吃”等诸多无妄之灾。

所以，解决方案就是说谎：“都喜欢！”“妈妈和的香，爸爸和的鲜，姥姥和的最营养！”

这种小白谎，不疼不痒，皆大欢喜，还有可能被赞扬是“表达能力强”。

说谎好处之三：息事宁人。

好多家长特喜欢利用小孩经常在家的特点，旁敲侧击，想从我们这些孩子嘴里打听其他大人们彼此之间的立场和互相对对方的评价。这个时候，一个孩子能做到的，只能是粉饰太平，编造一些探秘者想听到的瞎话。

在我看来，大人们对自己在家里的地位都没有足够的自信，我姥姥我爸我妈都分别问过我，他或她不在我家的时候，别人都说了些什么。我只能糊弄说：“什么都没说呀。”或，更矫情地编造道“他们就说，没您在家，这个家真不像个家”之类的。

总不能照实说：“你爸不在家咱们家多干净！都不用常打扫！”“你妈不在家咱们想干吗干吗！”“你姥姥不在家没人跟我怄气了！”这

类破坏性极强的大实话吧。

谎言是一个家庭和睦的黏合剂。如果孩子把真实的情况转播一下，就有可能引发家庭大战，重要的是，在家庭大战中，最终受害的还是孩子们自己。

我有过若干因为说实话而引发大人们之间争斗的教训，所以，在逆境中成长，开始了对谎言的依赖。

谎言好处之四：省却麻烦，或一劳永逸。

以前学校最喜欢使用的招数之一就是“家长签字”。我一直都觉得，这个方法吧，多少显得有那么点儿推卸责任的意思。

想想啊，我们在学校的那些“凭证”：作业、成绩单、假条……无一例外都需要家长签字，我想不通，如果家长事事处处都了解得这么清楚，孩子还有多少去学校的必要呢？我平生最恨的一画面，就是老师铁青着脸跟你说：“去，让你家长签字。”这让我忍不住鄙视地认定，她的言下之意，就是签了就没她什么事了。

家长在不厌其烦签了很多的字之后，依法炮制，也学了很多需要老师签字的方式。我妈就常常让我拿着各种其他的“凭证”找老师签字。

包括我有没有积极回答问题，有没有按时上学放学，有没有拾金不昧，有没有上体育课。

陈萍的各种监督制度让我看起来俨然像个不被信任的贼。

每次我拿着纸条哆哆嗦嗦找老师的时候，都感到很大的羞辱。

但陈萍对此的说法是：“你哥我就管得不严，看吧，他现在这样！到了你我绝对不能再放松了。”结果就是，梁小飞和我听了这话都很不爽。

在经历了无数次被老师和家长当皮球一样来回踢的过程后，我发现了用说谎加造假来减少三方麻烦的方式：自己写“凭证”。

我勤奋地默默练习，不久就掌握了人生首批“草体”。

在所有我会写的草体字里，“阅”这个字是我写得最熟练的。一眼望去几乎能乱真，简直就像是出自于一个没什么学问的大人的手笔。

除了“阅”，我还特别会写“好”和“同意”这些用于家长和老师之间互相糊弄的字眼。功夫不负有心人，我在没有蓄意设计之下，就成了同学们中最早会写草体的少数人。

我起初只给自己写，后来，渐渐也开始给同学写。我小学的后半阶段到初中三年，先后受到过很多成绩不好的男同学的追捧，很大原因是他们都曾经红着小脸排队找我写过“阅”“好”或“同意”。

在漫漫说谎的征途中，我还发现一个要诀，在大人面前一定要装出对谎言很陌生，听到谎言很恐慌的模样。只要被大人认定是“不说谎的小孩”，基本上就算是在说谎的道路上创造了坦途。

屡屡胜算，让我在品尝说谎甜头的同时，也对说谎这事儿充满自信。

我最辉煌的说谎造假里程碑是有一个学期一门课全学期逃课都没被发现。那年，我因为实在不太喜欢我们的那个口臭极其严重的政治老师，干脆在开学初的时候自己给自己写了个长期的假条，假条上虚拟了陈萍的语气，说我因为先天心脏问题，每周二下午四点要去例行检查和治疗。

周二下午四点正是上政治课的时间。我还记得我带着自己写的假条去班主任办公室的情形。那个戴眼镜的老师看完假条又看了看我，嘟囔着问了一句：“你心脏怎么了？”

我抬起眼，用胆怯的、无辜的、属于传说中那种“良善小女孩”的眼神看着她，懦懦地，颤抖地，就快闪出泪光似的说了句：“我也不知道。我妈不告诉我……”

如预料之中一般，班主任立刻相信了。

是啊，得多没安全感的成年人才会怀疑一个手捧假条，“懦懦地，颤抖地，就快闪出泪光”的女少年呢——何况她还得了连她自己都不知道的心脏病。

那年我初中1年级。

那是我女少年时代过得最美妙的一年。

每个周二两节课之后我都会独自去郊外。

那时候，郊区和城市之间并无须很多的跋涉。尤其在我居住的那个城市。只要骑车15分钟，就能到达一个由植物、飞鸟与鱼占领的空间。

不知道什么原因，我有时候是一个需要很多时间“独处”的人。

其实去郊外也不会干啥，做最多的事情就是“对着天空发呆”，这听起来好像是哪个流行歌词里有过的语言，证明写那个歌词的人少年时代也有可能说过谎，因为不说谎的人很难有机会“对着天空发呆”。父母绝对不会理解小孩子的独处，父母也通常不会允许小孩子独处，尽管，他们中的很多人自己内心也是那么地渴望独处。

这就是很可疑的事。大人们常常强行要求小孩干一些他们内心并不见得真正认可的事。

比方说，几乎所有大人都义正词严地要求小孩不得说谎，可，请问又有谁见过从来不说谎的大人？

反正，在我跌跌撞撞的从幼年到少年的人生初期，恰恰是谎言让我更被大人们喜欢，恰恰是谎言让我看起来更符合大人们的要求，也恰恰是谎言给我其他教育内容无法给予的保护感。

不知不觉中，谎言让我和我的家人之间又隔了另一道屏障，我们每天都在一起，所谓的朝夕相处，可是我非常确定，从我上小学3年级开始，我父母根本不知道我在想什么。他们眼中的我，只是一个他们以为他们了解的我。真正的那个我被我自己隐匿在抗拒和屏蔽父母老师们的帷幕里，悠然地说着谎，过着谎言带来的安宁美妙的少年时代。

当然了，说谎之路也会经历各种挫折和磨砺。追溯起个人说谎历史，还能牵扯出另外的连环事件。

大概在我爸还没发生外遇前半年的时候，有几个星期我被我爸妈丢在了住在城乡交界处的我奶奶家。

30年后，我因被偏头疼折磨十多年之久，不得不拜会各路名医，最终治好我的那个中医说：“几乎所有得偏头疼的病患，在童年时候都有过‘断裂的爱’。”他又进一步解释说：“断裂的爱”就是常常被迫离开自己家，寄他人篱下。

偏头疼是不是真的跟这个有关，我不知道，但“寄他人篱下”就确实是我童年生活重要的一部分。

我自打记事起，就以每一个季度为频次，被丢在各种亲戚朋友家。一个像林黛玉一样小小年纪就常常被迫寄人篱下的小孩，又没有林黛玉的容貌和家学，更没有一个像林如海一样给她经济支柱的爹和一个像贾宝玉一样从前世一路相随而来的青梅竹马，再不说几个谎聊以自慰，这年少的人生，得怎么样才能蹉跎啊。

就是那次在我奶奶家，我有一个不怎么成功的说谎记录。

那是一个不算太冷的黄昏时分，我奶奶在厨房做八宝饭。整个下午我都无比沉醉，想象吃八宝饭的过程让我成了那天天底下最开心的小孩。快乐能增加一个人的安全感和信任度，因此，那也是我对一切都敞开心扉毫不设防的一天。我小姑姑梁朝英在八宝饭终于热腾腾地端上饭桌的关键时候，忽然对我提出了一个要求，让我再次对她们说我爸妈坏。这不是什么新鲜的要求，那时候梁朝英尚未婚嫁，跟我奶奶住，这俩女的，一个寡妇、一个剩女，闲极无聊的时候常以唆使我说我爸妈坏来取乐，问题是，她们闲极无聊的时候很多。

起初我还试图拒绝和反抗，毕竟言不由衷不是什么特舒服的事儿。稍后，当我发现寄人篱下的最佳姿态是讨好和配合的时候，就开始昧着良心应主人要求说一些戏言，其中“说我爸妈坏”是保留节目。我不知道她们从我说爸妈坏话的过程中得到了什么样的快感，我只知道，那个阶段我自己的心路历程是确定了谎言在生活中的重要性。

是啊，我的奶奶和小姑姑戏弄我的过程让我认为，谎言是个宝物，起码它能在无聊的时候逗笑别人。我从小就不太有博人一笑的能力，要命的是我又非常渴望能拥有这种能力。

对八宝饭的热切关注让我忽略了梁朝英眼睛里明显闪着的一丝阴谋。

人就是这样，越是接近目标，往往越是容易因为过度亢奋而导致盲点的出现，从而犯一些低级的错误。我的低级错误是完全没注意到大家目光的焦点都不在“八宝饭”而在“我”。这在我们家可不是什么正常的事，我能成为焦点通常的原因要不是做了错事，要不就是正在步向做错事——就像当时。

为了能赶紧正式吃八宝饭，我未假思索，应邀熟练地大声说了一串儿“梁朝伟大坏蛋，陈萍大坏蛋”之类没什么特别意义的口号，又在她们的唆使下大喊了几句“我讨厌梁朝伟，讨厌陈萍”之类的也没什么特别恶意的小谎言。

屋里的俩女人好像被我的这几句来回重复的没什么起承转合的口号点到了笑穴。她们笑得前仰后合，我在她们的笑声中得到鼓励，在我谎话的基础上加上了自编动作。

其实，如果当时不是有八宝饭，不是有奶奶和姑姑的逗弄，我最最诚实的心声是：我很想念我的爸爸和妈妈，我不喜欢他们把我丢在奶奶家。

可是天下之事往往就是这么地捉弄人。我一个才刚上了一年幼儿园的小孩儿，就遭人设计，成了一个小小的、被欲望驱动而出卖自己真实情感的人。

就是这样，我领教了人生第一个陷阱：正在我手舞足蹈畅快地说到接近高潮之处时，我爸妈带着梁小飞应声推门而入。

他们进门的时候俩大人脸上是胜利的笑容，那笑容很像后来的一个美国惊悚电影的片名：*I Know What You Did Last Summer*。

一家人对彼此默契的配合相当满意，甚至还鼓了掌，场面相当做作。

只有梁小飞没鼓掌，他冲到饭桌旁看八宝饭去了。而我，因为被抓了现行，恼羞成悲。

那是一种我至今都无法用语言描述清楚的感受，你的谎言让你背叛了你信任的人，你又被信任的人背叛，你伤害了生命中重要的人，又被重要的人伤害，就是这些谎言、背叛、被背叛、伤害、被伤害，各种情绪复杂地交织在一起，让我过早地体验到了当叛徒被抓或当间谍被抓的感受——它不值得被原谅，也因此没有人探究那往往是出于某种求生的初衷之下的无奈之举。

对刺激我毫不介意的大人们故意摆出一副大度和无所谓的姿态，这让我更加感到孤立无援，不仅没有同盟，甚至也没有了知己，人生在那一刻一片灰暗，连八宝饭都失去了原本的魅力。

为掩饰尴尬，我别无选择，只有冲进里屋，扑在被子上大声哭泣了长达五分钟左右的时间。这个屋檐下曾经让我实在感觉到的快乐、安全和信任都荡然无存。

五分钟之后，我已经哭到山穷水尽，不得不起来面对一屋子人都比我强大这个现实。这时候陈萍走进屋，把我从床上拽起来，轻描淡写地说了句：“别哭了。”

我别无选择，只有任由摆布，被她牵着一只袖子回到已经摆好八宝饭的饭桌上。在陈萍进屋拽我之前，我已拒绝了梁朝英邀我出去的要求。这样做有以下的几个目的和原因：一是向全家人宣告我也不是那么地没气节，谁让出来就出来；二是我默默表明立场，让我父母了解，我虽然说了他们的坏话，但心在曹营身在汉；三是我不太确定还会不会有第三个人进屋劝我，不如识相一点见好就收。

我抽泣着坐在我的专用小椅子上，面前不到30厘米的地方就是我的专用小瓷碗，那个小瓷碗的外边有一块指甲大的残破，我盯着它，几乎对眼儿，为了不去看碗里面盛着半个拳头大小的一坨八宝饭。

唉，就算不用看我也知道，那坨八宝饭一定和我记忆里一样美好，晶莹剔透的江米中镶嵌着优雅的蜜枣和温柔的红豆沙。我几乎能想象它们在我唇齿间滑动时摄人魂魄的缠绵与甜蜜，然而，为了维护我小小的可怜的尊严，我只能继续抽泣，使尽全身力气去抵抗它们对我的诱惑。

大人们对我的挣扎显然既不知情也不在意。我小姑姑似乎忘了她自己才是刚才那个挑起事端的人，唯恐全家不乱似的挑逗我说：“悠悠真没觉得爸妈不好，悠悠就是为了赶紧吃八宝饭，是吧，悠悠？”

我被她再次击中痛处，羞愧难当的情绪正要重现，一直冷眼忙着吃的梁小飞忽然插嘴说了一句：“你们就别欺负悠悠了，她才不是为了八宝饭，她还不是为了让你们高兴！”

我的抽泣因着这句话瞬间转成了号啕大哭。

梁小飞是这样的一种“哥哥”，他欺负我的时候从不手软，可他如果认定我被别人欺负，也不会完全坐视旁观。

张爱玲说“因为懂得，所以慈悲”，或许吧，但更多的时候我们常常是“因为偶尔被懂得，所以才倍感孤独”。当一个人全部不被了解的时候，你起码可以选择浑浑噩噩地活着，用浑浑噩噩当伪装，遮风挡雨，可怕的是，一个小小的懂得，就会让你功亏一篑，你连浑浑噩噩的机会都被即刻剥夺，因为有人透过一个小小的懂得瞬间看穿了你的内心，那个，连你自己都并没有足够的力量和勇气去坚定的内心。

为了零星的懂得要付出的代价往往比保持浑浑噩噩艰辛得多。我那天为了报答梁小飞的这句话透露出的小小懂得，付出的代价就是咬紧牙关硬是一口八宝饭都没吃。不单没吃八宝饭，我也拒绝吃桌上任何的食物，我能想到的最有效的抵抗方式就是不停地抽泣，泪水模糊了我的双眼，让我看不清面前的食物，缓释了我内心对它们的巨大渴求，而且抽泣非常消耗体力，我很快就哭累了，之后草草睡去，最终借助睡觉帮我彻底对抗饥饿在我内心造成的巨大冲撞。

比饥饿给我带来的更大冲撞是，我在没上小学的时候就早早发现，原来，谎言才是维系亲戚关系的重要纽带。

或许一切的发生都不会独立存在，生活的本质原在于纠缠。连我自己也没想到，这次挫败的作用，在好多年之后，竟然发酵在别的事情上。

那是我人生又一次需要跟谎言对峙的事件。

在与那顿八宝饭失之交臂的好多年之后，我上小学4年级，我那位在“文革”中被冤死的爷爷终于得以平反。虽然说他人死不能复生，但，好在他生前的德行和他悲惨的遭遇被总结之后兑现成了一笔钱，算是给了全家人一个肯定的答复。起码大人们不再对爷爷的革命观念和爱国热忱暗自质疑。在那之前，所有的是非混淆早已造成了假作真时真亦假的现实状况。

直到全家人拿到了那一大笔现金，才如释重负，彻底相信爷爷大概确实像他们之前以为的一样，是清白的。我们一家人对他的缅怀，也仿佛在金钱的默许下，幽然得以延续。

哪知，这笔意外之财在让我们全家人热烈地欢快庆祝了短短几天之后，即刻就造成了意外的混乱。

说是“意外”，其实也没有那么地意外，“如何分配财产”恐怕是每个家庭都可能面临的家庭问题。

是啊，谁都不要以为兄弟反目子女成仇是只有电视剧里才有的情节。

在诱惑面前岿然不动的除了个别凤毛麟角的真君子之外，多半都是因为那个诱惑对当事人还不够重大。

我们小时候有一首儿歌，歌词是“我在马路边捡到一分钱，把它交到警察叔叔手里边……”教育我们要拾金不昧。但没有任何一首歌教育我们如果“我在马路边，捡到一百万”应该怎么办。当钱财的数量与时俱进，抵御诱惑的毅力也要与之成正比，否则，钱财永远是最快速度制造冲突和导致灾难的东西。

听我奶奶说我爷爷生前特别淡泊名利，他一生名节换来身后之财，本来，理论上说，也可以造福子孙。谁知，爷爷泉下遗恨，他的子孙显然只拿到了他的钱而没有秉承他的仙风傲骨——梁朝伟他们兄妹几个人在那笔钱的分配上出现了不同意见，最终导致纠纷。

要说清楚这个纠纷，先要概略地讲讲我爷爷和我奶奶的背景及婚姻状况。

爷爷祖籍山东，出生时家里还算是大户人家，兄弟几个有人当官，有人读书，有人行商，基本上家底殷实，在当地很有些声望。所以他年轻时衣食无忧，在没有任何包袱和牵绊之下单纯地凭一腔热情投身各种革命去了。先是参加辛亥革命并念黄埔军校，之后陆续参与了抗战、内战和军阀混战，是个理论和实战经验都相当丰富的军人。因为后期对国民党的严重失望和对中原大地的严重热爱，所以在 1949 年的时候，毅然决然留在了内地。

再之后，他在“文革”期间死于非命。

奶奶是个没受过太多教育的小脚老太太，在她 17 岁那年，一切都还没想明白就听从父母之命懵懵懂懂嫁给了我爷爷。在她所受不多的教育中，最重要的一条就是死心塌地效忠于自己的丈夫。因此，她前半辈子都是毫无怨言一步不差地跟随爷爷革命的脚步在旁边当好老婆，后半辈子则是怨声载道一幕不差地每天都在追忆她自己如何跟随爷爷革命的脚步在旁边当好老婆。

爷爷生前，奶奶对他言听计从，所有发生在爷爷身上的事情在我们家都能成为永久的“标准”：由于爷爷说过“技多不压身”，所以我们家姑姑们和我爸小时候都是逮什么学什么；爷爷还说“小孩子要一冷三饿”，结果姑姑们和我爸基本上就都是“放养”；爷爷的日语、德文和山东口音普通话都能达到演讲的程度，梁朝伟他们兄妹三人上学的时候就都认真学过俄语，直到我们这一辈还知道“袜子搁在鞋里”

是星期天的意思。当然，爷爷说的也不见得所有都放之四海皆准，比如他自己还有个习惯是不爱喝水，只要一渴就马上吃水果。奶奶在发扬这一点的时候有点断章取义。爷爷活着的时候没有预见到他死后全国人民的生活水平都不允许“拿水果解渴”，并且这种水果短缺的状况还持续了很多年。奶奶坚持以少喝水来表达对爷爷的忠贞和怀念，导致她得了肾结石。

比肾结石更让奶奶迷茫的是，她不知道怎么分配财产，爷爷没教过她。

爷爷活着的时候，由于家底儿颇丰，不必计较财产。爷爷死后，全国人民都穷了，压根没财可分。所以，多年之后国家忽然给爷爷赔了一笔巨款，奶奶麻爪儿了。

奶奶起初想得还很单纯，就想效法当年的打土豪分田地，按照人头一分为四，她自己和三个儿女各占一份。她以为她的三个孩子面对这些计划外的财富时一定会和她一样单纯地感谢国家和感怀爷爷。

然而，梁朝伟和他一姐一妹，也就是我那两位姑姑，在财产面前各执一词，冷静地提出了不同的分配方案，跟对国家和爷爷的情感完全无关。

我大姑姑梁朝心的意见是，她年少时跟着爷爷奶奶受过苦，且奶奶多年由她赡养，应当一分为五她占两份；我小姑姑梁朝英则认为，朝心姑姑和我爸梁朝伟起码还跟爷爷奶奶过过几天好日子，而她的记忆里不是挨饿就是革命，如果家里有补偿，她才应当是最该被多补偿的那一个；梁朝伟的论点又有不同，他坚持他是长子，我哥是长孙，我们老梁家的香火要靠他和梁小飞延续，如果有人占两份，也非他莫属。同时，他认为梁朝英在年轻的时候当过红卫兵，和别人一起斗过我爷爷，属于家里的叛徒，且既没赡养我奶奶，又没能力延续香火，根本没有资格参与瓜分爷爷的遗产，她的那份应当一分为二，由我爸和大姑姑梁朝心均得。

“爸如果不是因为我妹，能那么早死吗？！”

“娘如果不是因为我和我姐，能活到现在吗？！”

我爸这两句话简明扼要，掷地有声，听得人瞠目结舌。

不得不承认，梁朝伟确实是一个偶尔在关键时刻会忽然掌握“计谋”的人。听我妈说，当年，她也就是因为我爸擅用计谋，才爱上他的。

开启他们爱情的那个有纪念意义的事件承载着梁朝伟计谋的能力。据他们自己传说，梁朝伟和陈萍认识是缘于被分配在同一个地方修铁路。那时候工作量大，食物供给少，所以，每天如何能吃饱是头等大事。我爸，在暗恋我妈很长一段时间之后，通过对生活的观察，决定从最重要最实际的事情入手，以实际行动展开他爱的宣言。就是那样，有一天，收工之后，梁朝伟偷偷塞了一个小纸条给陈萍。纸条上面写的内容分成两个部分：第一大部分当然是抄写了一大段《毛主席语录》，第二大部分是教陈萍如何能在每天午餐的时候吃到第二碗饭。那诀窍绝对是梁朝伟经过认真观察反复实践才得出的。我一直坚信，在最初的时候，我爸对我妈是真感情，否则，他怎么可能把“吃第二碗饭”这么重要的事跟她分享。

梁朝伟的诀窍是，由于一般的工友都会在盛第一碗的时候拼死了往多盛，越满越好。所以，基本上，这些智商不如我爸的“一般的工友”也就只能吃一碗。等他们第一碗吃完的时候，送饭的也收拾家伙走人了。所以，想要多吃，关键在于第一碗千万不能盛满，一定要先只盛半碗，然后，趁乱赶紧一口气吃完。之后，在大家还没想明白的时候，赶紧盛第二碗，这时候再拼命往多盛，越满越好！这样一来，总体计算下来，每顿就比别人多吃了半碗！

这半碗饭的意义在当时可非同小可。

据说陈萍第二天在厨子来送饭的时候，默默用梁朝伟教的方法小试了一下，果然难得地体会到了勉强吃饱的感受。我妈一直清楚地记得那天中午吃的是“调和饭”，所谓“调和饭”就是把前几顿的剩米饭、剩面条和剩菜熬在一起的一种饭，那种做法在当时很普及。那是我妈知青岁月中难得的几次吃饱的记忆，所以，当场对我爸刮目相看。

她的人生，不知不觉，就这样因为那半碗意外多吃的调和饭，改变了。

也许梁朝伟就是一个需要刺激之下才会产生智慧的人，所以，在他跟陈萍结婚之后，生活渐渐衣食无忧，他就也跟着显得碌碌无为，直到，我爷爷的财产，让他感到生活终于再次出现挑战，他的计谋能量终于再次被刺激出来。这一次，他表现出的计谋是，首先要让自己所站的立场变成一个“阵营”，让对方成为被孤立的“个体”，这样的话才可能掌握更多话语权。

或许他的内心并不真的更在意大姑姑或更在意小姑姑，只不过在他第一时间的评估之下，觉得把梁朝心拉进同一阵营更容易取得最后的胜利。

显然我小姑姑没有我爸那么懂得计谋，在听说她哥对财产的意见后，梁朝英很气，又想不出任何有质量的对策，只好发狠道：“我哥这根本就是见利忘义！”

跟我爸比起来，我小姑姑确实没什么计谋，她最常使用的方式就是硬来，凡事基本都是短兵相接。不会服软又不会拉拢别人的女人特别容易树敌，我小姑姑就是这样。

“我当红卫兵怎么了？那种情况下敢不当吗？”梁朝英被勾起沉痛的回忆，五味杂陈，“再说了，年轻的时候哪里懂啊，当时连造反派都说爸爸是坏人，我能不怀疑吗？我还能继续说他好吗？我小小年纪能说造反派有错吗？！何况，如果我当时不当红卫兵，说不定我们家更惨！梁朝伟说得好听，他自己对爸爸又好在哪里？下放的时候也是投机取巧，爸爸的尸骨到现在都不知葬在哪里，他找过吗？”

“哎呀，说这些干吗！”奶奶一听到爷爷的尸骨，顿时一阵伤感，她理解小女儿的怨气，但又不愿意儿子被指责，本着息事宁人的本意，随手推出我当靶子，“说到头都是一家人自己的事，你们还不是亲兄妹，何必呢？你当心悠悠回去跟你哥学舌！”

说完白我一眼。

那天我又被分配到奶奶家去蹭饭。奶奶在推出我的一瞬间，一定想不到一场家庭的祸患正在被酿成。是啊，我们要经历多少才能真正懂得：嘴巴是一个人身体上最危险的部分——同时负责输入病患和输出灾难。

哪知我小姑姑情绪正浓，完全不理会奶奶，继续表达对我爸的不满：“什么亲兄妹？他这些年为咱们家做什么了？我怕什么？！我有什么不敢说？当着他面儿我照说不误！”梁朝英边说边瞪了我一眼：“要学舌就去学啊，去，回去跟你爸说，就说我梁朝英说的：他梁朝伟就是个一事无成的白眼狼！”

一小时之后我爸举着一把刀出现在我小姑姑面前，咆哮着质问：“是你说的？！说我是个一事无成的白眼狼？”

梁朝英没料到会有这么激烈的场面，仗着我奶奶在旁边，一时嘴硬：“我说的怎么了？！你就是个一事无成的白眼狼！”

梁朝伟闻言忽然大叫一声，扑过去一把把梁朝英的眼镜从鼻梁上抢下来，使劲丢在地上，并咬牙切齿举刀冲他自己唯一的亲妹妹死命砍过去。

我小姑姑身手也算相当敏捷，一闪身一低头就躲过了那刀。我奶奶则在我爸朝我姑姑扑过去的时候当即晕厥。等她醒来之后，以最快速度完全按照梁朝伟的意愿分配了财产。

之后的十几年，我们家和小姑姑家都没有任何往来。他们这对名副其实的亲兄妹在十几年之后的再次聚首是在为我奶奶举行的葬礼上。因我爷爷蒙冤而来的一笔财产，成了分割他子女的利刃。

当然，似乎我不该以一种事不关己的态度来评论这件事，好像说一件跟我没什么关系的事，毕竟我才是挑起事端的人。如果是年身为儿童的我就知道守口如瓶对维护一个家族的安宁多么重要，想必我不会那么轻易地就让小姑姑的话悉数飘进我爸的耳朵里——我发誓在转述的过程中确实没有任何添油加醋的成分。

原画面重现一下：那天我吃完饭回到家的时候，我爸正坐在家门口的马扎上举着我们家那把生锈的劈柴刀专心致志地劈木柴。当我看到他的时候，小姑姑的话又不由得在脑海中再次升腾起来。那些我从来没有听过的热辣辣的句子不知道为什么让我有些难以遏制的小小的兴奋。

那种感觉，嗯，怎么说呢，就像我第一次发现原来老师也需要拉屎一样，是一种幻影被毁灭的奇怪的快感。我心头有一个小魔鬼在笑着对我说：哦，原来，我那个随时随地在我面前摆出“老子天下第一”姿态的人，也可以被说成是一个一事无成的白眼狼，更刺激的是，很可能这是事实。

我好像知道了什么秘密，惶惶然不可终日。之后一个小时我在屋子里进进出出 15 次以上还不知道应该如何自处，好在，这样的关键时刻，我哥放学回来了。

我在遇见一些不知道应不应该告诉父母的事情时，多半都会选择告诉梁小飞。他在我心中的地位介乎于我自己和我父母之间，属于近一步可为同党，远一步可为宿敌，糊涂时可做参谋，孤独时勉强为伍的那种。梁小飞听我转述了梁朝英的话之后，拧着眉毛假装思考了一通，看我一脸热切等待他回复的样子，他故作神秘地压低嗓门冲我说：“这个话，很严重！不许跟任何人提！要不然爸肯定得打你！”

我没想到我哥做出如此判断，被他吓住，提心吊胆默默做作业去了。

不过，事情后来的进程，很明显是梁小飞把这个当成了一个表功的机会，所以，或许是继承了我爸“计谋”的能力，他先使了心眼儿把我支开，然后私自跑去梁朝伟面前如此这般地嚼舌了一通，完全独占了一次搬弄是非的乐趣。

我爸在听到我哥的转述之后立刻气红了眼，就地骂了一句脏话，站起来拔腿就走，连劈柴刀都没顾上放下。

之后就发生了亲兄妹恩断义绝的那一幕。

这件事发生之后，我一直相当困扰。我的本意当然不是想看到我亲爹举着刀去砍我亲姑姑。他们可是实打实的亲兄妹。

我到底做错了什么呢？我很想不通，道理上说，我只是把我姑姑说的话尽量原封不动地转述给了我哥。而我哥有可能添油加醋地转述给了我爸。

以我对梁小飞的了解，他顶多也就是加些语气词和形容词，不会再捏造出任何不实内容啊。

如果真是这样，那么，到底亲戚之间，真话的意义到底有多大。是的，我很后悔在这件事上我起到的作用，而我有限的智力和比智力更有限的阅历又让我想不清楚问题究竟出在哪里。最后，想烦了，只好自行结论：谎言是好的，起码，它会制造一种彼此客气的假象。很多时候，它比真实的想法更有利于凡常的生活，毕竟，任何一种情感的关系，都未必能经得住肆意的考验。

我妈在这个恶性事件发生之后曾经试图从中斡旋。她用自己的私房钱给小姑姑买了一副新眼镜，金丝边儿的，比我小姑姑以前那副玳瑁边儿的显得洋气多了，以前那副眼镜跟她的短发搭在一起让她看起来很像我们想象中的江青。在姑嫂的最后一次促膝长谈中，陈萍小心翼翼地说："朝英，你也别太怪你哥，主要是吧，你不能说你哥'一事无成'，你还不知道你哥？他最恨人家这么说他，连我都不敢这么说。"

我妈说的是事实。她从来不会对我爸说出"一事无成"或任意同义词。

即使是在最暴怒的时候她也会绕着圈儿说别的，习惯性地避免任何与“一事无成”相近的意思。

当然了，这并不妨碍她以各种行动向梁朝伟证明，在她心底，他就是一事无成。

我妈在很多时候都会蹑手蹑脚地对待一个众所周知的现象。除了不能提我爸一事无成外，我妈也不允许我们议论各种身边发生的、明摆着的事实。

长此以往，她的一系列是非观，又用另一种方式帮我佐证“谎言”在现实中的重要。

我很小的时候，我大姑父得了那种被叫作“鬼剃头”的怪病，一夜之间所有头发尽数脱落。在他遭遇该怪病的没几天之后，我们几家人到我奶奶家例行聚会。彼时大姑父还没适应他已没有头发这个现实，在酷热难当的三伏天依然戴着帽子。梁小飞淘气，饭吃到一半走到大姑父身后把他的帽子给揪了下来，然后特别惊讶地大声说：“啊！你头发怎么全没了！我说呢戴个帽子冒充什么八路军！”

大姑父很伤自尊，一把把帽子抢回去戴在头上，把筷子往桌上一丢，恨道：“不吃了！”就走了。

我奶奶赶在女婿身后追了两步，没追到，火了，回头伸手给了我哥一巴掌：“你个倒霉催的你！就该让你爹撕了你的嘴！”

梁朝伟为了表示对我奶奶的忠心，也把筷子一撂，站起来走到梁小飞身边，对着他后脑勺“啪啪”就是两巴掌。

我妈在厨房帮忙备菜，听见了全过程，并没出门制止，等我哥进厨房寻求真理，陈萍不仅没有安抚，还狠狠把他骂了一顿。梁小飞继挨打之后又被骂，十分委屈，嘟囔着反问我妈：“他头发确实是全没了啊！难道我不说他自己就不知道了吗？干吗都冲我来啊？！他头发又不是被我弄没的！”

一直默不作声的大姑姑梁朝心在听到这句的时候，终于也放下筷子，“哇”的一声大哭起来。

陈萍很尴尬，情急之下挤出一句哲理：“很多事情就算人家明明自己知道，你也不能说！！”

梁朝伟的一事无成，和大姑父被鬼剃头一样，都是那种当事人相当清楚但绝对听不得任何人提醒的典型实例。

而陈萍则积年累月，仿佛在保护一个重要的隐私一样不仅催眠我爸也催眠她自己，就好像，只要她不说，梁朝伟就不会发现自己的确是一事无成，只要他不发现，就可以万事大吉。

我小姑姑对此不太买账，她当时尚待字闺中，她对她爸爸我爷爷的记忆又已经模糊，人生中唯一有过深度交往的男人就是我爸，因此她对男人的了解比较有局限性，尚且不知道对一个男的来说当面被人揭穿“一事无成”是多么严酷的打击。

她执拗地认定我爸野蛮的行为全部是受到贪财心态的驱使，属于利欲熏心之下的变态之举，而被伤害后的惊恐和难过又让她无法展开更多客观的认识，所以她不能谅解，甚至不能立刻接受。她心情的难以平复让她把我妈妈的斡旋视作是和我爸设计好了的“红脸”与“白脸”的分工协作。

“我哥结婚以前也没这么贪财！”梁朝英放言道，她这句话的标的很不明确，既不能拉拢我爸，又足以让我妈感到受害。

女人常常为了贪图一时之快而任性地乱说话。我小姑姑梁朝英是乱说话的行家里手。她一生中曾经三次经由乱说话而把她身边至亲的人推向情绪的深渊。除了我爸这次之外，之前小姑姑还曾经说过我爷爷“以伪装革命的形式试图继续走资本主义路线”。据说我爷爷在死之前对此都还难以下咽：“说我什么都行，唯有革命，我一生为革命事业肝脑涂地，用的都是真心实意，从未伪装。”

梁朝英之后又乱说过一次，那应当是她人生中最后一次严重的乱说话。

那是在她婚后五年还没有孩子的时候。身为妇科医生的大姑姑梁朝心让我小姑姑去她所在的医院做一次荷尔蒙分泌的检查。梁朝英说："我不去，我没什么毛病。"这也没什么，重点是，她隔了没五秒，大概是喝了酒的缘故，忽然又说了句："我看是他应该去看医生。"说完对着一桌子人哈哈大笑，好像她讲了个很好笑的笑话。

这个画面是由我奶奶向我爸转述的。梁朝英说那句话的时候，饭桌上还有 15 个亲戚，分别来自我大姑父家和我小姑父家。在座的没有任何人跟着我小姑姑一起笑，小姑父和小姑姑在那年之内离婚了，之后小姑父娶了他们学校的一个后来来的年轻教师，并在婚后三年之内一鼓作气冒着被处分被罚款的风险连续生了三个娃，仿佛要以实际行动血洗自己被羞辱的经历，还自己清白和尊严，看得出我小姑姑当初给他造成了多么大的伤害。

"你妹妹的确是该找个人家嫁了。"我妈那天回来总结道，"这丫头说话太噎人了，我现在终于知道你爸是怎么被气死的了。人家都说侄女像姑姑，悠悠以后可别像她，要像也只能像你姐。"

事情发展到这份儿上，终于进入琴瑟和谐的阶段，我们家所有人，把失败的动因推给了别人，大家都感到自己很受害，都享受着自己受害的感觉，那个年代最流行的口号之一"团结紧张、严肃活泼"在我们家的表现大抵如此。

好在，钱的刺激，暂时冲淡了亲戚间的连脉之情。

那是我们家难得的不到一个月的美好时光。从天而降的钱财带来了我们全家人都不熟悉的消费的快感。

我爸到现在还总会津津乐道于"我们家是整个一条街第一个有彩电的"！他说的时候得意神色溢于言表，好像那是他努力的成果。谁也懒得理性地去思考：这些钱和我们家各位尚且活着的成员的个人努力没有任何关系。

就是那个时候，我们家不仅成了整条街第一个有彩电的家庭，还成了整条街第一个在家里的水泥地上铺了塑料地板革和第一个买到松下 777 音响的家庭。是啊，我们在那几十天里拿了很多“整条街第一”，我们一家人陶醉在街坊四邻羡慕的窥视和嫉妒的议论中，家庭内部也首次由“家和万事兴”的和美代替了以前长期盘踞在我们家的那种“贫贱夫妻百事哀”的灰色气氛。

我宁可自己变成木偶

至少那样代表着能遇见一个人

给我传说中那种透明的、梦幻的、温柔的

只存在于童话中的，爱

Part 09

美好的同学

天上掉馅儿饼带来的愉悦也弥漫在我们这些小孩子当中。

梁小飞那一阵成了我们那一带著名的“散财童子”。而我炫耀的方式最初是邀请同学来我们家看彩色电视，白天没有节目，我就强迫他们看电视屏幕上的彩色格子。那是真正的彩色啊！在更新家电这件事儿上，我们家一直是努力保持领先的。在有了黑白电视之后，我们家还依次更新过电视屏幕尺寸和颜色，更新的方式是买一个放在电视前面的特质放大镜，又在放大镜上贴了个彩色贴膜。那个贴膜是专门为黑白电视设计的，从上到下的颜色分别是蓝红绿，代表蓝色的天空、红色的衣服和绿色的草地，那是那个时代因渴望彩色电视而出现的伟大发明。只是，尽管当时电视节目非常单调，但那些内容仍然不是那么服从这块三色屏风的调度。

所以，我们常常会看赵忠祥的脸由从上到下三个不同的色块构成。

我上高一那年，有一次我大姑父从外面回来兴致勃勃地说他在他常去的那家清洗假发的地方碰上赵忠祥了。

“你们谁也想象不出他不戴假发的样子，而我，看见了。不仅看见了，我还跟他交谈了！”大姑父一边说一边把自己的假发从头上摘下来，那时候大姑父早已对自己秃顶戴假发习惯了，但，为自己是个无发者感到骄傲，那倒是唯一的一次。

可我不愿意按姑父的描述去想象秃顶的赵忠祥。

在我的记忆中，赵忠祥，拜我们家彩色贴膜所赐，曾经是个有着“天蓝色头发”的人。

“天蓝色头发”是一个象征着美好的比喻。

在小时候看过的所有翻译书里，我最喜欢的一本书是《木偶奇遇记》。

尤其喜欢里面的那位“天蓝色头发的仙女”。我曾经默默幻想过自己的生命中也会出现这样的一个人物，不论发生什么样的危难，她都会拯救你；不论你多么不完美，她都不会嫌弃你；不论你做了什么错事，她总会原谅你，并且，她永远保持耐心的情绪、微笑的面容、谅解的态度，给你无尽的关护。

或许，这些综合的因素，也可以简单地概括成一个字，叫作“爱”。

那个小说结尾，当看到木偶终于变成真正的小男孩的时候，我感到无比失落，因为那不仅意味着童话幻灭，也意味着我无法再次见到天蓝色头发的仙女。而现实中的我，内心当中最大的期盼和书的内容刚好相反：如果可以选择，我宁可自己变成木偶，至少，那样代表着能遇见一个人，像天蓝色头发的仙女，给我传说中的那种透明的、梦幻的、温柔的，只存在于童话中的，爱。

所以我始终没有嫌恶过赵忠祥，仅仅因为他在我们家黑白电视那边，因为彩色贴膜的缘故，出现过接近“天蓝色头发”的幻影。

然而好景不长。咳，好景那哪叫“不长”，好景在我们家的一闪即逝根本就是一个不负责的广告时间。只不过，当我沉浸在暴发户人家小孩的那种恶俗加市侩的欢喜中时，完全没有料到厄运正在向我降临。

我爸和我妈在分配最后一笔钱的时候发生了严重的分歧：我爸想买一台 YAMAHA 摩托车，我妈想买一架 YAMAHA 钢琴。

最终我妈取得了胜利，不过钢琴不是 YAMAHA，而是更经济实用的“星海”牌。

钢琴运回来的那天梁朝伟气呼呼地出门了。

我妈势单力薄，一个人完全不可能把钢琴搬回家，只好强颜欢笑去各个邻居家倒酒发烟卷儿，把全院儿几乎所有的壮劳力都招呼出来，像纤夫一样喊着“1，2，3”，一起动手，才把那个立式钢琴搬进家门。我倚在门口边吃棒棒糖边悠然自得地看着这一幕，对于它的到来，我不知如何看待。

更没料到，我的悠然的童年，在钢琴来到我家的那一刻，被断送了。

记忆有时候会自动过滤掉一些不那么愉快的经历，比如学琴。

后来我只有在碰到让我动心的男孩儿时，才会伺机秀一下我不怎么样的琴艺。对于过往，更愿意去回想的是，那段时间，我迎来了我人生中的第一次好人缘。

我的好人缘始于那年开学，我像圣诞老人一样在我每一个喜欢的同学的座位抽屉里放了一颗酒心巧克力。那时候，即便是过年，能用酒心巧克力招待客人也是值得夸耀的事，何况是“开学”这么个非年非节的日子。

这一招是跟梁小飞学的。我通过观察发现梁小飞拿着我们家的小东小西到处送人，很快他就里三层外三层地被很多小男孩儿拥戴着，他和他们的关系很单纯：他给他们东西，他们听他使唤。

这种关系同样也适用于我和我的一部分同学。很多以前没怎么跟我说过话的女同学开始向我靠拢，那个感觉也很像酒心巧克力，包裹着一种多层次的醉人的甜蜜。我从来不知道在学校里人缘好是这么有意思的。

最让我惊喜的是，连陆建蓉都来跟我说话了！

陆建蓉是我们班的班花。她爸爸是我们那个市的一个干部，好多次我们都看见她爸坐着小汽车来接她放学。在那个时代，能坐上公家派的小汽车的威力超过现在拥有某个以自己名字命名的岛屿，至少我是这么看的。

陆建蓉身上拥有我艳羡的一切优点：漂亮，人缘好，学习成绩中上，上课总是敢于踊跃回答老师的提问。还有最重要的一点是，她还有个体面的，常常坐着小汽车来来去去的爸爸。

我呢，相貌平平、人缘平平、学习成绩平平，15 岁以前最害怕的事情就是老师提问，“爸爸”则更是我心头永远的痛。

所以，当陆建蓉向我走来，对我说了第一句话的时候，我心底的涌动，很像张爱玲说的“从尘埃里开出了花”。

陆建蓉那天对我说的那句话是："这个我也有。"

她指的是我头顶上戴的一个透明的宽发卡。

陆建蓉居然跟我说话！虽然这句话本身没什么大意义，但这个"发生"本身意义重大。我太激动了！因为太激动，所以我什么都没回答。回家之后的那天晚上，我辗转反侧，险些失眠，前半段我一直在回想自己什么都没有回答是否失态，中间半段又一直在假设各种回答方式，后半段则想的是如何补救。直到确定了补救的方法，我才勉强睡去。

第二天，我把我妈买的一整盒泡泡糖带到学校分给大家。在分发出十个之后，我捧着剩下来的那大半盒泡泡糖，鼓足勇气走到陆建蓉身旁，她当时正在跟两个女同学玩儿"编绳"，我走过去的时候，她正编到"茅坑"那一阶段，她发现自己编错了之后发出清脆的"咯咯咯"的笑声让我神往不已，那一刻，我真恨不得用我父母的全部家当去换一个星期"陆建蓉式的生活"。

对啊，我好像从来没有试过活得像她一样自如，自如到在出错的时候还能笑得很轻松。我不敢想象，更无法企及的是她总是过着被人环绕、被人关注、被人默默巴结的生活。

而我，只不过是一个在默默巴结别人的时候还感到肝儿颤的平凡小孩。

陆建蓉并没有接受我的泡泡糖。

"我不吃，我爸爸说，不小心把泡泡糖咽下去是会把肠子粘住的。"

我当场窘在那儿，内心各种情绪翻滚，先是因为她拒绝我而感到气馁，继而，又有些小小的亢奋，至少她又跟我说话了！为表示对陆建蓉"粘肠子"理论的支持，我一咬牙，当着她的面儿把剩下的大半盒泡泡糖都扔进了旁边的垃圾桶。

这个豪迈的举动让所有在场的人都十分惊诧。多半同学都露出了不解或可惜的神色，只有陆建蓉处乱不惊，她只是又"咯咯咯"地笑了，她的笑让她显得那么与众不同。

我因此开心极了，也跟着她笑起来，我笑的时候环视四周，想让所有同学都见证这个我人生中的华彩一刻：我和陆建蓉这样的人并肩站在一起，在为同一件事发笑，而且，一群人中，只有我们俩在为此发笑，这是多么了不起的知己之感啊。

关键的时候，上课铃响了，就好像《辛德瑞拉》里的午夜钟声，我用大半盒泡泡糖为代价，换来的，是只有不到一分钟的梦幻时分。

尽管扔了泡泡糖让我无比心疼，但陆建蓉的回应仍旧给我莫大的鼓舞。

我开始尝试用各种方法接近她。除了不断地从家里偷出各种不会被我父母发现的东西送给她，我还捏造了一些不存在的情况。

是的，谎言。谎言再次在我人生的关键时刻发挥了其重要的，不可替代的作用。

然而毕竟我只是个小学生，激动之下，我说的谎言漏洞百出。最好笑的一个是“我们家每个人都有自己的用人”。我也不知道自己是怎么想的，反正当时就那么脱口而出了。“用人”这个词对我来说不算陌生，它来源于我姥姥对往昔辉煌没完没了的回忆，那个回忆充斥着我整个童年。在我 7 岁之前对我说最多话的人有三个，一男两女。男的是讲故事的孙敬修老爷爷，女的分别是说评书的刘兰芳和我姥姥。前两者都飘荡在电台的空中，因此上，真实生活中只有我姥姥持续跟我说话，所以我对“用人”这个词的熟悉程度不亚于刘兰芳嘴里的金兀术或孙敬修讲的猪八戒。

我姥姥陆续讲了好多以前她们家如何阔气的事例：上贵族学校，请法国家教，用英国管家，吃美国巧克力，弹德国钢琴，在家看秀兰·邓波儿的电影，孩子们过生日吃真正的奶油蛋糕，还邀爵士乐队在家演奏或全家去和平饭店跳贴面舞。

这里头我除了也看过秀兰·邓波儿的电影之外，其他的一切都属于遥远的“传奇”。但，为了吸引陆建蓉注意，我把这些内容移花接木，变成了我和她之间的谈资。我惊讶于自己竟然也可以是一个滔滔不绝的人，简直像瞬间得了我爸的真传。每当陆建蓉露出将信将疑的神情时，我都打心眼儿里感谢我的姥姥，如果没有她提供的素材，我确实不知道如何更生动地编造一个又一个光怪陆离的谎言。

这样的日子过了几天之后，我甚至认为陆建蓉已经真的把我当成朋友了，起码，她愿意听我的瞎话。这个愿意好像一朵花，插在我形容枯萎的小学生生涯中，让它自化成一个小小的绿洲，拥有点缀整个童年沙漠的力量。为了巩固陆建蓉刚袒露出的一点友情，我又花了些心思去强化它们。

我用的方法是交换秘密。其实那也算不上真正的“交换”，只是我把我的秘密告诉了她，而她对她自己的事都一概守口如瓶。

我没有特别计较，陆建蓉愿意听我说话已是我能想到的最好的事了。

为了不让她听得失望，我特地编造了一些“口味浓重”的秘密。除了“用人”这种超现实主义的题材外，我还告诉她说我喜欢我们班的班长韩东。在我们那个时代，一个儿童如果承认自己“早恋”，简直比现在一个成年人被发现有“恋童癖”更可怖。

我自己心里知道，这个“秘密”也并非完全的空穴来风。虽然说，喜欢一个异性对于小学 5 年级的我来说确实来得有点早，产生得有点突兀，可，我能怎么样呢？它就是事实啊，它就那么自然地出现在我心里，像一颗早就埋下去的蓖麻种子，到了季节就扭动着纤细的腰身破土而出，并没有跟我商量。

我迎接它的心情也是喜悦的，毕竟，我从来没有接触过那样一种甜蜜并古怪的情绪。我之所以把这件事告诉陆建蓉是为了强化她对我的重视。

事实证明这个秘密奏效了。我告诉她的时候她的反应很强烈，她瞪着眼睛张着嘴专注地看我的表情给了我莫大的鼓舞。为了不辜负她的反应，我甚至当场低头落了泪。

我也说不清那是怎么做到的，也许得益于很小就看太多小说的缘故，我想我是在一瞬间就“入戏”了。反正，我想让陆建蓉理解成那是我沉浸在单相思的委屈中，但，其实眼泪形成的主要动因来自得到陆建蓉认可的激动。

果然，陆建蓉在掌握了这个秘密之后对我采取了不一样的对待。她总是反反复复地问一些同样的问题。问题的中心思想是“喜欢一个人的感觉是什么样子的”。

为了不让她失望，我用20%的真实感受外加80%从阅读和想象中得到的素材把我对韩东的那一点小小的特别的好感说了个天花乱坠。

那几天，我和陆建蓉之间拥有比我跟别的同学更密切的友情。陆建蓉对我的单相思的艳羡让我相当意外。我对自己很满意，主要是，我发现，居然有一样东西是我有的而陆建蓉没有的。

这感觉太美妙了！

那几个星期，我都在一种自导自演的行为艺术中度过。上课的时候，每当我发现陆建蓉看我的时候，我就赶紧把目光投向韩东，同时还要保持警惕不能被老师发现有任何异样。我揣着一个“半捏造”的秘密在得意和恐慌中过了一阵，其间的一天，陆建蓉邀请我搭乘她爸爸的小汽车回家。

那是我首次受到陆建蓉的邀请坐他爸爸的小汽车，在那之前，我们班只有四个同学受到过同样的待遇。由于太过兴奋，整个乘车过程我都像一具僵尸一样在后座动弹不得。当小汽车行驶在我每天都经过的那条路上时，我恨不得当即被陨石击中，因为只有那样才会有更多人知道，我坐在这个车窗上挂了一层纱的小汽车后座上。

可惜，10分钟的车程没有任何意外发生。等到了我们居住的那个巷口，我一下车就以百米冲刺的速度向自己家奔去，一边奔一边大声地喊着“妈——妈——”，其声音穿透力之强恍若我想象中“三毛迎解放”的架势。

哪知，我一进家，推门一看，沙发上坐着一个人。

如果这个情景放在我们小时候每天都听的评书连续广播里，到这儿肯定戛然而止，后面接一句“此人到底是谁？欲知后事如何，且听下回分解”。

那个人是我当时的班主任周秀英老师。

周秀英老师居然坐在我们家客厅里！这画面太不按牌理出牌了。

我吓一跳，那一吓非同小可，幸好我当时只有 10 岁而不是 100 岁，否则，不当场被吓出心脏病突发死才怪。也幸好我当时正跑得气喘吁吁，要不然真不知道怎么做才能掩饰我的惊慌。

接下来的情形更吓人。

“我正跟你父母夸你呢。”周老师笑容可掬地看着我说，“你很有潜力！”

正常人都能看出来周老师的“笑容可掬”是装的。她硬挤出来的笑容让她原本圆嘟嘟的胖脸上出现很多尴尬的起伏。我猜大概是她太久不笑的原因，她脸上的肌肉和脂肪群一时被突如其来的笑容搞得找不到去处，慌乱之中，就形成了几个不规则的小凹陷。那些小凹陷，如果只出现了俩，又恰恰出现在脸颊两侧，通常被人们称为“酒窝”。可是，当它没规则地胡乱出现了不止俩的时候，就没有一个与之匹配的学名可以形容了。

反正，这些没名气的小凹陷，让周秀英的那张脸在向我靠近的时候显得十分恐怖。

我被吓得一个字都说不出来。脑袋里飞速地上下求索，还是找不到任何让周秀英出现在我家夸我的理由。

这确实太匪夷所思了，周秀英老师平时对我的态度相当单一：视而不见。

小学 5 年以来我总共和她说过三次话，一次是我捡了一分钱，一次是我假装捡了一分钱，一次是我假装捡了一毛钱——捡一毛钱时我们家已经有钱了。

我这三次把捡来的和自己的钱交给她，目的都是一样的：企图引起她的注意，可周老师每次的回答也都是一样的："你……叫什么名字来着？"

这个回答总是让我黯然神伤。

所以，当我看见她坐在我们家沙发上的时候，只能非常担心地判定：出大事儿了。

周秀英老师在我到家之后不久就起身离开了，路过我的时候还拍了拍我的脸，这个举动再次吓我一跳。

幸亏，她走后不久我爸就扬扬得意地开始了又一轮自我赞扬，解除了我的恐惧。原来周老师来我家跟我没任何关系，她只是来找我爸帮忙弄"指标"的。

那个时候很多事都需要"指标"，周秀英这次找梁朝伟弄的是买彩电的指标。鉴于我们家有彩电这事儿经我爸自行传播，搞得沸沸扬扬，周老师就上门求助了。

我早就知道周老师想买彩电，她自己对彩电也不见得有多少热情，主要是她有个和我差不多年纪的儿子，那孩子是我同学，他对彩电的期许像个渴望婚姻幸福的绝望的老娘们儿，每天一哭二闹三上吊用各种方法胁迫周老师赶紧想办法买彩电。

梁朝伟不辱使命，透过请客吃饭等各种庸俗的手段很快就帮周老师搞来了买彩电的指标。

那时候我爸是乍富的新贵，在我们居住的小城市里颇有些知名度，很多人搞不清他的来头，为了给自己留后路也都愿意给他面子。

我爸弄来的指标也让我在我们班里的地位飙升，生平第一次，我当上了班干部。

虽然我的学习成绩没有随着地位一起提高，但这没能难倒我们的周老师。

“不要跟同学说彩电指标的事儿啊！”周老师在宣布我当干部那天放学之后特地把我叫到办公室嘱咐我说，她说的时候面部表情很异常：明明嘴角上翘努力在笑，可她的眼神和那些又出现在脸上的小凹陷里，分明就有一股一股暗涌的杀气。

我不敢跟她对视，抖了抖，赶紧点头，然后迅速跑开了，那个眼神不知道为什么似乎刺激了我的膀胱，我必须马上去厕所才行。

那是我人生中唯一一次当“干部”的经验，当的是“副文艺委员”。

那也是唯一一个不需要学习成绩让别的同学心服口服的干部位置。

“副文艺委员”完全是我们周秀英老师凭空捏造出来的一个头衔。命运就是这么有趣，我们班的“文艺委员”是陆建蓉。

陆建蓉对于我成为“副文艺委员”这个事件的反应和我想的不一样。

我的想法是，我副她正，既符合我们之间既有的宾主关系，又符合我内心向她靠拢的强烈意愿。然而，事与愿违。当周秀英宣布这个任命之时，我堆出一脸笑容向陆建蓉望去，哪知，她并没有看我。

她有什么确切的想法我不知道，但我清楚地感觉到她开始刻意地疏远我。她不再接纳我参与任何由她组织的娱乐项目，不管是编绳、丢沙包、跳皮筋儿，还是踢毽子，只要我一靠近，她立刻就收摊儿或转向别的小组。

她还把我之前送给她的所有东西悉数还给我：一个卷笔刀、一条长丝巾、一个发卡、一条项链、一支自动水笔、一个印着米老鼠的塑料皮笔记本，还有两包从上海带回来的正宗的大白兔奶糖。

“我爸爸说，不能拿别人的东西。”

她的说法让人没有任何反驳的余地。

陆建蓉在表达很多重要的意见时都会加上“我爸爸说”这个前缀。只要有这四个字在前面，就像是拿到了尚方宝剑，基本上谁也不会再对它们后面出现的内容持反对意见。

万般无奈地收回送给陆建蓉的礼物之后，我还是不死心地对和她的友谊留存有一丝奢望。直到几天后的一个下午。

那天事情的激化跟当班干部的职责有关。“文艺委员”在小学阶段也不用有什么特别的作为，也就是一个可有可无的干部头衔，恰好是可以让班主任老师用来作答谢或糊弄的位置，我记忆中它唯一实际的工作就是“起歌”。

“起歌”的意思嘛，就是整个班的小学生在文艺委员的带领下，唱着歌等待迟到的老师。

这是一个颇有仪式感的干部工作。文艺委员有权力在老师没来之前，全班其他同学都坐着的时候独自站起来，俯瞰全班，然后，清清嗓子，唱一句“让我们荡起双桨”之类的当时校园时尚小调，还需得加上铿锵有力的“1，2！”

之后，整个班的小学生就傻了吧唧地都跟着唱。

所以，文艺委员不仅是那个有权力站起来的特别人物，也是那个能引领班级歌曲流行趋势的重要人物，如果起歌起得好，还能让接下来出现上课的老师有一个耐心对待大家的好心情。

就是这么一个重要的角色，本来由陆建蓉一个人担任，平白无故地，又冒出了个我！

一种微妙的变故就这样展开了。

我在当上副文艺委员之后也没有打算篡权，当然，陆建蓉也没有任何让贤的意思。遇上起歌，还是她很自然地站起来履行责任，而我心甘情愿地臣服。

话说那个不一样的下午，恰逢我们班主任周秀英老师的课。上课铃声响过之后，大家都回到了座位上，她不知道又有什么要务须得立即解决，就站在教室门口和隔壁的一个老师聊上了。

同学们发出了窸窸窣窣的小声响，周老师聊了两句之后回头冲着班里说了句：“起歌啊！”

然而，由于周秀英的视线焦点不明，搞不清楚她到底是在看我还是在看陆建蓉，问题就来了。

大概我们俩对周老师的这个眼神都很敏感，陆建蓉没有理所应当地站起来。而我，顿时出了一身冷汗。我在踌躇不定了一小下之后，绝对真诚地冲陆建蓉抛去了谄媚的眼神，那眼神里巴巴地写着：“请您起歌……”

陆建蓉则隔在几个座位之外，一副神圣不可侵犯的表情，回看我，眼神空洞得好像看到的只是一坨空气。她的嘴角像平常那样保持了一个舍我其谁的微笑，淡定地坐在那儿，其坚毅程度完全像我们教科书里描述的刘胡兰或赵一曼。

我们就这么僵持了几分钟，此时周秀英急了，站在门口又往班里看了一眼，嚷嚷了一句：“让你起歌听见了没？”

我应声站了起来。倒不是她这次视线投射得清晰，而是，以我的经验判断她不会对陆建蓉这么娇贵的人那么凶悍地嚷嚷。

我的光荣和诡异的干部时光就那样唯唯诺诺地展开了：“月亮在白莲花般的云朵里……1，2。”我颤抖着唱道。

可能我太没工作经验了，起了一首特难唱的“散板”。而且我自己很没自信，大家压根没弄清楚我起的节奏和音高。

所以，接下来全班同学犹犹豫豫地跟着唱了起来，唱得参差不齐荒腔走板。

周老师在门口聊天正聊得起劲儿，一听急了，回头又嚷：“这唱的是什么啊？！”同时不屑地扫了我一眼，眼神里明显写了句“扶不起的那啥”。接着，周秀英换了个和缓的声调又说：“陆建蓉，你来！”

陆建蓉应邀站起来，那一刹那，她身上焕发出的那种胜券在握的姿态，以及一切尽在掌控的骄矜和轻蔑，让她看起来完全不像一个10岁的孩子，更像是一个久经情场场场得意并已拥有十个孩子的世故老成的单亲妈妈。

“我！们！是共产主义接班人……1，2。”陆建蓉高亢而清脆的嗓音划过教室的上空。就这样，全班包括我在内的所有同学，臣服地跟随着她的节奏和音高整齐嘹亮地唱起来：

“我！们！是共产主义接班人，继承革命先辈的光荣传统，爱祖国，爱人民，鲜艳的红领巾飘扬在胸前……”

我当班干部的职业生涯，来去匆匆，真正的实践只有短短不到一分钟时间。从此以后再也没有老师让我起过歌。我自己当然也不会那么自取其辱非要跟陆建蓉一争高下。

那是一种很难说清楚的感觉，就那么首歌的工夫，确定我当上过曾经想都不敢想的班干部，更确定我失去了曾经想都不敢想的朋友。重点是，我在确定自己真的当上班干部之后又确定自己真的永远和它失之交臂了。至于和陆建蓉的友情，尽管我从来没有确定我得到过，但失去的是那么干脆、清晰，甚至有些残酷。

我心中在那时升腾起一种自己之前从来没有过的复杂的感觉。等长大以后，我渐渐知道，那就是传说中的“失去”。

比失去更折磨我的，还有“恐惧”。

在痛失当班干部的运气和虚幻友情的同时，我可没敢忘记陆建蓉是一个掌握着我秘密的人，那是一个全然可以置我于死地的秘密：我喜欢韩东！

尽管那不过是我为了获得她的友情而杜撰出来的。

完了。

在想到这一秘密可能带来的后患时，我从失去的痛苦中迅速拔起一半儿，陷入另一个之前从来没有过的复杂的感觉。

那一阵，当我被痛苦和恐惧折磨得寝食难安时，无师自通地终于学会了做梦。在那之前，我都一直过着无梦也无白日梦的苍白生涯。真不知道说什么才好，混乱的新情绪把我的人生带入了一个有梦也有梦魇的无名轨道。

有天晚上，我甚至梦见陆建蓉化身一只巨型的猫咪向我扑过来，我在它的巨爪之下仓皇逃窜，惨叫而醒。

那是我人生第一场记忆如此清晰的梦，倒霉催的，竟然还是个噩梦。

人的潜能无限大，但往往在遇到逆境的时候才会被激发出来。大概由于我实在太害怕陆建蓉把我说韩东的事儿告诉老师，我的智慧被吓了出来。

有时候想想，这可能也得感谢我的 DNA 中包含着梁朝伟遗传给我的计谋，关键时刻，我的女少年的小脑袋里终于自动想出了一个绝妙的主意。

这是我人生中又一个让自己引以为傲的谎言时刻。

就在我奉旨起歌而不成之后的第七天，在操场上，我把陆建蓉拉到一个角落里，跟她说了另一个秘密。

“我得了一种病，”我哀伤地说，“医生说，我……只能活到 17 岁。”

我一边揣测陆建蓉可能有的反应，一边用右手的食指轻轻挠着旁边的学校的围墙，为了让自己看起来不那么紧张。

陆建蓉瞪大了她那双本来就不小的眼睛，将信将疑的。

但，她是善良的，即使她没有完全相信我说的话，但最起码，她没有立刻到处去散布我和韩东之间那些假是假非。

我战战兢兢，因心里的紧张而看起来确实相当苍白。

好在，天助我也，没过多久，市面上就流行起了一个日本电视剧《血疑》。

对我来说它无异于一个“证据”，让陆建蓉相信这个世界上就是会有一些人，就是有可能，“只能活到 17 岁”。

她在看过《血疑》之后很正式地把我单独叫出来，正式地答应我，她不会把我和韩东的事告诉任何人。这太令人感动了。

为了一个保护自己秘密的谎言，我付出的代价是从此以后每天都蹙着眉头装病，直到小学毕业。

我此生再也没见过任何和那个谎言相关的人，包括利用过我的老师周秀英、我最想成为朋友的同学陆建蓉和一个始终被蒙在鼓里但又是谎言核心的同学韩东。

只是，多少年之后我都还会梦见我回到了那个操场，那个充满着小孩子追打笑闹和小孩子间谎言的操场。

我从来都没有告诉过陆建蓉或任何人，有那么一阵，我甚至很诚实地希望我自己真的得了一种只能活到 17 岁的病，因为，在我心里，只有那样没有谎言的交集，才能配得上我想象中的友谊。

那是一种神圣的情谊，那种和陆建蓉无关，和韩东无关，和班主任无关，和当不当班干部、帮没帮老师买电视无关的，某种，像紫色蓝蜻蜓一样的纯洁的友谊。

它确实是死角

没有向前的方向，也没有迂回的退路

你只是独自一人

带着原本欢欣雀跃的喜悦，面壁

Part 10

幻觉

我在最后一年半的小学生涯中彻底变成了一个公认的性格孤僻的小孩。或许来自因失去和陆建蓉这段虚幻友情的打击，或许来自周秀英带给我的对虚伪的成人世界的失望，或许开始厌倦当暴发户小孩的那种浮夸，也或许，只是为了装病，反正，我彻底成了一个独来独往的女少年。

在那段时间，我意外见识了很多超乎寻常的画面。

你会不会知道，紫色蓝蜻蜓是什么样子的?

假如，没有其他人也和我一样见到过它美丽的存在，那么，世界上，究竟算不算有过紫色的蓝蜻蜓?

紫色的蓝蜻蜓，反正，我确定，我见过这样一种美丽的昆虫。

某次我逃课在郊外，享受独处时就看到过一只，它那么美，美得我忍不住对着它微笑。它在我周围飞了很久，后来我索性就躺下了。躺在草地上，躺在其他友善的小昆虫身边，我就那样微笑着注视了它很久，大概我太专注了，完全没发现自己几时睡着，直到太阳下山，露水悄悄爬上草地，我才轻松愉快地醒过来，回到无趣的现实。尽管如此，我还是难掩内心的欣喜，背上的露水在晚风下凉飕飕地抚摩着我，让我坚信刚才的一切都是那么真实。

在回家吃饭的时候，我很兴奋地跟我爸我妈我哥分享我下午见过的“紫色的蓝蜻蜓”。

陈萍忙着给大家布菜压根没接茬。

梁朝伟说：“什么紫色的蓝蜻蜓！它要么是紫，要么是蓝！你这个形容根本就是个病句！”

梁小飞说：“不可能！蜻蜓只有蓝的和绿的，你说的那是‘老虎招招’！‘老虎招招’也没紫的，只有黄的和红的！什么紫色的，你色盲吧你！哈哈哈！”

我没争辩，低头继续吃饭，怕说多了会暴露自己逃课的事实。

然而，忽地有那么一刻，我竟然感到食不甘味，这感觉对我这样一个嗜吃如命的小孩来说，很不平常。

我的灵魂独自回到了一小时前的那个郊外，我看到紫色蓝蜻蜓确实存在。

它们是那么特别，背上的紫色和翅膀的淡淡的天蓝色混搭而成的奇异的美丽可以匹配得上这个世界上任何美好的形容词。

而我，一个描述能力十分有限的女少年，只能用“紫色的蓝蜻蜓”这六个最写实的字来表达它们带给我的无比的感动。

然而这是一个尴尬的、无法被分享的死角。

我顿时又回到了我最熟悉的孤独感当中。

这也是我不解的：为什么在对童年的回忆中，很多的画面都会终结在一个孤独感当中。它确实是“死角”，没有向前的方向，也没有迂回的退路，你只是独自一人，带着原本欢欣雀跃的喜悦，面壁。

等一下，我想补充说明的是，“孤独”在那些时候，未必全都代表着“不好”。“孤独感”在我年少时期的语境中只是一个没有太多指向性的状态，当被拒绝或被误读发生太频繁之后，“孤独”是一种条件反射，“孤独感”反而能制造一种令我感到平静的常态。从另一个角度来剖析，我想我喜欢这种感受上的“面壁”，至少它可以对自己丢盔卸甲，回到我想要的轻松和真实中去。

只不过，那种“真实”和大人们世界的真实有时候是对立的，以至于，在我自己成了大人之后，我始终不太确定“真实”的意思。

在看到紫色蓝蜻蜓之后不久的一个下午，我独自在院子里发呆，忘了那天为什么没去上学，反正就是没去。

我选择在下午逃课的动机之一是小时候学校和家长都要求我们午睡。

不知道为什么，小时候，每当午睡醒过来的时候，心头都有一种浓郁得能让嗓子眼冒出腥甜的凄凉感，那是种热恹恹的又很犀利的孤独。只有一个词能准确地形容我那种感觉——“厌世”。

嗯，是的，午睡醒来那几个小时总是我的厌世时光，尤其是不得不带着没睡饱的疲惫独自穿过夏天被太阳晒得明晃晃的巷子去上学的时候，心头沉重得像喝了半斤用“厌世”这种果实酿成的酒。

真的，如果没有午睡的话，也许夏天就精彩多了。

午间那平白多出来的一个多小时可以干很多事情：摘邻居家种的花儿，偷邻居家母鸡生的蛋，或只是跟邻居家小孩一起丢沙包跳猴皮筋儿。什么都行！除了睡午觉。

一直都不明白为什么我们小学生到了夏天就得被要求午睡。重要的是，你不想睡的时候，被迫去睡，才刚睡到深处，又被强行叫醒。

折磨啊。

午睡的折磨好像一场注定无疾而终的婚外情，茫然不得已地走进，被迫悲切地离开。即使曾经有过小小的甜蜜，它的作用仿佛也只是来助长被折磨的现实。

而且，午觉这东西，你不睡，困倦也不会来，它也影响不了什么，一旦睡了，醒的时候反而会特别困，仿佛困倦是被午觉特地睡出来似的。重要的是，它还让我在困倦中产生厌世感。

和起初很多时候一样，一天，我在某个没醒过来的困倦中，没想明白，仍旧试图跟我的父母分享，一不留神，就袒露了内心的真实。

“厌世？！”梁朝伟听了这两个字之后先是眼睛瞪得很大，然后，根本没理我，就很没礼貌地冲出家门到院子里去了，一边走还一边笑，“啊哈哈哈哈哈……”

“神经病……”我心里说，真不知道厌世有什么好笑。

但我被他彻底笑醒了。

院子里的大人比我更懂我爸，他们对他的笑话非常响应，那之后好多天，很多大人见了我都会故意问一句：“悠悠，你今天厌世了吗？”

不管我回答还是不回答，跟着的都一定是一串肆无忌惮的笑声。

那是我童年生涯中又一段无地自容的时光。

“厌世？你一个小孩，有吃有喝有地方住的有什么资格厌世！”陈萍倒是没笑话我，但比笑话更严厉，她让我的人生首次意识到“资格”这个词的分量。

陈萍接着又教训梁朝伟：“你也是，家丑不可外扬，跟邻居说那么多干吗？！让人家以为我们多不会教育孩子呢！”

原来，厌世不仅需要“资格”，而且是一种“家丑”。

在我父母的双重努力下，我终于自惭形秽。

那是人生中初初的一段“没脸见人”的时节。

那时候我对“没脸见人”还相当没什么经验，每天出门都要顶着巨大的压力。我在这个压力之下惶恐不安，闷闷不乐，只好尽量减少出门的次数，以避免见到邻居。被嘲笑厌世的第四个下午，我自己在家慌张，内急，无所事事，只好挨个翻抽屉打发时间。

我在一个平时不怎么用的抽屉里发现了一副旧眼镜，摆弄它的过程忽然给我一些灵感。

我搞不清那是姥姥的还是姑姑的还是哪个亲戚丢下的，也不知道它到底是近视镜还是老花镜，总之，就是那么一副被遗弃的、有度数的眼镜。

我闲极无聊地戴上它。

没想到，哗……世界在我面前顿时发生了巨大的变化。

也许当时年纪尚小很傻很天真，也许是有病乱投医，我在戴上那副眼镜之后，忽然产生了一种错觉，以为，只要我看不清别人，别人也一定看不清我。

这个错觉让我很高兴，我赶紧戴着它上厕所去了。

从那之后，我只要一出门就总是戴着这副眼镜。就那样，在穿过院子的时候，我不再看得清身边路过的邻居，看不清的感觉让我感到一些小小的“安全感”，我可以置若罔闻地不理会他们的议论。我当时就是那么认为的：当一个人眼神不好的时候，她就能够理所应当地不用太顾及旁边人的反应。

我的听力似乎也伴随着我视线的模糊而扭曲了。那种感觉好像拿着一根隐身草。

仿佛，即使不回答邻居的各种无聊的问题也不算失礼。

那之后的一个月里，我一共跌倒过七次，其中一次还险些掉进公厕的茅坑里。反正，不论怎么摔倒，我的第一反应永远是死死地护住我那副眼镜。

就这样，几十天后，在我的膝盖和手肘的伤痕还没有完全恢复之时，我终于如愿以偿把自己戴成了一个近视眼。

“这孩子也真是，成绩一般，眼睛倒是这么早就近视了，随谁了？”

陈萍对我视力的变化很诧异，她没把这和我的“厌世”联系在一起。

在验光的医院，医生说，我的那个，叫作“假性近视”。我那时候还小，不懂关于“近视”的各种医学的理论，但内心就非常清楚地知道，自己为什么是“假性”以及“假性”的程度。

这是一种奇怪的感觉，我很早就知道，身体好像对内心有聆听和服从的能力，因此，所有外化成“病”的状态，其实在内心都有和病理无关的情绪的唆使。

在我成了一个大人以后，有一次去听一个心理专家的讲座，她说所有身体的病变其实都是心理暗示的结果或情绪的某种投射。她讲得极其深奥，再加上很多专业名词之后就更加晦涩难懂。

但我立刻就默默地给了自己一个微笑。因为我太熟悉什么是“情绪投射带来的身体的病变”了，我从小就是一个心理暗示的能手。

像是，说白了，我变成近视的主要原因并不在于胡乱戴眼镜，而是，我完全是主动地借助眼镜完成了内心的“希望看不清”的意念。我有选择的近视是我当时最明确的自白：不想看清楚的，就看不清；想看清楚的，就一定能看得通通透透。

那是我人生第一次成功地透过自己的意见改变了身体的某一个功

能或是说构造。在那之后，我又透过意念结束了我学习长达四年的钢琴——只要一到周末得去钢琴老师家之前的夜里，我就会扁桃体发炎，并伴随高烧。

在这样的情况持续了半年之后，陈萍终于缴械，放弃了让我学琴的理想。

顺便说，那只是她的“理想”。虽然为了不学钢琴，我付出的代价是屁股上挨了上百针青霉素，但是比起乐器本身的折磨来说，一切都是那么值得。陈萍对我定时的发病一直都很迷惑。因为我们所在的小城并没有任何一个高明的医生能说明白我发病的原因。我没有受热也没有着凉，没吃任何导致生病的食物，但扁桃体确实肿大并且体温也确实升高了。只有我自己清楚，那个炎症来自我内心越来越强大的意念。

只不过，我没料到的是，这个世界，在我结果掉钢琴之后，还有很多需要耗费毅力的内容。我在汹涌而来看不到边际的活计面前，绝望了，没有再次试验自己的功力。

但内心深处，很怀念和钢琴对抗的那一段，怀念“意念”曾在我少年生命中鲜活的存在，它让我对它深深地折服和充满敬意。我因为敬拜它而更加迷恋生命。只是，这个纠结的过程，也只是我身为小孩一个人在默默消解。那时我已经在开始放弃跟长辈的交流，没有人愿意在同一件事情上总是受挫。我只是没料到那样的放弃，一放，就是一辈子。

如果，我能穿过时光隧道在童年时期就和二三十年后讲课的心理专家短兵相接的话，我想对她说：是你们大人把一切简单的东西复杂化了，你们所有复杂化之后的心理问题在一个人的儿童时期都是简单并自然的，因为，所有的心理问题几乎都只有一个成病的原因——它只是当时被有意无意地忽略或拒绝了而已。

可能天下绝大多数正常的大人都会堂而皇之地说自己从不怀疑对

亲生子女的爱。可是天下绝大多数正常的大人又总是在很多的时候有意无意地或略或拒绝与他们爱的小孩交流。

所谓“青春期”其实只是一种“褪病反应”，它的警示在于，小孩和大人之间缺失的交流已经在制造彼此的疏远或伤害。只是，有的人，有运气，发现了，就度过了；有的人，没运气，或没耐性，于是父母子女之间，就像永远隔了一个保险套——即使仍然偶有相爱的快感，也总是来得非常“塑料”。

在我被确诊为近视不久之后的一天，还发生了另一件不寻常的事件。

那天，阳光灿烂，整个院子弥散着一种夏天特有的天蓝色的气味。空气透明得令人发指，在那种没有阻挡的自由的如飞翔般的感觉中，我的眼睛又愉快地自动恢复了正常的视觉能力，仿佛，只要我愿意，就能一眼直看到或西山或东海或开在郊外的某一株迎风流泪的绛珠草。因此我不敢到处乱看，怕太早看穿这个本来很透明的世界。

我的眼神，小心地、虔诚地、心无旁骛地仰望着我的视线能企及的一片小小的天空，天空在那一刻，是那个城市里我唯一敢放眼望去的方向。

那天的云真美啊。

在我被教育彻底改造之前的那些天真尚存的年月，“云”是我诸多亲密的伙伴之一。而且那时候的我认为云是有生命的，否则它为什么比周围大人更了解一个孩子某些时候对世界简单的期许？

和很多时候一样，自如的如同有生命的云在天空中变幻出各种刺激我想象的形态，我在心里默默地和它们玩耍起来，十分惬意。

不知道玩儿了多久，忽然，有一条长着翅膀的鱼，没有预料地，从我视线望向的空中飞过。

我至今都记得那条鱼的样子。

它是彩色的，那些不规则的彩色中最醒目的是橙色和蓝色的条纹。

它就是那么旁若无人、悠然自得地在云彩的映衬下，从天空中缓缓飞过。

不知道为什么，我一点都没觉得奇怪，也没有任何恐慌。在那一刻，似乎，鱼就应该是会飞的，并且，鱼就应该是彩色的。

它大概用了将近一分钟才飞出我的视线。那真是人生中值得被好好收藏的一个一分钟。

只有以下的这些事带来的感动略微算是能和它同日而语：第一次被巧克力刺激到味蕾的感觉，第一次被冰激凌刺激到味蕾的另一种感觉，第一次被湿吻刺激到不知道算不算是味蕾的某个神经耸动的感觉。

反正很不一样就是了。

是的，那条从天空飞过的彩色的鱼，像巧克力、冰激凌或初吻一样给我留下了难以泯灭的深度美好记忆。

我陶醉在这一画面中难以自拔，直到它飞走，我还不舍得把眼睛从天空的尽头挪回来。

这个如梦如幻如醉如痴的不舍感持续到我妈下班。

“你作业做完了吗？”陈萍低沉严厉的声音不知道从哪儿忽然冒出来。

她说话前我完全没注意到她的出现，因此还保持着脑袋向后 90 度的仰着脸，据我妈后来说，那时候每每看到我“头往后仰成 90 度”发呆的样子，她心头都顿时会生出一团无名火。

反正，她的那句话似五雷轰顶，好端端的，把个无比美好的下午给炸了个稀巴烂。

我回到味同嚼蜡的真实童年，戴上眼镜，臊眉耷眼，进屋做作业去了。

鉴于陈萍那天心情一般，我没敢立刻提飞鱼的事。

话说回来，即使他们心情很好，结果可能也没有太大差别。实际上那时候我已经就要习惯被家里人随意地否定和蔑视了，或许是那条飞鱼太过奇异美丽，激起我心里仅存的一点点想要分享的愿望，真的只剩那么微弱的一点点。

所以，当不久碰上一个我们一家人难得其乐融融的时刻，我一高兴，把我内心关于飞鱼的小珍藏给说了出来，并热切地期待着大家的分享。

“就是你，老给她买那些神话书，看得魔怔了。”陈萍没接我的话，矛头一转，借故批评了梁朝伟，还好，她继续好心情，也没骂我，只是低头织毛衣去了。

“我看这孩子是想吃鱼想疯了吧……”梁朝伟心情也不赖，没理会陈萍的批评。

“我说，下次你要是再看见，记着马上叫我，我拿弹弓把它打下来，让妈红烧一半，清蒸一半！”梁小飞讪笑着，说了个自己觉得相当聪明的话，自行笑了一阵，又顿了顿，好像想起什么，转脸对我妈要求道，“就是嘛，妈，咱们家都好长时间没吃鱼了，说得我都馋了！明天吃鱼吧！”

“也行，是很久没吃鱼了。对了，要不咱们吃带鱼吧！你小舅厂里就这几天说是要分带鱼！”陈萍安抚儿子，全然一副慈母模样。

“带鱼也行，那就红烧一半干炸一半吧？”梁小飞开心地憧憬道。

“最好是国产带鱼，上次分的就是进口带鱼，跟西装鸡一样，看着大，吃起来没味道。”梁朝伟此时也参加进了吃鱼的讨论。

我，别无选择，只好短暂地灵魂出窍。

“灵魂出窍”和做梦一样，是我小时候少数的别人没教就自己掌握的技能。

一个不被相信的小孩是可悲的，一个没有相信能力的家长，则是另一种可悲。

第二天还是第三天，反正挨得很近。我们家果然吃了带鱼。

我没吃。我也说不出为什么，就是不忍心下嘴。从那以后，我都不再吃鱼。我的家人们对此不解并不屑，因为他们不相信我眼睁睁地看到过一条从我眼前的天空飞过的鱼，他们不知道，那是我见过的关于鱼的最奇异最梦幻的画面，我不能把这种给我带来过如此美好感受的生灵当成果腹的食物。

“我不吃鱼”这事儿又引起了一场意外的家庭战争。

当我把陈萍夹到我碗里的带鱼又夹出我的碗时，她生气了。

“梁朝伟！”我妈大叫了一声我爸，“你管不管！”

我爸正吃得起劲儿，看在带鱼的分儿上，果断地站在了我妈那头，冲我嚷道：“你别作事儿啊！”

“梁悠悠当然不吃了，梁悠悠怕一吃鱼自己也飞起来，哈哈哈！”梁小飞端着碗开心地拿我的神圣记忆开起玩笑来，边说还边拿一块啃完鱼肉、只剩一排刺儿的带鱼骨头在头上刮了刮，“看吧悠悠，鱼不仅会飞，吃完了还能当梳子！”

我哭起来。

我也不知道为什么哭，就是哭了。

我越哭越大声，我爸火了。

我们家很有意思，一家四口，每个人内心深处都很痛恨吃饭被打扰，可，这又成了一个奇怪的默契：总是有人轮流地去破坏其他三个人想要好好吃饭的美好而单纯的愿望。

这一次，破坏者是我。

我付出的代价是自己饿了一顿，并被罚以面壁将近一小时。

到今天我也不明白，有些情景，明明就是真的，为什么我说出来的时候大人们就认为我是“捣乱”，或“发神经”。

他们这种一惊一乍的反应，让我好多话都懒得再跟他们说，除了会飞的鱼之外，我还见过很多他们必然不相信的情景。比如说，有一次我逃课去郊外玩耍，迷路了，忽然路边出现一只狐狸模样的小动物，它在我身边微笑着奔来跑去，不知不觉就把我带回到了我认识的那条大道上。

又比如说，我们院里住上房的那位尤奶奶去世了，她被埋葬之后，我还是一直能看见她继续在院子里溜达了好多天。院子里其他活着的人都对她死后的存在没有任何感知，除了我和尤奶奶养的那只猫会给她回应。

她偶尔会对我笑笑，我也对她笑笑，她摩挲那只猫，那只猫发出喵喵的撒娇声，和她活着的时候一样。那个情况持续了有一阵子，尤奶奶才彻底消失的。我记得我再也看不到她的时候，曾经跟我妈妈说过："尤奶奶最近不见了。"陈萍鼻子里"嗯"了一声，完全没在意我说什么，继续忙她的去了。

还比如说，我们家养第一条狗的时候，跟我妈相当不亲。我妈大概伤了尊严，很气。我想要宽慰她，就搭话道："可能是它知道你吃过狗肉，怕你，才跟你不亲的。"

我父母大惊，齐刷刷问："你怎么知道！"

我怎么知道我怎么知道？奇怪。

我只好照实说："有一天，有一条狗跑到咱家鸡窝里，我爸把它打死了，吊在门口的柳树上剥了皮，放进咱们家洗床单的大木盆里洗的，然后煮了给妈妈吃了啊！"

"你听谁说的？！"我爸妈又齐刷刷问了同一个问题，整齐得像排练过似的。

我觉得他们问得很白痴，这个干吗要别人告诉我，这个都是我亲眼看到的啊。

"那条狗不是我哥同学李静他们家的吗？李静家住西门，狗走丢了，她爸还来咱院儿找过。"

"不可能，那时候还没生你呢！"这句又是俩人一起说的。

之后，梁朝伟说："你妈吃狗肉是因为怀你的时候营养缺乏！就吃过那么一回！没别人知道！我们自己养狗，我们怎么会吃狗肉呢，确实是因为你妈营养太差了。"

陈萍又说："就是，我营养差无所谓，主要是我营养差你营养就差了，我以前根本不吃狗肉，后来也没吃过，而且，我和你爸开始都不知道那条狗是李静家的，以为就是野狗。”

梁朝伟再说：“什么‘以为’，它就是条野狗，肯定不是李静家的！”

我父母罕见地以雌雄同体的姿态高度一致地对我解释一些我根本没问的问题。

我不明白他们干吗那么介意，我是一点都不介意我妈吃没吃狗肉，我也一点都不介意他们是否吃掉了李静家的狗，李静只是我哥的一个女同学，每次看到我哥都白她一眼的那种没有任何交情的同学。

我比较介意的是，真不明白我父母为什么又对我充满怀疑，似乎我说出来真相是做了什么对他们有敌意的事。

“不可能，你不可能看见！绝对不可能！”我父母断言道。

那天的结果，又是以我词穷之后只好以哭泣来收尾，没得出任何结论，不了了之。

我也不知道我是怎么看到的那个情景，可是它就是像其他所有记忆一样安然地存在于我不算复杂的小心脏里。我父母则无论如何都不愿意相信这个确实是我看见的而非他们认为的那样是别人告诉我的。

一个在我看来再简单不过的事，被他们复杂化，甚至某种程度的阴谋论了。

他们料定是别有用心的人向我揭发了这件事，虽然他们自己也捋不清揭发或揭发人的逻辑。总之，这又成了他们对我失望的另一个理由。

可是，那些情景发生得那么自然，让我压根没理由怀疑它们的真实性。

奇怪，所有这些自然的事，到了我父母的眼中，就成了我“乖张”的依据。

我渐渐无力并更无胆量和他们分享，也是因着每每我把那些自然的发生讲述出来时，他们看我的眼神中，都有一种我不懂原因的“失望”。

大人们的否定让我开始学着否定自己，终于，当这个没温度有重量的否定主导了我自己的生活后，我不再能看到那些“超现实”的情景。

就是这样，我说实话的时候，被认定为谎言或至少是无知或乖张。我说假话，反而能更顺应成人世界中某种特做作的和谐气氛。

我在心里做了对比和衡量，确定了更简单易行的成长方式，渐渐，说谎成性。并且我把谎言说得很圆融，听起来更接近我父母想象中的那个我。

以后很多年，我都没有走出过谎言的围剿，因为我不清楚，它带给我的，和这个世界上的只属于大人们的所谓“真实”带给我的，究竟哪个，能让我抵御孤独。

而那才是我内心底里最最绵软脆弱的所在，一个我时刻都想袒露，也时刻都有理由让我更想隐瞒的所在。

以后又很多年，我看了一部名叫《爱丽丝梦游仙境》的电影，当爱丽丝的爸爸对她说：“你是疯了，所以我才这么爱你，因为只有疯了的小孩是特别的。”

我在剧院的黑暗中黯然神伤。我不知道伤怀为了什么，是因为我的人生再也没有任何机会成为“疯子”，还是因为爱丽丝的爸爸才是我一直梦想希望拥有的那种家人，那种，只有在童话中才出现过的，会读懂小孩“发疯”中的精髓的爸爸。

所以，“爱”是什么，或许，“爱”就是你碰到一个人，而他或她认为你非常特别；那么“相爱”是什么，“相爱”就是你碰到的这个人，他或她让你觉得你自己确实很特别。

当我们对人与人之间的互爱
感到无力和麻木的时候
我们对动物的爱反而会特别敏锐

Part 11

宠物

关于爱，在说太多想太多之后，行事中却依然无解，这令人十分气馁。

在成人之后我无数次凝眉蹙目地奋力回想我的家里关于“爱”的画面，答案总是非常潦草和模糊。仅有的几幅特别情真意切的，很不好意思，又都不那么纯粹地跟其他飞禽走兽有关。

这也很怪，你觉不觉得，好多时候，好多人都会这样：当我们对人与人之间的互爱感到无力和麻木的时候，我们对动物的爱反而会特别敏锐。

好像“爱”在心头有一些恒定的指标，用不完的会自动跑到别的领域里去。

说来好笑，我们这一家子不太懂得彼此抒发爱的四个人，在对动物表现爱的时候，却十分有兴头，简直电光石火各不相让。

我爸梁朝伟又堪称是我们家热爱其他小动物的代表人物。

在我从幼年到少年的岁月中，我们家除了固定的我们四口和流动的我姥姥之外，还前后左右出现过几十只鸽子，无数条热带鱼和两条狗。

先说说狗吧。

我家有过两条狗：一条是主动养的，一条是过境的。

那条主动养的狗是一只正宗的哈巴狗。要说，这狗来我们家的过程略有点不光彩——它是被偷来的。

有那么几个月，我哥被我妈指派学小号。那是我父母在成为富人之后的诸多举措之一，我和我哥在当时都被分配认领了一些尚未致富的人家的小孩儿玩儿不起的活计。

不过，和曾经学过的无数其他活计一样，“小号”在梁小飞七上八下的学习生涯中也没能持续超过半年。

但，任何事情的发生都不会完全没有意义，事情的意义往往存在于人们对事情看待的高度，或时间的流转带来的角度的扭转。

后来我们全家人都坚信，学习小号在梁小飞纵横阡陌的人生中最大的意义就是给我们家带来了一条人见人爱的哈巴狗。

那个暑假困倦的午后，梁小飞照例很不情愿地去文工团找他的老师上课。当时正有一个外地马戏团巡演经过我们的城市，马戏团全班人马，连人带动物都驻扎在文工团。

那条本名叫“毛毛”的哈巴狗在午后其他狗都老老实实歇晌的时候大摇大摆地闯入了梁小飞那位演奏老师范建民的宿舍。我猜，毛毛，作为一个马戏团资深艺人可能从来也没有把自己当作一条狗，它对待人的态度不像狗而更像一个人，既不特别谄媚也不特别畏惧，它那种平起平坐的姿态迅速捕获了梁小飞的心。

我哥后来一辈子都特容易迷恋那种给他“平起平坐LOOK”的异性，大概从毛毛出现的那一刻就奠定了坚实的基础。

毛毛在之后30分钟对梁小飞和范建民爱答不理的优异表现让这两个男人完全为它折服。于是，他们对它起了歹念。范老师作为一个成人，又已为人师，只能动于心而止于礼。但，他并不介意他的学生梁小飞付诸行动。

之后的十几分钟，在范老师的协助下，我哥把毛毛装进原来装小号的大背包里，成功地躲过马戏团工作人员的耳目，走出文工团，大大咧咧把毛毛带回了我家。

毛毛来到我们家之后，马上在我哥的逗弄下小小展示了一下它的狗艺，它的那种人来疯见面熟的个性立刻受到了除我妈之外的全家人民乃至全院子人民的热烈关注和欢迎。

我妈出于对维护居家环境清洁程度的考虑，所以素来对豢养任何宠物都没有太大兴趣。我爸始终对清不清洁特别无所谓，在我哥和我相继出生之后，他对我妈的感受也变得更加无所谓。所以，在我的记忆中，我们家飞禽走兽游鱼从来都没停过，而最终所有的打扫工作又全部落在我妈身上。

我们家因此有个没循环的情绪线，从上至下依次是：不管不顾亦不抱怨的我爸，又管又顾又抱怨的我妈，不爱被管无所谓被顾但不喜欢听抱怨的我哥，以及常常被管但不怎么被顾只能默默听抱怨的我。

这个本应成为循环的关系之所以没成为循环是因为我实在不能拿我爸怎么样。

我猜，如果我是一个从小就得宠的孩子，像很多小女孩一样被父母，尤其是被爸爸宠爱溺爱宝贝到不行，那，也许我们家的氛围能更加良性。

因为那意味着我对我爸产生话语权，我们家四口人的关系就会因此彻底循环成为一个真正的、互相制约、能产生出平衡和谐的情绪链。

可惜，我爸对我不大在乎，我们家在这一环节上出了问题，和谐不起来了。

就算是这样，在毛毛成为我们家一员之前，我在我们家死气沉沉循环不起来的食物链末梢，本来也认命且安心，无怨无悔。

然而，哈巴狗毛毛入住我家后，没皮没脸，直接加塞儿，排在了我的前面，成为我们家食物链上冠冕堂皇的第四位。而我，持续垫底儿。

所以，是毛毛的出现让我对正常的生活产生一种寄人篱下的感觉。

是的，自从毛毛出现，我开始深切地感到“寄人篱下”的含义：我爸忙着逗弄它懒得理我，我妈忙着收拾被它破坏的整洁没空理我，我哥有了他喜欢的新玩伴，终于可以对我这个鸡肋玩伴彻底不在乎。

这下倒好。

一家人沉浸在哈巴狗毛毛带来的新刺激中，对我原本就不算太多的留意又打了一个折扣。

看吧，天知道，住别人家感到寄人篱下没什么了不起，住在自己家感到寄人篱下才真的了不起。

我连悲情都像屁一样无形无色地飘在我家空中，仿佛连气味也被毛毛霸气的狗味儿冲淡了。

梁朝伟看来是真喜欢毛毛，为表示隆重起见，还特地给毛毛改了个名字，叫作“奥利咖”。

据他说，奥利咖这个名字来自一部前苏联的电影。在那部电影中，“奥利咖”是一匹马，它的个性特点是聪明、忠实。

不过，在我看来，这个名字用在我家这条新狗上就有些新意思了，聪明嘛，它的确是的，忠实，就很说不上来。

基本上，我可以很负责任地说，奥利咖是一只“人尽可夫”的狗。它人尽可夫的个性，不仅体现在它对新名字的飞速适应上，也体现在它对我们家环境的飞速适应上。我从它的表现中完全看不出它对刚离开的马戏团有任何留恋，也看不出新人物新环境让它有任何不安。啧啧，这哪还是狗啊？！简直就是个天生汉奸的料！！

汉奸奥利咖在陌生环境中竟然能够立刻完全游刃有余地应对，让我非常唾弃！隐约还伴着嫉妒。更可鄙的是，奥利咖这只狗，除了人尽可夫，还相当势利，它用它的狗眼轻易就判断出我们家四位成员的家庭地位，因此，它很自然很狗腿地采用了不同的对待方式。

从以上这段怨妇似的描述中，不难看出，奥利咖有多么地不在意我了。

事实是，奥利咖也顾不上在意我。

它刚到这个家里之后，几乎就被梁朝伟完全占据了。它“爱现”的个性让我爸心花怒放，我暗自认为它比我和我哥都更像我爸。可能梁朝伟自己也是这么认为的，起码，他带它出去呼朋引伴的密度远远大于带我或梁小飞。

那段时间，随着大家的经济状况齐刷刷地开始有起色，乍富给我们家带来的光环已渐渐消散，梁朝伟需要其他的东西重整旗鼓，掀起另一波被关注的热潮。所以，只要一有空，他就带着奥利咖四处炫耀，不失时机地在各种生人和熟人面前表演各种活计。

必须诚实地说，奥利咖是我见过的掌握活计最多的狗。它在被我哥偷回来之前就被马戏团培训得熟练掌握了各项“狗艺”。像

“站”“坐”“握手”“打滚”这些狗界最初级的技艺，对它来说完全像吃饭放屁一样自然。至于算算术、装死和跳圈儿那类表演级的狗项目，只要高兴，它也能应对自如。

更让梁朝伟感到骄傲的是，奥利咖来到我家之后，在他热情的调教下轻松学会了跳“狗交际舞”，只要我爸一放音乐，奥利咖就能保持前爪离地整整一首歌的时间并始终随着节奏扭头摆尾。

奥利咖因此成了梁朝伟最大的炫耀资本。他常带着它还有一部可以到处携带的松下“砖头”录音机随时随地地献艺。那时候，只要我听见在方圆几里之内有华尔兹舞曲和一个中年男人嘴巴里大声嚷着的“嘣擦擦”，就能顺利找到爱现的我爸和我们家那只超级爱现的哈巴狗。

奥利咖跟我妈不亲，但它很会察言观色，并现学现用，很快从我爸那儿学习掌握了一套对付我妈的方式。只要陈萍在场，它总是一副很惶恐很规矩的神色，装得似乎对她订立的一切规则都恭敬从命：它绝不上沙发，绝不狂吠，绝不会跳上餐桌。甚至卖弄的时候都夹起尾巴小心翼翼，一边表现一边用眼角扫视我妈，一副它原本很想低调，所作所为完全出于被迫的无辜表情。

我妈，以人类的智商，当然知道奥利咖是装的。但，问题来了，她似乎对它这一套装出来的东西很受用。

我妈跟奥利咖的交流方式和我爸有所不同，她假装骂它，它假装害怕。

她从它装出来的畏惧中感到了满足，因而，奥利咖靠这一套我和梁小飞都不太擅长的表面功夫，轻松赢得了陈萍的喜爱。

这个发现让我再次非常气馁。

在奥利咖来我们家之前，我需要做的只是吸引我父母的注意和被他们认可。可是在这只多才多艺又两面三刀的哈巴狗来我们家之后，我发现吸引我父母注意和被他们认可的东西大部分都是表面文章，说白了，那就是浮夸的虚情假意。

这太让人崩溃了！

想想真是悲哀，我人生第一次产生重要的人生观的动摇，竟然是因为受到了一只哈巴狗的刺激。

如果它全然是个虚伪的家伙也就罢了。可，讨厌的是，它在虚伪中又保留了一丝狗的原始纯情。

它的纯情抒发对象是梁小飞。

那段时间梁小飞放学回家头一件事儿就是大声呼唤“奥利咖——”

奥利咖只要一听见我哥叫它，就会放下眼前的所有表演冲出200米以外准确地找到梁小飞。

回回它那种不顾一切的姿态，都会让正在看它表演的人对它更加赞叹有加。他们丝毫不在意它是否刚表演了一半，每当它半截儿中断演出，像日本电视剧里的秋田犬一样冲出去把梁小飞迎接回来的时候，都会赢得阵阵掌声。

令我意外的是，梁朝伟和梁小飞竟然没有为奥利咖争风吃醋。不仅不吃醋，他们父子二人似乎还对此倍感骄傲，特别是梁小飞，那大概是他人生中不多的几次被“夹道欢迎”的经历。

只有我，在冷眼旁观了一阵子之后，很卑鄙地得出了以下结论：其实，奥利咖早就蓄意地把迎接梁小飞当成了它表演的一部分。本来就是嘛，纵使它跟我哥确实有些个交情，但也不至于演成那样！看它朝着梁小飞的方向奔去时的那个焦虑劲儿，仿佛我哥不是放学，而是刚从火坑或狼窝里逃生出来一般。这，作秀的痕迹也太重了！只不过，我那些家人邻里，在那时，猪油蒙了心，失去了客观判断这个事实的能力。

我恶狠狠地说这些，是因为它不爱我。我的这股拈酸的狭隘劲儿，又总是能在早上醒来的时候烟消云散，因为，奥利咖在我家的那段时间，每天清晨，我看到的第一幅画面，都是它和梁小飞挤在他那张单人床上的样子。他们脸对脸头挨头勾肩搭背互不嫌弃的融洽劲儿，是梁小飞留给我最安详美好的画面之一。

奥利咖在热热闹闹地成为我们家家庭成员半年多之后消失了。

只有我知道奥利咖的下落，但我从来没有跟任何人说过。

嗯，真相是：奥利咖是被我们家门口菜市场的一个卖豆芽的小贩子给偷走的。

准确地说，那也不能算偷，它只是被卖豆芽的小贩子抱走了。抱的过程没有任何惊险可言。那个卖豆芽的小贩子，20来岁，一米七的身高。

他和很多其他长年在我们家门口卖菜的小贩子一样，对奥利咖十分熟悉，大概也十分垂涎。

那天他路过我家门口的时候，奥利咖正在门前吐着舌头纳凉。卖豆芽的路过的时候，奥利咖不知道犯什么贱，忽然之间就从原来“趴着”的姿势换成了四肢朝天的“躺着”。它用它的脏肚皮谄媚那个卖豆芽的一瞬间改变了它的命运。它当时的眼神和姿势很是下作，让我立刻想到了老舍先生笔下的那些老北京的“暗门子”。

生活本身真是一部百科全书，比方说，我，一个女少年，压根无须真的见识过“暗门子”，也能对她们有具体而清晰的想象，比如，透过一条贱招的狗。

卖豆芽的当时立刻被奥利咖这一招击中，他不敢相信地左右看了看，等确认奥利咖这一姿态正是为他所做时，才赶忙受宠若惊地臣服在它爪下，顺从地按照奥利咖的心愿帮它抚摩肚皮、颈部、脸颊。大概从没有任何一个人或一条狗对这个成年男人做出过“暗门子”的姿态，因此，这个可怜的卖豆芽的，错会了，以为奥利咖对他有什么不一样的看待。

想想看，我们人类真可怜，一生都在为两件事挣扎：一方面拼命努力，希望能达到别人眼中要求的那个统一的标准；一方面又心有戚戚焉，希望别人能看懂自己的不同之处。

当不同之处被别人忽略时，一个陌生人家的宠物没心没肺的瞎表态也能聊以充当一时慰藉。

我保持着冷眼看待着这一切，懒得评价。

我太清楚奥利咖的内心了，它只是习惯性地在它无聊的时候随便小试身手，对它来说，卖豆芽的只是一个没有任何不同的“路人甲”。

这一人一狗在互相错会之后，人类起了歹念。他看了我一眼，估量我不是对手，于是，用他摩挲奥利咖的手把它抱起来，带走了。

我最后一眼看到奥利咖的时候，它的两只前爪自然而驯服地搭在豆芽贩的肩上，那情景好像它和他根本就是知根知底的亲戚朋友。

我发誓，如果它露出任何正常宠物在被陌生人抱着的时候应该露出的慌张神色或小小挣扎的话，我都会立刻冲上去拦住豆芽贩然后抵死去把它抢下来。

然而它没有，奥利咖是势利的，它对我始终轻蔑的眼神导致我彻底放弃了争取它的念头。它临别之际回头瞥我的眼神依然是一种不屑，一如它始终看我的眼神。我爸妈从来不相信奥利咖对我和对他们的态度不一样。

因为它在他们面前决然不会露出同样的眼神，因此我对它的投诉因无法拿出证据而变成了它对我最好的反诉。

那天我没阻止它被抱走也正因为它对我的态度。

在它被抱走的前半个小时，我放学回家，那天我比平时回来得早一点儿，我一开门奥利咖就从门缝里挤了出去，理都不理我就直奔门口的大树坑撒尿去了。我有点生气。我们家另外三个成员不管谁回来，奥利咖都会抬起两个前爪做“走路”状表示热烈欢迎。只有对我例外。如果我跟他们任何人一起回来，它也会若无其事地把我列为它欢迎的对象之一。可一旦我独自一人回家，它就原形毕露视我为透明。为此我曾经向他们仨表达过愤懑，但我爸我妈我哥都不相信，因为他们没见过奥利咖“不热情”的样子。

奥利咖从大树下返回之后，从歇响到被抱走仅用了15分钟时间。

卖豆芽的抱着奥利咖经过我正对面的时候和我对了一下眼神，他的眼神是试探的，想以我的反应来决定他自己采取什么策略。

我没什么反应，只是很漠然地看着他，甚至没有要走近他的意思。那卖豆芽的于是胆子大起来，加快了步伐。

当奥利咖和那个卖豆芽的一起消失在茫茫人海中后，我赶紧把纱窗打开，制造了它从窗户跳出去的假象，然后，我走出去，锁上门，假装自己没有回来过。

我去一个同学家玩儿了两个小时，不管同学家长如何暗示，我就是死都不走，硬赖在人家家里混了晚饭，心里估算着我爸我妈我哥肯定都回去了，这才磨磨蹭蹭地回了家。

在回家路上我还编造了很多晚回去的理由，想着要应对陈萍的质询。

结果那天根本没有人问我为什么回来晚了——梁朝伟梁小飞都出去找狗去了，陈萍嘀嘀咕咕在判断到底是谁忘了关纱窗。

没有人怀疑我。

我在家给自己成功制造了一个“老实”的假象，所以，我们家不论发生任何的坏事一般都不会怀疑到我头上。

两天，一星期……一个月之后，没有任何奥利咖的下落，我爸终于彻底绝望了。

梁朝伟处理奥利咖“后事”的方式相当滑稽。他把它的照片拿到照相馆去放大，并上了彩色。那个时候，“彩照”在日常生活中还没有普及，所以，所谓有颜色的照片都是人工上色的。奥利咖的照片，在梁朝伟执意的要求下被涂得颜色相当夸张，严重失实：原来黄白相间的毛被涂成了泛金色，眼球明显加了黑，最可笑的是狗脸上竟然还涂出了两坨潮红，要多做作都有。

这张做作的照片镶在我们家一个很有些年纪的相框里，那个相框是我们家的传家宝，以前里面放的是我爷爷和一堆人的合影，上面写的是“辛亥革命”云云。

梁朝伟煞有介事地把这个换上了奥利咖照片的相框摆在我们家五斗柜的正中央，五斗柜是我们家最重要的家具，一般人的照片很难放上去的。

如果旁边再摆一盘水果或烧两炷香，基本上，奥利咖就等同于我们家列祖列宗中的一员了。

我不知道梁朝伟怎么做到的能在做出这么滑稽的举动时还能保持严肃。更可怕的是，他在摆好照片之后，忽然号啕大哭起来。

梁朝伟凄厉的号哭声吸引了全院子每一个无所事事的邻居，大家前前后后，相继都来劝了他一遍。

我爸就是那种“人来疯”式的人类，别人不理会，他还有可能迅速安静下来。他最盼望也是我最害怕的事就是他的行为遭到了关注。

络绎不绝来我家劝梁朝伟“节哀顺变”的邻居们激发起了他要把这个情绪宣泄成为一个节目的决心。

不知道怎么想的，最后，梁朝伟竟然一把鼻涕一把泪地抱起奥利咖的照片，跨出了家门，走到了院子里，一边走，一边嘴巴里念念有词，大致说的是“但愿前生有缘来世再见……”之类的。

在我的记忆里，好多年之后，我奶奶过世，我爸在听说这个消息的时候也不过就说了句“哦”，当时没哭，事后也没哭，更没有在我家的五斗柜上摆放我奶奶的照片。

我对此很不理解，心里默默认定，我没有及时抢回奥利咖，是正确的。

前阵子看季承写他爸的那本《我和季羡林》。当看到“我父亲这个人，侠气是对外的，对家里人很小气，无论感情还是物质，他对亲人都吝于给予”这句时，我大感慨，这也正是我爸的写照，他一生对外人、宠物，都比对亲人更用心，只不过，他又并没有像季羡林那样当过任何领域的大师，虽然，他心里自始至终都是以“大师”般的骄傲在看待自己的。

那天，那一场闹剧的高潮是我爸正哭得扬扬得意时，我妈下班了。

你们可以想象，任何一个正常的快 40 岁的已婚妇女，在目睹自己嫁的人正在抽风时可能有的反应。陈萍低着头红着脸，冲进人群架起梁朝伟的胳膊企图把他拽回家。

“你这是干吗呀老梁！”我妈一边压低嗓门劝阻我爸，一边讨好地尽可能对围观群众挤出微笑。

我其实很佩服陈萍的勇气和耐性。如果换成是我，在见识了梁朝伟这么多乖张的行径之后，肯定早就隐姓埋名改嫁他人或削发为尼了。

我妈没有。我喜欢的专栏作家王书亚说“所有不以家庭为主场的女人都不是好女人”。以这个标准来衡量，陈萍无疑是个百分之百的好女人：家庭始终是她的主场，丈夫始终是她的主角，不管他有时候看起来多么地有失一个家庭主角最基本的责任和仪态。

他们就那样在人群中拉拉扯扯起来，奥利咖的照片在揪扯的过程中摔落在地上，周围群众一片被爽到的嘘声。我爸，被嘘，大概很得意，为不负众望，索性跪在地上哭起来。他一边哭一边用手捧起地上的碎玻璃，那个表情，简直就是一个演技拙劣的话剧演员在卖力地表演，而他的角色则像被我们那时候的流行剧《白毛女》中的杨白劳附了体。

陈萍败下阵来，相当窘迫，只好高声遣我回家拿笤帚和簸箕，试图用打扫现场来掩盖和化解尴尬。

我正在发蒙，被想哭和想笑的情绪互相纠缠，当我不得不遵命拎着簸箕十分不情愿地走近我父母时，突然，看见那个卖豆芽的混迹在看热闹的人群中。

我当场被他激怒了，这个人，竟然对我如此蔑视！

看起来他完全没有把我当成威胁，他不仅误判了奥利咖的热情，也误判了我的冷漠。他把我放他一马当成了软弱或什么不敢应对他的情绪。

我生气了，心想，喵了个咪的，看来你这卖豆芽儿的完全把我当成豆芽菜了？！

我忘了那天我和我妈怎么帮我爸收拾残局的，因为我内心完全被盘算如何整治卖豆芽的给占据了。

翌日，我放学，没回家，而是先出现在了卖豆芽的面前。我找了个他没有生意的时机，对他言简意赅地说出五个字：“给，我，一，块，钱！”

我在一字一顿地说完这句之后就纹丝不动地站在原地紧紧盯住卖豆芽的双眼，用眼神提醒他：你想清楚了，有一个那么疯狂的爹，我要做出什么出人意料的事也不是太难！

卖豆芽的，在大脑一片空白了几十秒之后，机械地掏出两张五毛的人民币给了我。

我在拿到钱之后第一反应就是想冲回家告诉我妈！我只是很简单地希望，什么时候，我妈也会因我的某个行为而感到骄傲，哪怕只有一次也行哦。

现实总是没有理想那么纯粹，我当然不敢奢望陈萍会为我的“敲诈行为”而骄傲。那种获得胜利而无人能够分享的感觉是寂寞的。我在大获全胜之后，郁郁寡欢，一个人去了一趟“迎宾楼”，那是我们那儿当时最洋气的饭馆儿，也是唯一一个供应“堂食”甜品的地方。我在迎宾楼服务员怀疑的眼光中要了一大份冰激凌，匆匆吃完，从里到外被冰得嘚嘚地抖着回家去了。

从卖豆芽的那儿弄到钱的经验给了我一些不一样的正面刺激。我生平第一次发觉自己有赚钱的能力。在那之前，每当想到要跟父母伸手要零用钱，我都会觉得前途一片灰暗，没有人喜欢被拒绝或被轻视的感觉。而伸手向人要钱的结果反正不是被拒绝就是被轻视。直到，当事实验证，我可以理直气壮地伸手向一个陌生人要钱，并没有被拒绝，并没有被轻视的时候，我内心的某一扇窗悄然开启，它不只是一块钱那么简单，而是，它让我知道活下去可以有很多超出想象的可能。

卖豆芽的在我第13次跟他要钱的时候终于崩溃了，或是说，我从他那儿要到的钱数的总和已经接近他心里“买”奥利咖可能付出的代价的额度。

在他拒绝给我钱之后，我丢出一句狠话：“你不给我就告诉我爸去！”

他也狠呆呆地回了句：“告诉就告诉！你不告诉我还告诉呢！”

事实，当然是我没敢告诉；另一个事实是，卖豆芽的也没敢告诉。那以后我也再没有看到那个卖豆芽的，他大概换到其他的市场去卖豆芽谋生了。这倒也让我安心。说真的，对于“敲诈他”这个游戏，我已经玩儿得有些疲倦了，只不过，每次路过他而不敲诈，又似乎有些对不起那个氛围。

他走了，皆大欢喜。真好。

奥利咖也随着这个卖豆芽菜的消失而彻底地被我遗忘，释怀。

日子又回到了往日的平静和安宁，虽然，当我偶尔想多要零用钱而被我妈拒绝的时候，我会有些想念那个临时充当过我的专用“提款机”的小贩子。

也会由此想起奥利咖，想起它像个小人儿一样和我哥同床共枕的那些难得温情的剪影。

这个世界就是这么宿命，我从卖豆芽的那儿勒索来的钱，大部分都没用掉。我趁家里没人的时候把它们放在了一个存钱罐里，藏在床底下没人知道的一个角落，还在附近盖了点儿缝沙包剩下的破布。谁知，有一天我们家不知道哪儿忽然跑出一只老鼠，梁小飞奉命追杀，一路杀到了床底下。

我的存钱罐儿在小老鼠的带领下被我哥发现了。

梁小飞很有心机地没有当着我们的父母把它掏出来。等家里只剩下我们俩的时候，他爬进床底找到存钱罐儿，出来之后一脸土都没擦就和我进行了以下对话：

“说吧，悠悠，这么多钱，你哪儿来的？”

“妈给的。”

“骗人，妈从来没给过我们超过两毛的整票！”

“就是妈给的！”

“那我问妈了啊！”

“那我分你一半儿！”

“到底哪儿来的？”

“给我留两块！”

“到底哪儿来的？”

“给我留一块！”

“到底哪儿来的？！”

“我不要了，你都拿去！不许告诉爸妈！”

“行，那我不问了。我也不告诉爸妈。”梁小飞大获全胜，激动地把罐子里的钱捋了捋，捋完，回头看了我一眼，从那一沓里抽出一张五毛的，很慷慨的样子递给我，说了句，“给，你攒半天也挺不容易的。下回别骗我，骗骗咱爸咱妈还行！”

梁小飞说话算数，没有把我有不明来路存款的事告诉我妈。他也不知道那些钱基本上是我用奥利咖换来的。

除了奥利咖之外，我们家还有过一条过境的狗，它出现在奥利咖消失的将近半年之后。

说真的，我不是特别确定应不应该把它和奥利咖写在一起，它甚至没有过一个确切的名字，我们全家从它来到它走，都很默契地始终按它的种类直接叫它“狗”。

为了写它，此刻我想给它取个名字，不如，就叫它“念念”。

念念出现的那天，好像是五月初，某天，天气不好，很狂躁，如同《雷雨》中描写的那种“雷雨”天儿。

那天我妈下班晚了，整个天色已经完全暗下来，她到家的时候，我和梁小飞正翻箱倒柜，把家里所有能直接塞进嘴里的东西都找出来吃掉了。

我妈进屋的时候已经被雨淋得完全像爱德华·蒙克画儿里的人物，头发和衣服从上到下顺着脸和身形一路贴在身上。我的记忆抽离出那个画面，站在今天的角度不禁感叹，一个任凭自己的老婆被大雨淋成这样的男人如梁朝伟，是何等了不起。是的，我那个了不起的爸爸和很多时候一样，在没闻见饭味儿之前不知去向。我们也见怪不怪，通常这种情况下他都是隐匿在院子里的某个有棋盘、麻将，或扑克牌的邻居家。

“你爸呢？也不知道给我送个伞！唉……”陈萍站在门口的屋檐下一边狼狈地甩袖子上的水，一边头都没抬地对着我和我哥明知故问。

我们兄妹俩不知道这话怎么接，只好互相对视了一下。我看到梁小飞轻轻撇了一下嘴。是哦，在我们的记忆里，从来就没有过我爸给我妈送伞的画面。下雨天我妈只有两种待遇：要不自己带伞，要不就挨雨淋。

陈萍甩完身上的水要进门的时候，回头向门口的黑暗处看了一眼，嘀咕道：“这是什么东西放门口了？”说完用脚碰了碰。

黑暗中那团黑乎乎的“东西”发出来低低的一小声哀鸣，把我妈吓一跳。

那“东西”就是念念。梁小飞故作勇敢地拿出手电筒照到它的时候，我看到了它的眼睛。不知为什么，它恐慌的眼神让我有一种奇怪的熟悉之感，那大概就是成年人所谓的“似曾相识”。

念念是一只不明来路的流浪狗，在雷雨那天躲在了我家屋檐下。我妈没有立刻把它轰走也没有把它弄进屋的意思。有一堆家务在等着她，所以她无暇顾及一条躲雨的流浪狗，就忙着换衣服做饭去了。

梁朝伟在踩着饭点儿进家门的时候也发现了念念。他看了它几眼，企图让它进屋，但被我妈制止了："别随便带进来，要是别人家的跑丢了，人家找不到怎么办？"

"怎么可能，哪有不认识家门的狗！"

"那更不行，如果它有传染病怎么办？"

"你妈这个人就是这样，"我爸转向我们这两个小孩说，"一点爱心都没有！"

不知道为什么，梁朝伟是一个长年都特别有"道德优越感"的人，他常常以"有爱心"自居。而助长他这种优越感的，正是陈萍平时为应付生存而练就出的一套习惯式冷静。

不过，即使有"爱心"粉饰，梁朝伟还是没有坚持把流浪狗请进门，我和梁小飞心里知道，最重要的原因是，有奥利咖珠玉在前，什么狗都很难再入梁朝伟的法眼。

一家人饭毕。"有爱心"的我爸手里捏着一"马"一"炮"敲得梆梆作响出去继续找人耍，路过门口，对依旧蜷缩在门口的念念说："站起来！站，站！"

念念很惶恐，不知作何反应。梁朝伟立刻对它失去了最后的兴趣，他用他深爱的奥利咖当作参照物，飞快地判断出念念绝对不会给他带来任何"特有面儿"的未来。为维护自己形象的统一性，梁朝伟临走还矫情地念叨了一句："啧啧，可怜啊——"

说真的，我不是特明白他说的"可怜"是什么意思，是说念念不会那些狗技可怜呢，还是说它流浪可怜呢，还是说它没得到他的青睐比较可怜？

反正他走掉了，还哼着小曲儿，很明显，那虚浮的一丁点儿同情没有影响到他消遣的情绪。

倒是被我爸评价为"一点爱心都没有"的我妈，在伺候完一家人之后，又到门口去看了一眼生存能力很低的念念，叹了口气，返回屋里把饭桌上吃剩下的馒头掰成碎块，泡了点儿肉汤，放在一个以前喂鸽子用的小碗里，给门口的念念送去了。

念念就那样在我家门口开始了它的寄居生涯，雨停了它也没走，它只是在我们家人路过家门的时候会紧张地立刻坐直，目送我们出入，有时候它还会小心翼翼地叹气，像一个背井离乡心事重重的异乡人。

当时有一首特流行的歌“你呀啊啊啊无家可归，我呀啊啊啊有家难回，同是天涯沦落人……”特像是在唱念念的。

梁朝伟在假么惺惺地感叹了一两回之后就对念念熟视无睹了，也是，念念从长相到情商确实没有什么特质能唤起我爸的注意力和想要对它发挥一通的欲望。

陈萍则是每天按时按点儿地给念念送吃的，其间，她发现它身上长了些个疥疮，就立刻有点小得意地跟我们仨说：“看吧，我早说了，这样来路不明的狗身上就会带着传染病的！”

说归说，说完我妈还是回屋找药，一边撇着嘴表示嫌恶，一边给念念在疥疮上擦药。

陈萍是一个凡事都很有坚持力的人，大约一个月之后，念念的疥疮好了，毛色也显得亮起来。但我妈仍旧不让它进屋，它似乎对进屋也没有特别的奢望，那时候我们居住的大杂院还是可以有许多空间供小动物们游走，念念到后来已经适应了周遭的地形，和其他人家的猫狗鸡鸭相处得也算和气，我妈又把一个很多年没人用的破褥子改了改，铺在门口屋檐下的地上，权当是念念的寄居之所。我们好像就是那么没什么特别地默认了它的存在。

念念在感受到我们的默认之后，技痒地开始忍不住要尽一个狗的职责。

不知道它是对我和我妈特别有感情，还是我爸跟我哥的行踪太没规律，总之，念念每天必做的两件事就是送我妈上班和接我放学。

每天早上，我妈出门的时候，念念就会跟在她身后，送她到公车站，再默默注视她上车之后才独自回到我们家门口。每天傍晚，它又会在我放学前十分钟就准时奔到路口，等到我之后欢快地跟在我后面一起回家。

和奥利咖与梁小飞的关系不同的是，我从来不会叫它，它也没有名字让我叫。它只是凭借不知道哪儿来的直觉每天准确地判断出我几点到家，然后义无反顾地主动去接我。

念念在我家处境的改善是因为我有一天没按时放学回家。

那天，我放学之后去一个同学家做作业。那个同学家当天晚饭的主菜是“蒸榆钱儿”，我抵制不住诱惑，又有同学家长再三真诚的盛情挽留，就留在人家吃了榆钱儿才回的家。

榆钱儿是我们小时候诸多不用买的食物之一。每年到了初夏时分，满大街的榆树上都会结满一串一串粉白色的榆钱儿。

大人们会摘一些回家和了面粉和香油蒸着吃，小孩儿们则会在上学放学的路上直接蹦高揪它一两串拿在手上当零食吃。

我只是很奇怪，尽管那时候物质不丰富，但大家都不会太贪心，一般都是吃多少摘多少，没有人囤积，没有人霸占，没有人因为这样的事情交恶，并且也没有人喷农药，所以榆钱在我的记忆里一直保持着一种茉莉般的淡淡的香甜。

我妈，一个外地支边的人，不会像本地人一样给我们蒸榆钱儿吃，所以，每年到了榆钱丰收的时候，我就常会借各种机会到别人家去蹭吃这款美味。

那天在忘我地饱食了一大碗榆钱之后，惊觉天色已暗，赶紧忙不迭地跑回家，到了路口，远远看见念念在每天固定的那个地方等我，也没在意，一边继续跑一边心里盘算着怎么应对我妈妈的责骂。

果然，我被我妈狠狠骂了一顿。她反复说了将近 20 分钟，核心就只有一句：“不知道大人会担心吗？！”

“当然知道。”我心想，默默在心底对抗了一句，“不知道小孩儿爱吃榆钱儿吗？”

陈萍正骂在兴头上的时候，梁朝伟晃晃悠悠地进了门，她就势转向他：

“让你去找孩子你怎么又去玩儿啊？！她真丢了你不着急吗？！”

“这不是没丢吗？我早知道丢不了！”梁朝伟表面强词夺理，但确实没什么底气，只好拿出当爹的威风来，骂我说，“以后放学再不按时回家看我不揍你！”

尾随在梁朝伟身后回来的梁小飞正要看我的笑话，被我爸压低嗓门教训道：“下回你妈再让你去找我，你就说找不着不就完了？！”

到晚上睡觉前，我一扭头发现念念竟然蜷在屋里。

我妈那会儿火也消了，絮絮叨叨地说：每天我放学前十分钟，念念就像有感应一样奔到路口，我早它早，我晚它晚，之间从没有出现过三分钟以上的误差。我去同学家吃榆钱的这天，它很焦躁地在家门口溜达徘徊了很久，一直都没去路口。直到我到家前十分钟，它才像平时一样一个箭步冲出去，并非常准确地接到了我。

“我看见它跑出去就知道你没出事儿！”我妈对我感叹道，“你说说，咱们这家里，怎么搞得狗比人还靠得住！”

梁朝伟刚把洗脚水泼在院子里，听见自己被这样当作反面教材跟狗作对比，很气，路过念念的时候故意把洗脚盆丢在了它身上。

念念不记仇，之后依然对我爸很好，虽然，因为我爸的工作没什么固定的上下班时间，不用接送，但平时在家的时间多，念念是一只忠实的狗狗，在我爸的命令下很快学会了被支使：帮我爸叼鞋叼袜子叼象棋……叼一切他懒得自己起身去拿的东西。但念念唯一的软肋是，它一切的行为都是服务式或效忠式的，它不了解梁朝伟对一只狗的诉求不简单在于它是否效忠，而是它是否能让他感到有格调和增值。没错，正如王尔德说的“在很多事情上，格调比真情重要”。我爸是一个讲求格调的人，所以他不怎么真心喜欢念念，因为一旦他让念念当着众人面表演，它就会惶惶然不知所措。

“你个烂泥扶不上墙的阿斗！”梁朝伟骂念念。

他跟邻居们说念念会帮他叼鞋，部分邻居闲着无聊，要求眼见为实，哪知人一多，念念就躲在角落里抖起来，鞋没叼，梁朝伟没显摆成，很没面子很生气，从此更不待见念念了。

陈萍对念念没什么要求。虽然她几乎每天给它喂吃的时候都会小有抱怨，说狗和人吃的一样多，但她倒是也从来没让念念挨饿受冻过。

梁小飞对念念没什么特别，他那时候已经把专注点从各种动物身上转到了周围的各种人身上。

至于我……嗯……起初，我说不上喜欢念念。它只是一条长得不好看的土狗，又不会发嗲和谄媚，就算它对我很好，可是，这个好也好得很“家常菜”，找不到特别的可圈可点之处。

那学期的期中考试，我得了拿不出手的分数。回家的路上不知怎么又惹着了两个男同学，他们俩合起伙嘲笑我，我正在懊恼，就看见念念毫无悬念地，眼巴巴地坐在路口等我。

它看到我的时候尾巴欢快地摇起来，一边摇，一边小碎步冲我奔过来。

那两个嘲笑我的男同学一看见念念就来了劲儿。

“四眼狗养四眼狗！”他们边说边大笑起来，接着两个人一起整齐有节奏地继续喊，“四眼狗！四眼狗！四眼狗！”喊声响彻整条空荡的街道。

念念两只眼睛上方分别有一坨小白毛，我们那时候，把这种长相的狗统一称为“四眼狗”。

我彼时已经是假性近视，戴着眼镜，我们那时候，在吵架的时候，也都把戴眼镜的人统一称为“四眼狗”。

我又羞又气，一时间感到两眼发黑，刚配的没多久的眼镜忽然度数不准了似的让我忽然什么都看不清。越看不清，我越是觉得大街上有无数双眼睛都在看我，都在嘲笑我。

正在这时，念念跑进我视线模糊的眼前，它做出保护我的姿势冲着滋事的男同学狂吠。

我在它的怜惜之下被带进了情绪的深渊中，那一刻，被伤害的自尊在心中化作一团恶气，这团恶气猛然冲上头顶，仿佛如果不立刻发泄，就会在我身体中爆炸。

如果可以选择，我想我会冲上去抡圆了赏那两个男同学一人一个嘴巴，可是我的理智从心门的门缝里挤进来告诉我自己打不过他们，就连尝试的勇气也没敢有。

这时，很奇怪，我不知为什么突然把坏情绪转嫁给了念念。

我在原地低着头攥着拳地酝酿了几秒钟之后，忽然飞起一脚，出乎所有人意料地直接踢向念念。这条忠实的小狗完全没有防范，被我踢中腹部后立刻“嗷”的惨叫一声就趴在地上抽搐起来。

俩男同学没想到事情会往这个方向发展，感到有点失控，赶紧逃离肇事现场，边跑还边回头，喊出了最后几声“四眼狗”。

我也被自己的行径吓了一跳，主要是，我没想到踢得那么准那么狠。

几个围观的人发出了同情念念的“哎哟”声，我佯装无所谓，挺胸抬头径直走开，走出很远之后躲在那条路的转弯处，远远观望着等围观的人都散尽，才赶紧原路返回。

我走回原地的时候念念还躺在原地，它看到我的时候很不知所措地夹起尾巴努力坐了起来，脸上又恢复了下雷雨那天与我人生初见时的惶恐。

我扶了扶眼镜，强作镇定，和它有着两坨白毛的眼睛对视了一下，内心的感受相当复杂，只好化作一声简单且没啥感情的：“走！”

我也说不上来为什么会踢它。它是这个事件所有“当事者”中唯一没有伤害我的，可是我却恩将仇报，反过来攻击这个用它小小的勇敢在极力保护我的小生命。

念念一定搞不清我的逻辑。人真是奇怪得很，当我们被比我们强大的“恶”欺负时，多半我们会选择忍气吞声地低头；而当我们面对比我们更弱小的对方时，多半我们则是会选择毫不留情地施与“恶”。在这个是非观念中，很多人的品行确实是不如狗的，虽然狗一直生活在由人类制定标准的世界上。

那次之后，念念并没有像我以为的那样小气量地因为我踢它而中断去接我。

它只是试探着换了一个更隐蔽的地方等，看我没有其他更恶性反应，它就乖巧地继续每天不间断地去那儿等我。

念念是一条好狗，它不太在意家人对它的态度，它只是用一种真正属于狗的本性，很执拗很质朴地想方设法向我们示好。有别于奥利咖，它的示好没有太多目的、心机和预设立场，它不看也看不懂家里四口人的组织结构。

念念是单纯的，因为它单纯，才能在我们家忽冷忽热的氛围中坚强地生存下来，且生存得越来越快乐。

有时候，回想起它在院子里独自追自己尾巴或扑蝴蝶玩耍的画面，成年之后的我会感到很伤怀。说起来，其实，那时候，我们可以给它更多的关注，至少我可以给它更多的关注。或，我更深层的伤怀是，念念那些时候的状态很像女少年时期的我自己：只是简单地想要向这个世界示好，也只是努力地在别人的反应中尽量选择自己以为更接近“对”的表达，而且很容易快乐，哪怕那只是在玩儿自己的尾巴。

所有这些的终止来自于一个无端的外力——深秋的时候，我们所在的城市开始了“打狗”运动。

为什么要“打狗”，我记不清了。反正，这个世界上，总有一些杀戮或伤害会被冠以冠冕的理由，然后就会有一帮愚民被诅咒了似的热烈地参与到无情的互相残杀中去，整个场面就会模糊掉是非。这样的事情偶然的发生，会提醒活在这个世界上的人，我们并不像我们平时漠然以为的那么安全。有时候我们连一条自己收养的流浪狗都无力保护。当你的狗被驱逐或打死在你面前时，你唯一能做的，是继承它的遗志，学会如何及时地低头，并从此夹起尾巴更小心地做人。

我妈在接到居委会通知时焦虑起来。她也不知道应该如何安置念念，她只是不想因为念念引起事端。

全家讨论的最终结果是让念念“从哪儿来，还回哪儿去”，重新变回流浪狗。但，这个“免责”的想法在执行上有一定困难，因为我们一家四口谁也不知道念念究竟是从哪儿来的。

“那就把它送到郊区去吧，那儿不打狗。”陈萍最终决定。

第二天，由梁小飞当代表，把念念送走。

念念跟着我哥的自行车一路跑出去的时候并不知道这四个人类正在遗弃它，它欢快地跑在梁小飞右侧，像平常一样以为是去打球或逛鸽市。

两个小时之后，负责丢念念的梁小飞还没回来，念念却先回来了。

梁小飞则在傍晚时分才回到家，且已经累得上气不接下气。念念看到我哥的时候比平时激动些，那副表情好像它很不好意思把我哥给弄丢了。

我妈很气馁，重新做了战略安排，分配我爸把念念送到“城外”。

“城外”在那个年代是具有很明确的标志的，那些标志就是在很多地方蜿蜒崎岖着一些真材实料的土城墙。

梁朝伟表现出难得的配合，第二天带念念坐着通往郊区的公共车去了“城外”。

梁朝伟回来的时候很得意地宣布：“这次它回不来了，被我从城墙上扔到墙外去了！”同时他轻蔑地看了梁小飞一眼，一副要“表率”的骄傲神情。

“不会摔坏吧？！”我妈终于问出了一句略含情感的句子。

“你的目的不就是要把它送走吗？那就别操心别的啦！”梁朝伟

反诘道，眼睛里充满了对陈萍这种“妇人之仁”的蔑视。

这两口子常表现出忽此忽彼的是非观念，立场相当多变，唯一不变的就是他们总能有始有终地保持“对立”，一来一回情绪饱满充满张力，像两个跳探戈的高手。

哪知，梁朝伟才得意没两天，念念又回来了。这一次，它瘸了一条腿。

不知道它的腿是被梁朝伟扔瘸的，还是被已经轰轰烈烈开展的打狗运动给打瘸的，反正，它伤病交瘁的样子显然是经历过不明的折磨。

我们一家人集体失声。谁都没说出啥来。梁朝伟哼了两声去邻居家玩儿，梁小飞忙不迭跑到门口跟几个年龄相仿的邻居家小孩把念念的经历讲了一遍，陈萍默不作声地给念念包扎腿伤，我则到厨房里找了半碗剩饭，从我妈炼的猪油碗里挖了一勺猪油，加了点开水，端给念念吃。

记忆大概很难完全准确，因为记忆会跟着人的思绪的变化而篡改客观。

我对那天的记忆是念念的眼睛里闪着眼泪。也许这件事给我的印象很深，所以在长大的过程中我渐渐把它拟人化了。也许念念眼睛里不会闪泪花，如果闪了，我当时应该不会那么淡定。或，又也许，真的闪了，我只是因为自己有些小小的泪光涌动，所以看不清它和我妈妈的眼神，也不一定。

两天之后，曾经受到过我爸妈接济的一个远房亲戚从乡下来，送了他自己种的葡萄。招待他晚饭的过程中，我爸计上心头，说道：“最近城里打狗，我们家这条狗，能不能你带走，先放你那儿避避风头，等这阵子过去，我们再接回来？”

亲戚没犹豫，大概因为我们家曾经有恩于他，帮忙养条狗这样的事无法推诿，就把念念带走了。

这件事儿，九曲十八弯，发展到这儿，大家都以为可以告一段落。

哪知没过几天，亲戚又来了，背上又背着一袋葡萄，怀里抱着念念，拧着眉毛对我爸妈说："这狗到我们家不吃不喝，我媳妇都给它煮肉了，就是不吃嘛！"

怕我父母不信，跟练习过一样，腾出一只手从怀里掏出一个煮熟的骨头，在念念面前比画。果然，已经是奄奄一息的念念，对骨头没有任何特别的反应。

"这咋办呀？"我妈深叹一口气，把念念接过来，放地上，念念看见了我们家的人，回光返照似的忽然有了些精神，一瘸一拐地朝它认识的那个小碗踱步过去，"呱嗒呱嗒"把里面梁小飞喂鸽子的水给喝干净了。

"我真喂它了！真的！"亲戚见状相当窘迫，紧着向我爸妈解释。

"它认生，过两天就好了！"梁朝伟赶紧糊弄亲戚。

负责在我们院儿全面执行打狗运动的街道居委会主任，忽然像个幽灵一样，就那么准确地路过我家，她扫视了我们全家以及亲戚，又瞪了一眼念念，脸热话冷地丢下一句："梁师傅，这个狗你们要不处理我们还是会打的。"

说完走了。

亲戚一听，责无旁贷啊，只好拧着眉毛把葡萄留下，把念念依旧带走了。

念念再次回到亲戚的怀抱里时没有挣扎，它只是使尽全身力气扫视着这个给过它寄宿的环境，它的眼睛和往常一样翻成了三角形，看谁都十分躲闪，一副"若我离去后会无期"的依恋表情。好多年之后，我好像也用这样的眼神看过谁，我知道，那种眼神只会在担忧恐慌或绝望的边缘时才会出现。

最后，当亲戚快要走出我们的院子时，念念索性把眼睛闭起来。我扶了扶眼镜，想努力在最后看清它，可看到的就是它两只眼睛上两坨绒乎乎的白毛毛。

再次见到那个亲戚的时候是隔年的中秋节。这个期间，我们家没有谁特别提起过念念，好像都早已把它给忘记了。

“怎么今年的葡萄特别甜啊！”梁朝伟以每口五到七颗的速度拼命往嘴巴里塞葡萄，同时口齿不清地赞叹道。

“呵呵，”亲戚老实又不无得意地笑道，“我在葡萄架下面埋了条死狗。”

我没再吃葡萄，因为我想起了念念，但我没说。

那个中秋的月亮，特别圆，就仿佛月亮下也埋葬了一些说不出情义的东西，才让它显得那么由衷地丰富、圆满和自带一股无解的惆怅。

对了，忘记说，“念念”这个名字，缘自我第一眼看到就立刻喜欢进去的一句柳永的词：“念去去千里烟波，暮霭沉沉楚天阔。”

只是，与它初初相见的时候，我实在太小，尚且不懂词的意思，只是没理由地喜欢，只是没理由地直觉地认为“念”是一个人的名字，他要走了，所以叫“念，去去”。

是哦……很多时候，错会反而有一种有心无术的纯粹的美感。这只不知道和我家有过什么难解之缘的狗狗，成了我成人之后每每想起柳永的这首词作时，唯一与之匹配的生命画面。

有时候想想，被计划生育后的家庭好可怜

因为他们的孩子们不会知道

兄弟姐妹是一个人一生中多么重要的感情构成

Part 12

梁小飞

在动手写这篇小说前，有好多年，我都有一种莫名的失落。直到有一天，我给我女儿看我小时候的照片，当我指着梁小飞告诉她“这是我哥哥”的时候，我女儿问我：“妈妈，哥哥是什么？我会有哥哥吗？”我才恍然发现，那份失落，很重要的一部分，都源自我对梁小飞的兄妹之情。

80年代以后出生的小孩儿，大概很多都不会经历这种情感。有时候想想，被计划生育后的家庭好可怜，因为他们的孩子们不会知道“兄弟姐妹”是一个人一生中多么重要的感情构成。

我也说不出我和梁小飞之间到底有什么深情厚谊，但我不能想象我从幼年到少年的生活中没有他，我更不能想象我的回忆中没有他。他的小侠义、小诡谲、小浑蛋和小聪明都和我的情感之间有着无法分割的奇怪的紧密的交错。

坊间有一个词叫作“情同手足”。“手足”这个词特别准确，如果没有梁小飞，我成年之前的生活一定像被砍手砍脚一样不仅痛苦，而且残疾。

然而，到后来，我可以不费太大力气地叙述我们家那些宠物给我的印记，我却不知如何下笔去记录我和我的哥哥梁小飞之间的感情，虽然，天知道，我是那么地想念他。

我哥梁小飞在离第三次婚之后，苦闷，就跟几个朋友一起去了一趟西藏。接着的一年里他又去了两趟，都是独自去的。

在第二次独自进藏之后，他就再也没有回来。

我想他是有备而去的，他走后我妈发现了他给她的信，确切地说，那是一张不到200字的纸条，上面写着他仅有的一个存折的取款密码和拜托我妈帮忙照顾他儿子云云，说明他去意已决。

我很纳闷陈萍并没有表现出太过悲伤，她更多的是慌乱和焦灼，她用了很多时间反复练习，试图编撰一个梁小飞失踪的理由，为了说服她自己，也同时作为向亲戚朋友们的说明和交代。她甚至没有特别尝试着去西藏寻找梁小飞，对于长年宣扬自己信仰基督教的家庭来说，梁小飞选择消失在了西藏而不是耶路撒冷让全家人陷入了诡异的尴尬。

对于梁小飞的彻底出走，我一点都不讶异，在我看来，梁小飞是我们一家四口中最懂得忠于自己的人，而最后离开我们就是他忠于自己的一个终极表现。

这大概就是“兄妹”情分中最珍贵的部分。有些父母不懂的，兄弟姐妹之间可以不那么费力就心照不宣地懂得。这份懂得又只能存在于有血缘关系的兄弟姐妹之间，无法解释太多，一多说就走样。

纵使，在我们的父母面前，梁小飞和我出现最多的画面是追跑打闹、互相或诬赖或揭发，或为了争夺零用钱毫不犹豫地立刻恶语相向。但，只要父母不在，我们又能立刻默契地相亲相爱，不需任何过渡也不会有任何障碍。

我记得刚上小学 1 年级不到两个月的时候，那时我对小学校这个小社会还怀着好奇和恐慌敬畏着，有一天下午，我们正在上课，梁小飞的小脑袋出现在了我们教室的窗户外。他像个前来视察的领导一样用他想象中的大人的眼神环视整个教室，表情始终严肃，即使看到我的老师也全然不躲闪。最后他的目光停在我的脸上，对我似有若无地点了点头，庄严肃穆地走了。

放学之后，班里多数同学都知道刚才那个探头探脑的中学男生是我哥。

之后的整个的小学，我们班的男同学欺负我的频率都不算太高，我十分确定，那和梁小飞那天的巡视有关。

梁小飞这样的举动隔三岔五地贯穿在我父母不清楚的我的整个童年。

所以，我真的十分想念他，我默默认为很多时候我比我们的父母更了解他，很多他当时在大人们看来离经叛道的行为，在我漫长的想念中都显得十分鲜活和越来越可爱。

可是那些鲜活和可爱，在大人们的世界里，时常被曲解。

梁小飞被曲解最严重的一次是在我上小学 2 年级，他上初中 2 年级的那年。

我们小时候住大杂院，每天必须要面对的重要事件之一就是上公共厕所。

那个时代的公厕千姿百态什么样的都有，只有一个特色恐怕是全国统一的，就是甭管哪个地方的公厕都难免会有偷窥的人，俗称“臭流氓”。

梁小飞曾经就被判定是一个少年“臭流氓”。

当时我爸妈死活也想不通，他们家的宝贝儿子，怎么一朝就甘心当上了“臭流氓”呢？！

20 多年后，在梁小飞消失在西藏一去不返的头几个月，前来安慰我妈的各色人等中来了一个我哥当年的“发小”。他在跟我妈共同追忆我哥的时候，无意间把梁小飞成为“臭流氓”的幕后花絮完整说了一遍。和我父母了解的表面情况凑在一起，成了一个完整的故事，内容如下。

那年他们几个男孩子某天又在例行比弹珠，为了游戏内容求新求异，就有人提议冒险，说如果谁敢打掉女厕所后墙的一块砖头，其他人就要把自己的弹珠全献出来。

在那时候，弹珠对男孩子们来说不仅是一项游戏，也是一种“收藏”，其数量和质量能显示出他们的技能级别和“江湖地位”。

梁小飞，一个弹珠的骨灰级热爱者，被好胜心唆使，未假思索就直接奔女厕所后厢去了。他捏着鼻子在女厕所外专心致志地完成了冒险。谁知，当他抱着那块带着女厕所臭味的破砖头回到队伍里的时候，他的那几个玩伴，一帮还不知道诚信为何物的小坏蛋，当即食言，没有一个人愿意献出弹珠。梁小飞冷静地观察了形势，判断出自己寡不敌众，只好压住脾气展开一番斡旋。事情的发展是，大家一致裁定我哥不仅要完成偷砖，还必须得在女厕所里面有人的时候从少一块砖的那个缺口往里看，再把看到的女人上厕所的情况跟大家详细汇报一遍，这样，他就能如期得到那些弹珠。

得弹珠心切的梁小飞忍辱负重地又去了。

不过，运气不好的是，正当梁小飞的脸贴在女厕所的外墙屏住呼吸耐心等待前来上厕所的女邻居们时，被院子门里一个祖母级的老太太给发现，并生擒了。

结果当然是他啥也没看见，且一个弹珠也没得着，唯一的“获得”是因此而跟随他整个青少年时期的坏名声——“梁小飞是臭流氓”。

我比较纳闷的是，事发那天，梁小飞竟然没挨梁朝伟的打。我妈说服我爸不打我哥的理由是，越打，动静越大，知道和议论的人就越多。

实际上，陈萍的担心是多余的，早在那天下午，整条街该知道的人就已经都知道了。这件事对我们家的影响比我父母预料的严重。

我从第二天开始伤心地发现院子里所有玩伴都瞬间消失，他们不仅像避瘟神一样看见梁小飞就绕着走，在家长授意下竟然对我也一副避之唯恐不及的德行。那个状况，不像是梁小飞企图践踏神圣的女厕所，更像我们全家人都得了麻风病。更让我愕然的是，在足足又过了四五年之后这件事仍然像病菌一样在持续发酵。彼时我顺利考入梁小飞以前就读的那所重点中学。谁知开学刚一周，也不知道怎么校方忽然接到某个学生家长的匿名投诉，说我是以前那个“臭流氓”的亲妹妹，有可能影响学校形象。就这样，开学刚一周，在校方婉转地劝退之下我父母不得不狼狈地把我转到了另一所非重点中学。新的学校地址在郊区，我从此每天多了要骑 40 分钟自行车的运动。

所以，当那位“发小”揭开谜底原来是为了弹珠的时候，我妈似乎很介意。她丝毫不婉转地质问人家为什么当时不挺身而出说出事实，又质问为什么这件事能被隐瞒了 20 多年之久。

“你们，你们很不负责的！你们这样，是改写了他的命运！晓得哦？”

陈萍一生气连乡音都自动冒了出来，在她恼怒的责备中，“发小”愧疚地告退了。

当天晚上我妈又跟我爸感叹半天，说我哥一辈子最大的问题就是“不会看人”，所以“交友不慎”，说完我妈还掉了一回眼泪，我爸竟然奇迹般地没出去玩耍。如果不是鉴于他们当时正沉浸在失去儿子的悲情中，我特别想提醒他们，其实当时我哥辩解来着，只是梁朝伟和陈萍谁都没理会他的辩解，谁也没相信他的辩解。他们“成人成见系统”自动启动，过滤掉了“弹珠”这个在他们看来不重要的关键词。对这两口子来说，邻居们看待的眼光已经让他们惶惶然地失去了正常的交流能力。就是这样，梁小飞被诬陷的理由当年被忽略，梁小飞离家的理由，又被成功转嫁到了别处。

我父母当然很爱梁小飞，只不过，每次遇到问题，他们又总是忙不迭地撇清关系，并且，在对待梁小飞的态度上，他们是那种典型的“自己可以随意羞辱但不允许别人有一点批评”的家长。所以，梁小飞在短短三年的初中生涯中，转学倒转了不下十次，每次的理由也都差不多：我父母仿佛和任何一个批评梁小飞的老师都不共戴天。

实在不知道是否应当为此感到骄傲，我那一对当年风华正茂的父母在给我哥换学校的过程中显示出了他们傲人的人脉和能量。梁小飞也以此为傲，甚至有时候会编造和虚构一些他自己根本没做过的劣迹。

梁小飞在我父母的“运作”下成了一个大家公认的坏小孩，有这样的认定，他正常的行为也时常受到苛责。

更可笑的是，后来，我父母又把明明是他们一手制造出的到处转学，总结成梁小飞天性就“半途而废”。实际上，在我看来，梁小飞是一个坚持力很强的男孩儿，单就以为了赢得弹珠而被冤枉成“臭流氓”的事件就不难看出，他绝对是一个为了目标能够不惜代价委曲求全的高情商高智力的少年。

还有很多事，我猜，我哥也想过要坚持到最后，比如，他是养鸽子的行家里手。

我们家有将近一年的时间有将近一百只鸽子，一半是信鸽，一半是观赏鸽。

那些鸽子本来是梁朝伟弄回来的，和他所有过往的行为模式一样，三天热度之后，他就不管了，好像鸽子这事儿从来没发生过一样。

梁小飞接手了那些鸽子，并迅速展露出他饲养鸽子的超然天分。

最初的那十几只鸽子在我哥的照料下幸福快乐地成长，并没多久就知道了报答。报答方式是每隔一阵，它们在出去放风的时候就会带几个“朋友”回来。各种不明来路的鸽子陆续跟在我们家那十几只元老级的鸽子后头投靠我家，并坚决定居。不久我们家门口的屋顶上就不得不搭出很多新的鸽舍，为方便那些陆续投靠来的野鸽子们把这儿当成水泊梁山。

到后来，梁小飞养的那些鸽子中，最起码有三分之一是飞出去的鸽子“招”来的，还有三分之一是鸽群彼此通婚制造的后代。它们不分彼此快乐地生活，没有闲暇思索“命运叵测”这四个字的深意。

陈萍在最初同意梁小飞代替梁朝伟继续养鸽子的时候肯定没想到鸽群队伍会如此神速地发展壮大。我们家渐渐像西欧很多国家的广场一样鸽影密布，但我们家的面积还不足广场的一个脚指头，所以，问题就来了。

由于鸽子们不仅自由地起飞和降落，自由地吃食儿和产卵，也自由地拉屎和掉毛。

很快，我们家门口就屎迹斑斑，甭管怎么打扫都无法完全清除。那阵子除了我哥之外，全家人都食不甘味，因为不管吃什么都得就着一股挥之不去的鸽子屎味儿。

久之，我妈不答应了。

她认为鸽子带来了两个严重问题：一是影响了居家环境，二是影响了梁小飞的学习成绩。影响居家环境确实没错，但我哥的学习成绩是否受到了影响就很难说，在我记忆中他的成绩从来就没好过，硬要赖在鸽子们头上也有失公允。

但我妈不管这些，反正她看到的是一个因为养鸽子而不符合她标准的儿子，她就要进行改造。

我妈先找来我爸，希望他能出面收拾残局，让他去跟我哥谈，势必把鸽子全部请出家门，或最多留两只对付对付意思。

陈萍的要求很合理，毕竟鸽子是梁朝伟带头弄进家门的，哪朝哪代请神送神都要有一套统一的政策和人员。

梁朝伟没答应也没不答应，一通之乎者也，该干吗就干吗去了。

这是我爸处理很多事情的方式，他的原则就是没原则。他最喜欢说的一句话就是“顺其自然”。这四个字在我成年之后成了我最痛恨的四个字。

天下没有所谓的“顺其自然”之事，只有不愿担当之徒。

梁朝伟这个不懂担当之徒，全然没有把陈萍的烦恼特别当回事，照旧对家里一切不便都采取熟视无睹的消极态度。

再者说，我爸的人生中从来就没有“认错”的经验，在他的逻辑里，如果由他跟自己儿子说“喂，你别养鸽子了”，就等于他默认了自己养鸽子是个错误。梁朝伟不愿意，他一生中有过很多条人生格言，其中从来没换过的一条就是“若认错，毋宁死”。

我妈看我爸坚决逃避责任，没辙了，只好自己来。

于是陈萍和梁小飞这母子俩，开始为了几十只飞禽展开拉锯战，一个软硬兼施，一个负隅顽抗，对峙了大概两个月，仍未果。

悲剧最终发生的那个下午，我妈在午后不久就提前回了家。她一回来就大声宣布晚上要去参加当年一起支过边的同乡会。

我算不清那已经是她第多少次宣布那件事儿了。那些日子上空简直像挂着一个隐形的倒数表，上面写着“距离 ×× 日还有 ×× 天”的那种，每天到点儿就会响一次，我妈自己宣布，自得其乐。

我也目睹为了那次聚会，陈萍恨不得提前半年就开始做的各种准备：托人从上海买包，托人从香港买衣服，托人从北京买染发剂……

我跟我哥都还无法了解那个聚会对她的重要性。我爸，此人尽管年纪比我妈大，但也不了解，或一说是懒得了解。

我妈也已很习惯在那个家里为自己的事情独悲独喜，所以也就紧锣密鼓地独自张罗。

或许任何年代的同学会或同乡会都少不了一个最迷人的内容，就是在“欢聚”的掩饰下暗潮汹涌的“较量”。透过别人的弱项坚定自己的幸福，透过别人的强项增加自己人生的斗志。

陈萍和她的各种姐妹们每次久别重逢的问候语都大同小异：“哎哟！你又瘦了！”“哎哟！你气色真不错！”“哎哟！你儿子越来越出息！”“哎哟！你怎么越来越漂亮！”“哎哟！你真是越来越富态！”而彼此的眼神却都在毫不留情地努力搜索对方的短处。

我小时候一直不明白我妈为什么对这种三姑六婆之间虚情假意的互相赞许如此乐此不疲——直到我自己后来在大自然的催化中也无可避免地长成为“女人”才开始自然地懂得，女人们之间，人快到中年，来回来去无非就是那几件事儿，比比丈夫够不够“抻头”，比比儿女够不够争气，比比自己够不够年轻。

陈萍自觉前两样都不太拿得出手，只有在自己身上多下功夫。

她花了好几个小时才确定了最后的造型。

我确定我妈那天的模样确实具有足够气倒很多女同学的实力。

她精心地把提前两周烫过的头发弄出了波浪翻滚的时髦大卷儿，又从大衣柜的顶层拿出一个小箱子，那是我妈妈的宝物箱，里面放着她全部的细软。她每当特别高兴或特别不高兴的时候都会拿出来翻翻，并且严肃地警告过我们所有人不许擅动。

箱子里面其实没有任何真正值钱的货色，但确实就是那些不值得称道的东西长年负责给我妈妈带来无价的快乐，它们对我妈精神支撑的作用在很多时候是超过我爸能给予她的。

最终，陈萍从里面小心地拿出一条叠得整整齐齐的丝巾，展开，脸上忍不住露出陶醉的笑容，那表情仿佛对面不是丝巾而是她的情人，而他们刚跨越千山万水才难得重逢。

那条丝巾和她身上的那条百褶裙很配，它们都是我们家的一个远房亲戚从香港给她带的。之前她只穿过一次，那次是为了出席我舅舅的婚礼。

而她脚上穿的那双刚买到的深蓝色的丁字高跟鞋也一样来历不凡，为了配那条裙子特别的紫色图案，陈萍不知道去了多少趟百货大楼，要知道那是我们那儿唯一的一个百货大楼。那阵子，百货大楼服装鞋帽部的进货情况陈萍都相当了解，终于，功夫不负有心人，通过地毯式搜索、连垃圾桶都不放过的精神，她才终于在千钧一发的重要时刻和那双鞋相遇。

所有的这些“宝物”都被陈萍穿在身上后，她又足足在镜子面前前转后转照了 30 分钟，直到每个细节都处理得无懈可击确定自己势必艳压群芳，她这才满意地拎着锃亮的小皮包开心地准备出门了。

陈萍走到门口的时候少有地冲我回眸一笑，我在她脸上看到了一丝我没见过的娇羞，那画面简直像雷诺阿油画作品中的少女，美丽、优雅，又内敛。

我待在原地，刹那间，简直觉得我们家好像被祥云笼罩，心中不由得缓缓升起了德彪西的钢琴曲《亚麻色头发少女》的旋律。

哪知心中的音乐才清雅地响到第二小节就轰然被打断——我妈在门口摔倒了。

那是我妈第一次在自家的台阶上被绊倒。

我试图分析她被绊倒的原因，可能因为那双丁字鞋鞋跟太高，可能因为她心情太好步履过于轻盈，可能因为地上有一些鸽子们没吃完的黄豆，可能因为她那天忙着打扮还没有例行打扫层层叠叠的鸽子们的粪便。

反正，她就是摔倒了。

我妈摔下去的时候冒着手臂骨折的危险也死命护着手里皮包的情形让我想起了小时候跳皮筋儿常唱的一首歌谣“王光美，最臭美，不爱革命只爱小皮包”。

我当时并不知道王光美是什么人，也不知道为什么要专门编了歌来骂她，但从陈萍的反应中我倒是立刻清楚地知道皮包对一个女人来说何其重要。

她从地上爬起来之后，在原地晃了几晃，又回头看了看，确定除了被吓傻的我之外附近没有别人看见她刚才那一幕，这才扶着墙站稳，并向远方大叫了一声我爸的名字。

梁朝伟当时和每天一样，正在斜对门跟邻居下棋，听见陈萍的叫声，装作听不见继续下棋。直到我妈又一声比一声凄厉地加速连续喊了五次，他才像刚从梦中惊醒一样晃悠着出现了。

“你今天要是不管我可就真要管了！”陈萍指着满地狼藉低吼着发出最后通牒。

“多大事儿啊，换一件衣服就完了呗！再说用湿毛巾擦一擦也看不出来。”我爸看着我妈，嬉皮笑脸道，“反正你这裙子本来就是花的。”

没等我妈再说话他就回头接着去下棋了，丢下一句：“回头再说哈。”

“回头再说”是梁朝伟最常用的口头语。

这句话在他的语境里代表的意思就是“不再回头”。

梁朝伟完全没有意识到事情有多严重，重点是，他在跟我妈结婚十年，都生了两个娃之后，还是像个陌生人一样对我妈完全不了解。他不知道也不在意我妈要去赴的约会对她来说有多重要，他甚至不明白华服对一个女人的意义，特别是在那样的一个华服比化石更难得的岁月中。

陈萍站在原地好一阵子，才扶着墙慢慢转身，她的胳膊和膝盖都有大片的划伤，她用力把脖子上沾了鸽子粪的丝巾拽下来，一瘸一拐地进了屋。

几分钟之前还闪烁过的“少女般的娇羞”早就不见踪影。她的鬓发散落在额前，她的五官骤然同时向下耷拉了那么一丝丝，似乎集体意识到了要响应地心引力。这让她看起来比刚出门时的样子足足衰老了十岁。

鸽子们还不知道自己闯了祸，优哉游哉地继续上下翻飞，对近在眼前的大难浑然不觉。我心中的印象派早就停了，取而代之的是鸽子们在门口此起彼伏发出的“咕嘚儿咕嘚儿”的现实的叫声。我也并不知道那将是我最后一次听见那些。

陈萍回到屋里，在对着地面冷笑了一番之后，接着，猛然间收起愤怒和悲情，快速回到房间里，三两下换回了家居服，找出红药水把手臂和膝盖刚摔的伤口胡乱涂了涂，又找了根皮筋儿把好不容易弄好的头发随意一束。

然后，她从后院搬出梯子立在门口，再冲进厨房从水缸后翻出一个藏在那儿的包扎密实的包裹。

她蹲在那儿拂掉包裹上的浮土，又若有所思地发了一会儿呆，才站起来，坚定地抱着那个包裹登上了梯子。

陈萍在到达屋顶后又回头俯看了我一眼，好像提问似的自语了一句：“你说，我当年怎么会嫁给这种人的？！”

“这种人”当然是指我爸梁朝伟。这句自语在我们成为母女的几十年中她说了不下千次，终因找不到答案而显得声有戚戚焉。

陈萍抱着包裹坐在屋顶四处远望的时候恰值日落，那时候，她身后的背景是橙红色的夕阳无限好，空气里混着各家炊烟和我家的鸽子屎的味道，十分怡然。

我的妈妈，就那样在屋顶上足足坐了半个小时。

她的表情变化万千，时而饮泣，时而微笑，时而喃喃自语，时而低头叹息，风吹着她被扎起来的鬈发，见证着天色从橙红到暮蓝。我猜不透她在想什么，她近在三米之外，却让我感到有十万八千里的距离。她的样子生动、清透，有一点悲情的仪态万方，一点不像是一个心底已升腾出杀气的女人。

然而，最终，陈萍还是把包裹里的红色麦粒全部撒在了鸽舍周围。

鸽子们雀跃地围拢过来，在我妈妈四周纷纷抢食，不知道那些被它们盲目吞下去的红色麦粒是马上能结果它们全部小命的耗子药。

耗子药是居委会发的，我看我妈把它们翻出来的时候害怕极了，可能我小说看多了，还以为她会戏剧性地到房顶自杀。

所以，当我看到那些鸽子们纷纷被毒死，心里没有想象中那么难过，虽然我和它们感情也还不错，但，如果这个家一定要有生命为我们受伤的情感负责的话，在我看来，也似乎只有鸽子们是无奈的上选。

梁小飞那天一得消息就从外面飞奔回来并三两下就蹿上了房顶，动作之矫健恍若早期港产武侠片的画面。

他在房顶的鸽舍附近窜动了几个来回之后，确定自己回天乏术，就僵直地从房上直接掉了下来，和他一起掉下来的还有他胸前抱着的几只死鸽子。

他被送进医院后确诊是脑震荡。除了脑震荡之外，他的脑袋每隔一两个星期就会产生一些“积水”，必须要频繁地到医院抽水才能恢复正常。

那些“积水”非常明显，它们让我的哥哥看起来就像一个卡通版本的“寿星”，但与寿星的慈眉善目不同的是，梁小飞在生病期间始终拿着劲儿，对谁都横眉冷对，摆出一副只有得了怪病才配摆的严肃神色，那神色加剧了滑稽感。

鸽子事件帮我哥高考落榜提前铺垫了借口。梁小飞不出所料地没考上，但谁也没敢就此发表任何评论，尤其是我妈，尽管她是唯一一个对我哥高考给予厚望的人。实际上他在被摔之后的整个治疗期间都没有跟我妈说过半句话，连要钱也是找我爸不找我妈。等再开口，他对我爸我妈使用的人称代词永久地从“您”变成了“你”。

当所有周围人都知道我妈用了两斤耗子药毒死了我们家几十只鸽子的时候，她开始在邻居中建立了前所未有的威严，那些曾经没事就会为各种鸡毛蒜皮原因互相挑衅的女邻居再也没有任何一个敢跟我妈吵架。

芳邻们暗中教育自己家学龄前孩子的时候也在以前“当心警察”的基础上又加上了新的恐吓“当心陈阿姨”。

只有梁朝伟的表现最“失常”，他竟然自始至终对这件事没有半个字的评论，好像什么都没发生过。这很不符合他的风格，他平时是那种就算什么都没发生也有本事掘地三尺找出说辞唠叨个没完的人。

总之，一个星期之后我们家的气味恢复了正常，两个月之后气氛也表面恢复了正常，全家人互相之间开始了关于吃喝拉撒的交流。但我知道，将近 30 年之后，鸽子们的魅影仍旧没有消失，它们在我们一家四口每个人的心中，以不同的情态不定期地翩翩起舞，带着鸽哨的呼啸，和“咕噜儿咕噜儿”的律动影响着我们的心跳，也左右着我们之间的距离……

等待的情绪占据了我幼儿时期的 50%

剩下来的 50% 则是被拒绝的自卑和委屈感

Part 13

闰爸

在我整个少年时期所有见识过的人当中，还有一个特别重要的人，我始终把他放在心上，而他的出现，则是我人生的一份意外的“礼物”。

那是在梁小飞被定性为“臭流氓”之后，我那对在“爱面子”这件事上旗鼓相当的父母，无法承受每天出没院子都要见到那些暗中议论我们的倒霉邻居。他们用了两三个星期时间就迅速作出了决议和安排。

随后，打着要监督改造梁小飞的旗号，把他暂时转学到了南方，我爸妈随行。

由于当时我奶奶已跟大姑姑去了北京，我姥姥跟我舅舅回了上海，姑姑和舅舅又都快速干脆地作出了无法收留我的回应，我就被我爸妈潦草地丢给了他们的一个朋友。

我在怀孕的那几个月里，写了一厚本日记，我还给它起了个名字叫《你是我的宝贝》，这本日记献给当时尚未来到世界上的我的女儿趴趴。

其中的一段如下：

“亲爱的宝贝，我在想，如果，如果有一天，我迎接了你的到来，我会向你承诺，在你成人之前，我绝对不会轻易离开你，绝对不会因任何理由把你丢弃给任何除了我和你爸爸之外的人，不管那个理由听起来是多么地‘合理’。”

我像发誓一样一字一顿郑重地说出这句话，是因为我对“被丢弃”这事儿实在太有经验了。

小的时候，有很长一段时间，我都觉得我自己脸上有俩戳，分别印着“累赘”和“被嫌弃”。

那个想象出自于当时热播的连续剧《武松》，其中一个镜头给我印象最深刻：武松在被发配的时候，左右两边脸上像刺青一样分别被烙了有字的印章。

初中 2 年级的时候，有一次，忘了什么诱因，我跟我妈吵架，吵到酣处，词穷，失控地抖出一句：“那你们为什么要生我？”

我妈当即显得很崩溃，边哭边历数她因为生养我而经历的各种艰难历程，说得我非常愧疚，但心里的那个疑问的热度却丝毫没有减退，不但没减退，它更变成了很多情绪彼此纠缠的心理阴影：

“我不被喜欢。”

“生我，给家里，尤其是妈妈，带来了非常大的痛苦。”

“我是一个没良心的小孩。”

这些疑问合成一个复句就是：“我给妈妈带来很多痛苦，因此不被喜欢，并成长为一个没良心的小孩。”

接着那个问题仍旧无解，是啊，“既然如此，那请问为什么要生我？”

尤其，我又不是第一个小孩，我在我哥6岁的时候才问世，那六年，按道理说应当足已让我父母有反省反思的余地。

或者他们没来得及反省又懒得反思，所以他们对我的到来这个事实接受起来似乎也总是心存芥蒂——至少他们给我这样的感受。如果诚实地面对回忆，我确实在整个童年和少年都明显地感觉到，我爸妈非常热衷于如何把我“甩掉”，随时随地。

在我的记忆中，曾经最怕听到的一句话就是“我不要你了”。

那是我小时候陈萍最最常用的句式，通常的用法是“如果你再××××，我就不要你了”或“如果你不再×××，我就不要你了”。

反正，其结果就是，在我内心深处，总觉得他们随时都会“不要我”。

而，他们在日常生活中也总以各种方式演习“我不要你了”这一恐怖的情形。

他们甩掉我的方法很多。

在0到6岁之间，我已经住过太奶奶家、奶奶家、姥姥家和舅舅家。

整个的幼年过得异常漂泊。

终于有那么一年，似乎从形式上回到了父母身边，但也回得不是十分爽快。

那时的我大概 3 岁，已经对人事有了记忆，也已经对人情有了分辨，出于天性，我当时非常“黏”我的父母。

那年梁朝伟还没搞外遇。他们的婚姻似乎还处于平稳状态，至少，从行为上，他们每天都会回只有他们两个人住的“新家”，而我则大部分时间跟姥姥、舅舅，还有梁小飞住在 15 分钟车程外的“旧家”。

每天最热闹的时刻是接近傍晚，我爸妈舅舅还有梁小飞会分别下班放学，然后我们济济一堂。

我的幼年时光很单调，白天，一整天我都和姥姥在“旧家”，每天从下午四点左右开始，我就会搬一把小凳子站在窗前，我只有站在凳子上以后视线才能够到窗口。然后我就会一直保持那个站姿向窗外远望，一直等到我爸妈下班我哥放学。

陈萍在回忆起这件事儿的时候会把它总结成是我姥姥相当会带小孩，把我教育管理成一个非常懂节制、知分寸的孩子。

我不知道，也许是吧。但我对那个情景最清晰的记忆就只有一个感受，就是，每天我都在等待他们。

等待的情绪占据了我幼儿时期的 50%，剩下来的 50% 则是被拒绝的自卑和委屈感。

而一天当中最惊险的时刻是晚饭后。我，一个刚有记忆的儿童，总是柔肠百转地渴望我爸妈垂怜，赐我跟他们一起回到“新家”的恩泽。

但这个小小的愿望被满足的概率从来没到过 10%。他们总是能成功地伺机溜走。当然了，甩掉我也不需他们太费脑筋，起初我爸妈总是利用我被我姥姥带去上厕所的空当开拔。

所以，后来有一阵子，我都不怎么敢吃晚饭，并且完全不喝水，主要是怕吃多喝多要上厕所。即便是这样，他们也还是有别的办法。

那时候我有一个跟我形影不离的布娃娃“妮妮”。很多次，我爸妈表面上假意骗说要带我一起走，他们笑嘻嘻地对我说：“你和妮妮先去院子口等着吧。”

我傻不拉叽哄抱着妮妮真到院子口去等。等半天，天都快黑了，他们还没出现，我只好返回去找他们，其实那时候他们早已经从另一个院子绕行溜走了。我姥姥看我回来就会直接默不作声地把门锁好，也不回答我的任何提问。梁小飞在外面玩儿，对此毫不在意，等我发现自己上当之后会哭那么一阵，姥姥也照样是默不作声，料定我哭累也就罢了，事实也是如此。

好笑的是，这种方法他们屡次使用，我屡次上当，上当后屡次哭，大家最后也就都习惯了。

也怪那时候的宅院布局，什么呀，院子跟院子之间阡陌交通，哪儿跟哪儿都连着。让我这种智商偏低、天性老实的幼儿，只能可怜巴巴待在原地，一次一次在同一种骗术中上当，最后只得默默承认自己是个总被父母甩掉的，或许不怎么被爱的小孩。

前几年的时候，回忆到此事，我忽然又有了新的想法。我在想，也许我父母的关系并不像我小时候以为的那么糟糕，要不然为什么他们在结婚十几年并已生了两个小孩之后仍旧那么地贪恋晚间的二人世界？或许，和很多那个时代的人民一样，他们只是不太习惯和不太熟练于如何呈现他们的亲密关系。糟糕的是，他们不熟练的亲密，被以为成了对小孩的不亲密。

我在惶惶不可终日的被甩生涯中，最最担心的事是我父母那种没有先兆的出差。

梁朝伟年轻时是一个运动员，年纪大了，混成了“教练”，在体校教年轻人打乒乓球。

陈萍从事的工作，用现在通行的词汇来说，应该叫作“公务员”。我小时候并不完全搞得清她具体的工作，就知道，她是“坐办公室的”。我跟她去过她上班的地方，印象里，她的工作内容就是不断地拿钥匙开一个铁柜子，从里面取出公章，给各种前来找她的人盖章，盖完再放回去，锁好，每天重复好几次，看不出任何技术含量。

他们俩的工作给我最强烈的印象就是“当大人好容易啊”！

并且，当大人最容易的一个部分是好像可以自由地支配自己的时间和行为。我相信他们一辈子都无法了解，他们一撇腿儿就让自己出差了这个行径，对我当孩子时的生活，究竟产生过多么严酷的影响。

我小时候最害怕的情景之一，就是我苦苦等了一天之后，不见我爸妈的人影。

我对梁朝伟出差的感觉没那么强烈，因为他出差陈萍还会在家，但陈萍一旦出差，梁朝伟就会自动消失，连吃饭带睡觉都有不同的去处。

我姥姥又特别不爱开灯，每当我妈出差，我回家看到的情况就是这个样子：在昏暗的天色下，姥姥用和天色一样昏暗的声调轻描淡写地跟我说一句“你妈出差了”，就默默转身进里屋去了。

留下我孤单一人伫立在家徒四壁的客厅，心情绝望到了南城外，那种感觉和看《聊斋志异》时候的感觉相当接近。

这种感觉，在我有记忆到离开家的14年中，大概重复了50次。

那当然是一种煎熬。

那煎熬带给我许多的疑惑，我很想知道，是不是因为自己不够好，所以我的爸妈才那么迫切地总摆出一副赶紧离开我的架势？

如果真是这样，那我到底是哪里不好呢？

我百思不得其解，也试图从我爸妈和别人的对话中苦苦搜索着答案，想要找到一些蛛丝马迹。

从他们对别人评价我用的形容中，我默默勾勒出了自己最初的样子：

我，是一个不好看、不聪明、有点儿倔的小孩，最要命的是，我可能是“从垃圾站捡来的”！

我们那个年代的父母特别流行对小孩说“你是我们从垃圾站捡

来的”。

我的父母更是自恋似的对这个有点冷的说法相当上瘾。

在他们反复说了不下十次关于我的“垃圾站身世说”之后，我终于从一头问号过渡成一段将信将疑，之后，最终深信不疑。

我到今天也没太理解他们那么说的动机。尤其，当我如今以一个成年人的观点来看待它，就更加不能苟同这个说法。

想想看哈，一个大人，当你对自己的小孩说：“Hello，注意啦，你，是我们从垃圾站捡来的。”这到底是什么动机呢？

他们有没有假设过小孩会不会相信？

不如我们现在来假设一下好了。

如果孩子不信的话，那么这岂不是构成了一个欺骗？

如果孩子相信的话，这就更加可怕。

事实上我相信很多的小孩和我一样，起初是相信了的。我从来没敢告诉过梁朝伟和陈萍，我最后一次想象我的“亲生父母会来接我”的时候，都已经上中学了。

这之前的十几年，他们的这种躲避，或说只是戏谑，已经牢固地成为我的梦魇。

更令我搞不懂的是，到后来，我爸妈非要把频繁去外地的理由强加在我跟我哥头上。

“还不是为了你们！！”

“还不是为了咱们家能过得更好？？”

有时候觉得大人真自以为是，呵呵，为了我们？为了更好？那怎么不问我们需要什么，我们觉得什么是更好？

好吧，我内心从来没有变过的答案就是：

“我全部的需要，是你们能让我，好好跟你们在一起”——尤其，当我，还只是个孩子。

“被父母甩”留给我的后遗症是长大成人后的每一个分手都是我

主动，想必是被甩怕了。

当然，在所有被我爸妈甩的经历中，也有一段，是特别不同的，它好像萤火虫，在我最害怕的夜里，带来小小的光亮、小小的温暖和原本就应该属于童年的童趣。

就是那次，在梁小飞被冤枉为“臭流氓”之后，我爸妈带他南下，我被托付给一对陌生夫妻。

再次重放一下我被托付给别人的理由：彼时，早年支边的青年都络绎不绝地回到各自的“原产地”，所以，我奶奶跟我大姑姑梁朝心一家一道回了北京我大姑父的家，我姥姥则跟我舅舅们回到了上海。

我父母对回谁的祖籍意见无法统一，只好先按兵不动。就这样，我成了没去处的临时孤儿。

代替我爸妈照顾我的那两个人是邵闰生夫妇。他们是我爸妈的好朋友。

到了他们家之后，我分别管他们叫闰爸和闰妈。他们还有一对儿女，都比我大，我叫他们淳哥和小梅姐。

闰爸是那样的一个人。嗯，怎么说呢，他长得很像我们小时候红过的一个香港男影星郑少秋。

他很瘦，好像很高。说“好像”，因为当时我是小孩，所以对他有“很高”的记忆，或许，他并没有很高，但不管怎样，都不会妨碍我“仰视”他。

他嗓音有一点沙哑，不知道是不是这个原因，他从不大声说话，确切地说，他话不多，总在微笑，笑的时候眉毛有点踌躇似的会撇下来一点点，有一边的嘴角往上牵着，整个的笑容里有那么一种仿佛很无奈的慈爱。

和闰爸他们在一起那短短的时光，让我的人生首次相信人肯定有灵魂，并且也肯定有前世，有来生。

回忆全部的童年生涯，那一年居然是我最快乐也最没心没肺的时光。

我没什么准备地终于做回一个真正的小孩，不用时刻神经紧绷地时刻担心，虽然我也不知道自己在担心什么。

回忆那年，最常常出现的画面是“散步”。每天的晚饭后，闰爸和闰妈常常一人一边牵着我的手走在暮色渐蓝的路上。淳哥和小梅姐则骑着自行车忽前忽后地跟在我们左右。只要在他们身边，我随时会把自己的手放进他们的手里。我的手很小，在他们的大手里，感觉特别温暖特别安全。

是哦，牵手，牵手是一件多么温存的事。

如今，我都已经是一个坐三望四之人了，在我的感受库里，依然觉得“牵手”是特别温暖特别安全的一件事，这真不可思议。

我自己的亲爸亲妈比较不擅温存，跟孩子们之间的一切肌肤之亲仿佛都表现得特吝啬，有时甚至有一种莫名其妙的警惕。在我自己家，一家四口最常见的发生肌肤接触的诱因通常是“挨打”。

起初是梁朝伟打梁小飞，时间久了，梁小飞依葫芦画瓢，学着梁朝伟的样儿打我，我再告状，梁小飞又挨打，他再伺机打回我，就是这样，一来二去地，我们家形成了由“打”与“挨打”构成的亲密关系。

陈萍是家里唯一的君子，主要负责每次有人挨打的时候她在旁边嚷嚷，积极号召大家要文斗不要武斗，但由于每次的号召都以无效收场，令她看起来更像是个啦啦队队长。

所以，当我驯服地沉浸在一个不吝惜牵手的家庭中时，很快就接受并十分享受这种单纯温暖的亲密接触。

这对跟我没有任何血缘关系的男女，比我爸我哥更频繁地在我面前抬手，又落下，不同的是，他们挥手的动作比较轻柔，并总是落在我的头发或脸颊上，让我很实在地感到自己正在被注意和受到爱护。我在他们有温度的手起手落之间，仿佛被带回到了蛇出没之前的伊甸园。

是啊，很多很多的时候，一个小孩子对世界的全部渴求，也不过就是想全情地感受来自爸爸妈妈掌心的那一团温度而不是力度。

闰爸是一个给孩子们很多温度的大人。他处理事情的方式，让我经历了人生第一次的“豁然开朗”。所有在我家可能变成吵架或打人的“事件”，到了闰爸那儿，都会三言两语地被化解成一个无须动怒的“情节”。

“事件”和“情节”的差别在于，前者是“不该发生”，后者是“自然发生”。

事实是，当一个事情已经发生，不管它被定义为什么性质，都不能改变“已经发生”这一事实。

我的父母好像始终没办法理解这一点，所以，他们的怒气总是针对既成的事实。闰爸不同，他对反正已经无法改变的事，总有一种换位思考的本能。

我刚到他家那个星期，一天，淳哥把自行车撞坏了，闰爸说：“我儿子没事就好。”全家人就都松了口气，为淳哥没事而高兴。

又过了俩月，一天，淳哥连车带人一起撞坏了。闰爸说：“也好，我儿子终于能老老实实在家待俩星期了。”

闰爸像“塞翁失马”中的智者，对一切“好”的东西都特别敏感。他总能用最快最有效的解说去化解那些本来令人焦灼的事情的突然发生。而他的确总能让人心悦诚服地看到好的那一面。

他也很自然地把这种能量用在我身上，因此我在到他家之后听到了儿童时期最多的表扬，一切我父母曾经视为缺点的内容，在闰爸的眼中都成了优点：

“看我小女儿的这个小单眼皮，这就是个典型的古代美人。”

“我的小女儿爱看书，以后当文学家！”

“我的小女儿很特别，有个性，跟别的小孩不一样。”

以上这些内容在我父母口中曾经对应的说法如下：

“这孩子塌鼻子小眼睛，将来嫁不出去喽！”

“这孩子那么爱看闲书，功课肯定好不了！”

“这孩子随谁了，老那么倔，特让人别扭！”

他向人介绍我时，总是说：“这是我的小女儿。”

知道吗，我好迷恋这个介绍：“这是我的小女儿。”尤其是他用一种听起来很自豪的语气，而我以前从来没有过类似的被介绍的经验。

我对他们家印象最深的是那一家子人都很爱笑。闰爸和淳哥总是不发出什么声音的微笑，小梅姐总是笑得很清脆，全家笑得最特别的是闰妈，她的笑声因为不控制而显得非常具有感染力。我记忆中，她和闰爸总有说不完的话，从早上醒来，直到晚上睡去，每天都能听到他们在对话。确切地说，多半时候，是闰妈说，闰爸听，闰爸偶尔接一句，往往闰妈就立刻被逗笑，还常常笑得前仰后合花枝乱颤。闰妈语速很快，所以我们基本上听不到她在说什么，但我们能清楚地听到她响亮的笑声。他们仿佛随时都能找到可以聊天的话题，乐此不疲，并且，不管聊什么，闰爸总是有办法让闰妈不时肆无忌惮地大笑起来。

等我当了很多年成熟女人之后，才特别感慨地发现，一个女人能保持肆无忌惮的笑声是需要很大运气的，而一个男人能让一个女人人到中年还能笑得那么肆无忌惮就更加了不起。

我忍不住拿闰爸和梁朝伟做对比，他们之间有一个特别明显的个性差别。

闰爸不是特别在意家人之外的人对他作何评价，他全部的关注点都是在怎么才能让自己的妻子儿女过得更舒适和更开心，在生活上面，他是一个非常务实的人。

梁朝伟则是一个自愿被绑架的人，他一切体会和制造幸福的能力都来自他人的观感。

以这个角度出发，这个世界上的男人，说起来总共也不超过四种。

从最好到最次依次为：让女人笑，让女人哭，让女人哭笑不得和让女人失去哭和笑的能力。

我很荣幸，在童年时期即见识了其中两个极端的代表人物，分别是闫爸和我亲爹梁朝伟。闫爸是一个让自己的老婆始终都有理由无所顾忌地大笑的男人，梁朝伟则是让自己的老婆永远哭不出来也不再有动力欢笑的男人。

闫爸不仅能让闫妈笑，他也让这个家里从来都充满笑声，也是他让我首次地愿意知道我自己。

我们小时候，女孩子们都很流行画“仕女图”，或是说，画的是我们自己想象中的中国古代美人儿。

有阵子我特爱画林黛玉，画她葬花、下棋、喝药、哭泣、焚稿……各种样子，有时候是照着小人书画，有时候是按照我自己心里想出来的画面画。我爸妈对此从未在意，也不加评价，最多说一句：“你又在这儿磨洋工！功课做了吗？怎么还不练琴去？！”

寄住在闫爸家之后，不久，当我感到全面放松时，技痒，闲着没事又画。

有次闫爸在我没留意的时候站在后面看了半天，等我发现他，条件反射地赶紧用手掩住画儿。闫爸很温和地搬了把椅子坐在旁边，微笑着说了句：“别把林妹妹脸弄皱了——你画的是林妹妹吧？”我点点头，很自然地松开手臂。闫爸帮我改了改局部的比例，这让我意外而欣喜。自那以后，每次画完，我都黏着闫爸要他评价，他有求必应，一定是很认真地说我画的哪儿有进步，哪儿需要改进。是的，这是个重点，他从不说哪儿不好，他只说那些地方可以更好。他的表达让我感到轻松愉快，当闫爸教我如何给画儿上色的时候，我笔下的林妹妹从她的黑白时代走向了彩色，而我的心情，也随之拥有了一种以前没有过的色彩。

这个转变让我变成了一个开始愿意主动活泼的小孩。我松开心房，把以前掖着藏着在暗处干的事儿都逐一放在了明处。

除了画小人儿，我还有一个写满了字儿的小本儿。

我们那个时候，差不多每个女孩都有一个那种本子，上面多半是抄的当时流行的电视剧里的歌词:《霍元甲》《排球女将》《聪明的一休》《八仙的传说》《血疑》……为表示隆重，通常还会在旁边配画儿的，要么是自己画的，要么是从各种别处剪下来的。如果主题歌是日文和广东话的，我们通常还会在旁边用普通话把发音标记出来“啊哈呀妈妈……”之类的。

看电视剧也是我们非常重要的娱乐项目，现在回想起来，即使人生中只能挑选十个最幸福画面的话，我也会选一个这样的画面：坐在床沿儿，一边泡脚，一边吃棒棒糖，一边看每周才得一见的电视连续剧，直到片尾曲响起，两只脚都泡得快起白皮儿才满嘴余香甜蜜地睡去……人生在那个时候，我能想象的最极致的幸福画面也不过如此。

除了抄歌词儿，我在那个时候就开始了懵懂的“原创”。

第一次的原创是一首诗，大概 6 岁半写的，那首所谓的诗几乎把我当时认识的所有字儿都用完了。

我再次看到那首诗的时候，它已被印在了一张报纸上，依稀记得那是我们那个城市唯一的一份给中小学生看的报纸。

那天下午，当闰爸举着那张报纸从外面回来的时候，如果用夸张的说法，他简直是被圣光加持，带着全身光环出现在我面前的。

我已经不能准确地记录当时的心情，我只记得，当时闰妈在厨房准备晚饭，我则黏在她身边边聊天边愉快地吃她炼油炸出来的猪油渣。

猪油渣是我们小时候最著名的零食之一，除了回民，一般人家多半时候都用猪油炒菜。炼猪油的过程是把几乎纯白的肥猪肉去皮，切丁，然后放在锅里“炼”。渐渐，那些白方块儿在鞠躬尽瘁地流出很多油之后，逐个缩成了一粒一粒金黄的小油渣。

把那些油渣捞出来，趁热用椒盐或白糖拌一拌，即成一道当时著名的人间美味。

闫爸把我和闫妈从厨房叫出来，坐在院子里的小竹椅上，那天院子里的大丽花开了，摇曳在袅袅的炊烟中，构成一幅最鲜活的人间俗世画面。

然后，闫爸摊开报纸，轻声读了他在我的宝贝本子上发现的那首诗：

妈妈不在家
妮妮会想她
孤单的时候我不怕
我有我的布娃娃
哥哥要出发
妮妮不送啦
参军报国为大家
自豪的我送他大红花
妮妮成绩佳
老师笑哈哈
学校温暖像个家
争当三好我大步跨
我们爱爸妈
爸妈爱国家
团结紧张为四化
社会主义建设需要你我他

那首诗叫《我的布娃娃》，是我在我爸失恋后的那年写的。由于那年高密度地看了太多的字，梗在心头，很有抒发的愿望。我记得写完似乎也立刻给梁朝伟陈萍他们看了，但他们当时都正在为维护家庭稳定而忧虑，没人有心力在意我的创作。

那是我人生中第一次在一个报纸上发表一篇“诗作”。

闰爸读完，我停了一阵不知如何自处，就扑进闰妈的怀里哭起来。那是我唯一一次在他们的家里哭，哭的时候羞怯与幸福参半。我说不清为什么哭。我也始终不知道闰爸是怎么做到的，我是说，“投稿”的过程。

我只记得我跟他分享我的宝贝本子，我也记得给他看过那首所谓的“诗”。只不过，鉴于之前有过被敷衍的经验，我也没有特别的妄想。

闰爸在用“润物细无声”一般的方式去表达他的关爱时，也潜移默化地用行为向我展示着一个成年人重要的优秀品质：他从不胡乱承诺，他从不食言，他从不表功。

闰爸只是尽己所能实实在在地去完成眼下的每一件事。

然而，只有当一个人经历过成年时代的各种挫折之后，才会知道“尽己所能地完成眼下每一件事”有多不容易，而，“不表功”更是对一个成年人人品的严格考验。

就是这样的一个人，他确实像放礼花一样让我人生第一次欣然地抬头，第一次体验惊喜，第一次捕捉到一个词，隐约之中，我听到一个答案，是哦，那个词，叫作“梦想”。

当一个人，还是小孩子的时候，第一次与自己的梦想照面，大概，是会哭的吧。

回忆过去，我对闰爸的感谢激增，如果不是他这样的一个人曾经出现在我的生活中，我大概会错误地以为世界上的男人都是自私而偏执的。之前对“正常”没有什么概念的我在那天默默地给闰爸闰妈剥了很多葵花子。

那是我当时能想到的表达爱的最直接方式。我自己平时特别喜欢剥好多瓜子然后一把一起都放进嘴里，那种满口留香的感觉是我希望我爱的人能分享的。

是的，那个时候，闰爸和闰妈，是世界上我最爱的两个人。

当一个人被爱的时候，不仅优点会被激发，劣根也一样会被激发。

我姥姥曾经跟我说过：每个人在活着的时候，都会被天使和魔鬼同时纠缠，因此注定一生要没完没了地选择，而一个人的终极奋斗就是确认自己所有的选择都尽量跟“天使”站在一头。

我不知道有多少成人能战胜魔鬼征服天使，反正，对一个小孩来说，同样整天会被小天使和小魔鬼纠缠，我时常能清晰地感到我的小魔鬼的出现，恐怖的是，它常常给我以一种难以言说的“亲切感”。

所以，我常常束手就擒地顺应着惰性眼睁睁看着自己跟它站在了一头。

这也不能怪我们这些小孩。

当成人为欲望所累的时候，最直接的转嫁就是让孩子们也感到了“欲望”的无处不在。即使是在我们那个物质贫乏的时候，还是一样每天到处都能看到诱惑。

学校门口在那时候是小学生和小魔鬼集中出现的地方。

这怎么能怪我们这些孩子们呢？你说，好端端的，放学，谁不想马上回家呢？可是不行，还没踏出校门，就已经看到一大朵一大朵或白色或粉色的棉花糖了。等走到近前，名堂就更多了：那种谁家父母都做不出来的用哈喇油炸的小炸糕，那些一整盘一整盘不知道用什么凝结而成的呱呱糖，一年四季永远有售的瓜子、酸枣、山楂糕……还有那些不知道买来有什么用的各种小画片儿。

当孩子容易吗？不容易！

当一个从棉花糖小画片儿丛林中穿过却目不斜视的孩子几乎完全不可能。

反正我不行。

当我每天 1 角的零用钱不能让我很快乐的时候，我开始牵手小魔鬼，奔向了人生第一个为欲望臣服的窄路。

方法也很简单，偷呗。

就像没有哪个孩子天生就是贼一样，也没有哪个孩子完全不可能成为一个贼。

我的成贼之路也算顺理成章。

如下。

在迈向“贼路”之前，先是有一个契机的，那个契机来自闰妈常常差遣我帮她打酱油或买甜面酱。

我们那个时代的酱油都是零打的，每家都有自己的酱油瓶。我们这些小孩轮番去帮大人打酱油，貌似风平浪静。

我最爱干这事儿了，因为可以在路上边走边吃，偶尔运气更好的话，闰妈还会说“零钱别找了，给自己买个棒棒糖吧”。那时候的“零钱”真的很“零”，一般都不超过 5 分。

然而，事情的变化总发生在没有准备的时刻。有那么一天，我帮闰妈买东西，那个副食商店的阿姨，一走神，找错钱了。

就是这样，一个对自己的工作不够热情的副食店售货员，导致了一个小孩子通向邪念的道路。

我一手拎着一整瓶酱油，一手颤颤巍巍端着满满一碗甜面酱，拎瓶子的那只手的手心里汗渍渍地还攥着她找我的钱，心里对刚才交易的画面十分不解：为什么，我给她两张两毛的钞票，说打一毛二的酱油，再买一毛八的甜面酱，而她，给了我这两样东西之后，又找给了我三毛钱？

在那之前我接受的教育都是“大人们不会出错”，在这个大前提下，通常不会，也不敢向大人提出质疑，尤其是陌生的大人，我纳闷地接过钱和东西走了。

从副食店到闰爸家的那段路，正常情况需要步行五分钟，我一般得走七八分钟，因为要停下来舔食几次甜面酱。但那天，我走了 15 分钟。

我在重复换算多次，对交易画面拼命思考之后，终于得出“阿姨算错账”的结论，接着，我的心跳加速了。

这个从天而降的考验让我沉浸在激动的心情中，甚至对甜面酱都失去了兴趣。我坐在路边的台阶上思考了一小会儿之后，放弃了对我忠心耿耿的小天使，转而受到嬉皮笑脸的小魔鬼之邀，把平白多出来的两角钱塞进了鞋底。

“我发财了发财了——”

那之后的一天，中午，我大手笔地给自己买了十张贴画儿、一大块呱呱糖和两个小炸糕。

我至今记得其中一张贴画儿，上面写的文字是“人生不如意十常八九……”还配了一树枫叶的画面。现在想想，真搞不清一个小学生干吗早早要存这种矫情的贴画儿，反正，那天的心情相当“如意”。

有很多年，我都坚持认为，大多数的学生考试都会作弊，大多数的小孩都会翻父母的衣服口袋。

这样想可能是希望借助“从众”的假象来消解自己内心的不安。

我在拥有过意外的两毛钱之后，和多数的路人甲路人乙一样，不再愿意回到以前低于两毛钱的生活标准。为了创造财富，只好铤而走险。

有些生活的灵感是天生的。比方说，没人教我，我就知道翻大人的口袋。

只不过，为什么是到了闰爸家才掌握了这个天分的？我不知道。有可能，内心深处，我知道我自己亲爹妈的口袋早已被梁小飞翻过了吧，我步他后尘只可能换来耻笑，并绝不可能有任何实际收获。

我了解我哥，就像我也了解闰爸家的淳哥和小梅姐姐，他们看起来不像是具有翻父母口袋天分的那种小孩。

事实证明，我的猜测是对的。

那之后，隔三岔五，我的手都忍不住徜徉在闰爸闰妈各个口袋里，最多的时候，我翻到过一张两元的巨款！两元啊！！那时候一般小朋友每天的零食消费平均也就在一毛钱左右。而我，只消动动两个手指，就成了一个实实在在的富人！

当然了，不管翻多少次，内心依旧是有不安的，没错，自始至终没“安”过。不过，我又搞不清，当消费的刺激弱化之后，是否那份“不安”的刺激之感，才是真正吸引我的核心力量？

有没有哪个心理学家答疑解惑一下，为什么一个小女孩在翻大人口袋成瘾之后，非但不愧疚，反而很享受不安呢？

我自己反正是答不出个所以然。

在屡屡行动成功之后，我获得了某种“艺高人胆大”的自我催眠，有次跟闰爸去他妹妹家做客，我一时技痒，忍不住溜进里屋翻了闰家小姑父的外套。

“小姑父”是闰爸妹妹的老公，我这一套称呼都是跟着淳哥他们叫的。

实际上我看得出他们家所有亲戚并没有像闰爸闰妈一样把我当家里人看待。

所以，当我从小姑父的外套里摸出来 5 块钱的时候，我心里出现了前所未有的一种恐惧感。

整个晚饭我都如坐针毡，只要有人进里屋我就心里一紧。作为一个孩子，经过那一个多小时的内心折磨，我默默总结出是自己恐怕不是当贼的料。我想把那 5 块钱放回去，但大人们进进出出，形势相当严峻，我低头蹙眉，拼命吃闰妈给我盛在碗里的炸花生米。由于我吃得太专注，导致小姑姑错以为我很爱吃炸花生米，结果是吃完半碗又半碗，一顿饭下来，险些没被油炸花生米给腻死。

闰爸那天喝酒了，他很少喝酒。

饭吃到一半，酒没了，闰爸站起来说要出去买酒。他妹妹妹夫拦着他，他非自己去，说：“你们不知道我要喝哪种。”然后对我说：“悠悠，跟爸买酒去。”

闰爸走进里屋，穿了外套带着我出门。我们走到小卖店，他买了酒，又给我买了一包字母饼干。

那天我们从小卖店走回家，又走了很久。

闰爸和往常一样，路上一直牵着我的手，在路灯下缓缓地一直走一直走。

我不知道那天回来的路为什么显得那么长，我只记得，我不太吃得下字母饼干，就算那是我平日里的最爱，但，那天，就是吃不下，大概油炸花生米吃太多了。

临到小姑姑家门口的时候，闰爸忽然蹲下来。

他和我面对面，他的两只手分别握着我的两个小小的肩膀，他看我的表情一如平日一般慈爱，他的眼睛在夜色中显得亮亮的。他先微微皱了皱眉头，又微笑，带着点酒气跟我说："悠悠，你记得哈，这辈子，不管你想要什么，只要爸还在，只要你跟爸说，爸都给你买，啊！"

说完他站起来，拍了拍我的头。

我们进屋，回到饭桌，闰爸脱下外套，忽然故作惊讶地举着那件外套说：

"哎呀，我这是把谁的衣服穿出去了？"

他刚才穿出去的是小姑父的外套。

"糟糕了，我还从这衣服里拿钱买东西了。"

"你看你，喝多了吧，真是的。"闰妈在一旁笑笑地捧自己老公的场，随即问，"拿了多少钱呀？"

就这样，闰爸闰妈上演了一出双簧，我从小姑父口袋里摸出来的钱，他们很技巧地给填补了回去。

幸好，小时候的我，生活在一个所有男人都穿"灰""蓝""黑"外套的时代。

我的偷窃生涯在那一刻宣告终止，从那天起，有一个确定是，不管多么刺激的“不安”，都代替不了“良心”的重量。

这个曲折的经历带给我的教训是，不要以为自己很聪明，真正的明眼人常常是不多言语的，而，那些让他们保持沉默的理由，往往是因为他们还爱你。

我也一辈子都记得闫爸蹲在我面前说那番话的样子，尽管，在我之后的人生中，并没有遇见过任何“不管想要什么都给我买”的男人。

我们都很清楚那并不是盼望中的久别重逢

而是用一个凑合去逃避另一个被破坏的情分

Part 14

搞『破鞋』

我和闫爸一家的感情像莫奈的画作，看似一江春水波澜不惊，却在某个晚春的下午戛然而止了。

那是我在闫爸家度过的第二个年头，那时候我父母已经带着梁小飞彻底地返回了，奇怪的是我还是继续赖在闫爸家，更奇怪的是我亲生父母也就任由我赖着并没有强烈提出接我回去的要求。

有天下午我提前放学回家。忘了为什么会提前，无外乎也就是考试结束之类的原因，好像那天发了卷子，我应该考得还可以，反正就记得放学的时候心情相当不错。

那是一个美好的、春夏交际的下午。

我对很多细节还都有清楚的记忆。我记得，路上，我踩死了无数条“吊死鬼”，还摘了好多串榆钱儿。

快到家之前我想象闫爸闫妈看到我手里的榆钱会露出的赞扬的笑脸，这个想象让我倍感愉快。

每个突发事件总有些不一般的征兆，那天我到家之后，看到闫妈的自行车停在门口，这代表她已经回到家了。我很反常，不知道自己为什么没有像平时一样看到她的自行车就大呼小叫。

彼时下午四点的微风在阳光中徐徐而来，夹带着春天特有的气息，有一点甜美，有一点青涩，有一点蠢蠢欲动，有一点我还不懂得的撩人……

反正，一切很宁静美好就是了。

我在把榆钱放进厨房的时候听到里屋有一些动静，怪怪的，我不熟悉的那种。

现在回想起来，那仍旧不失是一个相当美好的下午，尤其对那对善良又恩爱的夫妻来说。

猜对了，他们在做爱。

那个下午我看到的场面，如果放在今天，我想我一定会大声地、开心地仰天长啸，奔走相告，由心而发地用一句“哈——利路亚！！”

来赞美这对夫妻。

是啊，想想看，两个结婚超过15年，最小的孩子也已读中学的夫妻，竟然如此有闲情逸致，偷得余生半日闲去享受鱼水之欢。更重要的是，他们相当享受的是彼此的身体，而不是婚姻之外的别人的身体，所有已婚十年以上的人士都了解这有多么了不起。

甚至，回想那个画面让我对“滚滚红尘”这个词都有了一种新的解读。

呵呵，时光，在来回来去仔细雕刻过所有陈年往事之后，把我塑造成完全的陌生人。

可当时正上小学的我，作为一个不谙世事的小朋友，对此并没有任何达观的看待。

回放一下：我在把榆钱放进厨房的时候听到了一些动静，怪怪的，我不熟悉的那种。

那声音从挨着厨房的房间发出来，那间是闰妈的房间。

我依照人类好奇的本能贴近窗户往里看。嗯，我看到被子鼓着。

起初我的第一反应是闰妈在睡午觉，但，仔细一看，分明是闰爸和她一起在睡午觉，而且，他们睡午觉的姿势很奇特，是一上一下地睡在一起。

我第一反应是怕吵醒他们，于是蹑手蹑脚刚要走开，此刻被子发生了些变化，我再定睛一看，他们压根不是在睡觉，而是在被子里不知道热闹地鼓捣什么，总之起起落落的，还发出些怪里怪气的声响。

应该怎么说呢？我当然没有马上弄明白他们在做什么。但，也不能说我完全没明白他们在做什么。

如果我完全没明白的话，以我在他们家恃宠而骄的个性，肯定是直接进屋坐在他们的床边，并同时质询：“在干吗呀？”或“天儿这么热还盖被子啊？”之类的。

恐怕，性和食物一样，在人类的天性中即存在着某种本能的判读，就像一出生不用教就知道找食物一样。小朋友在人生第一次意外目睹这种欢喜场面的时候，多少都会有一些来自内心的基本答案——那是一个禁区。

另外的一些判断，则来自于我在过往生活中得到的常识。首先来自动物领域的，闰爸家养了一条德国黑贝，名字叫雷欧。有次，雷欧正在跟我们散步，忽然，被路过的一条流浪狗吸引。起先它只是和平时一样以互相闻狗屁股的方式和那条狗打了招呼。正当我们闲散地继续往前溜达的时候，雷欧没有任何征兆地骑在了那条流浪狗的身上，闰妈就像过电了一样一把把我揽在怀里用两只手一起捂住我的眼睛，同时向闰爸发出犀利的呼叫。

闰爸的解围方式很有效：他笑呵呵地牵着我的手往跟雷欧相反的方向走开，边走边说他好像听见巷口爆米花的来了，问我这一次是爆玉米的还是大米的。

我当时不知道闰妈干吗反应那么大，不过就隐约认为这一定不是一件好事，所以，后来有一次只有我跟雷欧出去玩的时候，它又骑在了另一条不同的狗身上，我就忍着没有汇报给闰妈听。但两只狗叠在一起的姿态给我留下了深刻而古怪的印象。

我的父母亲友，包括闰爸闰妈在内的任何长辈都没有向我就动物的交配做出过任何客观的解释和陈述。

他们是常态，那时候全中国的父母亲友长辈都不大可能给小孩子讲解动物的“交配”，纵使这档子事情是除了吃之外另一件最自然的事情。所以说，除了《新闻联播》之外，早年间央视的节目对人民来说意义最重大的，应该要算是《动物世界》，至少它史无前例地在一些章节中向全国人民陈述了动物的交配，还隐晦地播放了令人浮想联翩的画面。

唉，连动物界的交配都讳莫如深，成人之间的房事当然就更是禁区。可，这个所谓的“禁区”仅仅是大人对孩子们“解释”的禁区，并不代表它是“发生”的禁区，尤其是一些家长们控制之外的区域。

我的另一次相关常识终于跟人有关。

和那时候的中国大部分居民一样，我们家居住的大院，自来水供给是公共的，居委会还备有专人看管。全院唯一的一个公共水龙头位于大院入口处的一户人家门口。那家长期居住的只有一个家庭成员，是一个40多岁的寡妇，该寡妇亡夫姓叶，本人姓名不详，有一个儿子已经成家，住在不远的两条街之外，她平时孤家寡人，性格乖张，大家高兴的时候叫她叶，不高兴的时候直接叫她老寡妇。

大院里的住户每天在规定的时间内拎着水桶去寡妇门前打水，和很多中国古代的大部分居民一样，是非也就跟着来回传流的人群窸窸窣窣地四处蔓延。

我哥和我爸是我们家负责去打水的主要成员。

梁朝伟有时候会和我妈议论一些邻里之间的八卦。

一个家庭里的男孩子往往会承担一个功能，就是把这个家庭里大人们使用过的最龌龊的词从一堆别的词里发掘出来，然后到处散布。

我爸和我妈，一个高中毕业，一个大学肄业，在那个时代绝对都算是受过“高等教育”的人，平时说话也不会特别粗鲁，有小孩儿在场他们对自己的用词还是相对注意的。尽管如此，梁小飞还是凭借男孩子特有的潜能，从我爸妈偶尔懈怠的对话中找到一些热辣刺激的单词，然后在最恰当的时机使用出来。

有那么一天，梁小飞去打水，由于一时用力过猛，把水龙头给拧脱扣了。

那是那个水龙头一个星期里第十几次被不同的人拧脱扣。寡妇叶不耐烦了，看着哗哗哗白流的自来水，又气又心疼，骂了我哥几句。

梁小飞是年13岁，连我爸妈骂他他都会想方设法回嘴，何况是一个跟他没有任何交情的寡妇。他起初还灰头土脸努力想修好那个水龙头，但白费了半天力气不见任何成效，寡妇叶不管不顾地持续抱怨谩骂，梁小飞急了。

俩人也不管水龙头了，就地站在院门口狂流不止的自来水前面对骂起来。

我妈被告知这个战役之后赶紧派我爸奔赴现场，据我爸回来描述，在他抵达战役核心地带的时候，围观群众已多达两位数，基本上每家都派了一个代表观战。梁小飞颇具梁朝伟“人来疯”的雄风，人群数量的增长让他的情绪也随着高亢起来。在我爸制止他之前，他骂出了他那个星期的巅峰之作作为收尾：“你你你，你个破鞋！！！”

围观人群在听到“破鞋”这两个字之后集体发出了默契的一声“哇哦”，跟排练过一样，其兴奋程度像看到自己喜欢的球星一记直接进球的远射。

接下来的混乱场面可想而知。寡妇叶听到“破鞋”二字立马恼羞成怒，她瞪眼咬牙，抬起一只手五指张开，照着梁小飞正要抡过去，一不小心瞥见梁朝伟出现在附近，已经接近梁小飞脸的那个巴掌不得已临时改变使劲的路线，造成重心不稳，她只好将计就计一屁股坐在地上，本来要抡梁小飞的手临时拍在她自己腿上，发出“啪”的一声脆响，听起来果然很疼，她就势狂号起来。

梁朝伟见状立刻表态，对准梁小飞的后脑勺使劲一巴掌。梁小飞护着自己的脑袋，同时以同样的狠劲儿对准我们家那个已经盛满一桶水的铁皮水桶死命一脚，眼看水桶翻在地上，一桶水流向寡妇叶，众人赶紧把寡妇叶从地上拽起来。寡妇叶不依不饶地使劲跺脚，刚被水漫过的地面溅起朵朵泥花儿，围观的群众几乎无一幸免。

我哥被我爸揪着耳朵拎回家之后顺便把战役也延续到了我家。

和往常一样，梁朝伟和陈萍在处理梁小飞的问题上再次无法统一意见。

我爸认为我哥公然欺负寡妇就一小浑蛋，我妈认为寡妇叶平时不检点加这次行为欠妥，不能全赖我哥，两口子各执一词。

我爸妈为压倒对方都屡屡提高分贝，导致的唯一结果是“破鞋”这个词在他们两个人之间又被来回重复了数次，最终完全达到了让我哥和我同时温故知新的效果。

那之后一个星期左右，“破鞋”这个词成了全院子的流行语，它每天从院子中那些比梁小飞更小的小男孩嘴巴里传来传去。他们把它使用在更多地方：笑闹，发狠，对骂，耍酷，对抗家长。这个他们并搞不清意思的不洁字眼被他们使用得花枝招展。

我哥则像一个 Icon 一样以俯视的姿态看着这些。不用我父母制止，他也已不会再说这个词，对于一个 Icon 来说，乐趣从来都不只在制造潮流本身，而是在制造之后，可以以嘲弄的态度去俯视他的追随者。

和梁小飞的乐趣形成鲜明对比的是我们家一度用水困难。梁朝伟成了我们家唯一受寡妇叶待见的成员，每每他去打水，她都摆出一副大人不计小人过的神情，搞得我爸相当惭愧。

但，事实是，她的大度只是演给我爸看的，等我哥再去打水就根本打不到。我爸又不会一夜之间变成一个负责和准时的人，他常常错过开放打水的时间造成了我们家严重缺乏生活用水。

更精彩的还在后头。

某一天我午睡起床之后，家里又没水。正当我踌躇着是否要用半干的带着点儿馊味儿的毛巾擦脸时，院子里忽然传来一声惨叫，那个叫声异常尖厉，打破了午时的寂静。

我们一家四口齐刷刷冲出去看热闹的时候，刚好赶上寡妇叶从我家门前呼啸跑过。她不知是由于心理作用还是的确对我们家门口的地形不够熟悉，在跑过我家门口三米以外的地方一个踉跄倒在地上，紧跟着跑来的是寡妇叶传说中的相好之一“隔壁老王”，殿后的是寡妇叶的儿子。

眼看寡妇叶倒地，隔壁老王跑到一半犹豫了一下要不要搀扶，这一犹豫就被寡妇叶的儿子一把逮住。这个气红了眼的年轻人鲁莽地骑在他母亲的露水情人身上，对准那个岁数比他大一倍的中年男子噼里啪啦地拳脚相加，寡妇叶趁乱赶紧爬起来跑了。

寡妇叶的儿子在那天捉了他母亲的奸之后，宣布停止对他母亲持续了两年每月5元钱的供给。

居委会的各主要成员也通过对全院居民以无记名投票的方式最终撤销了寡妇叶看管水龙头的权力。

这样一来，寡妇叶成了一个彻底没有收入的人。生活的困顿令她没目标地向所有人全面低头。

两个月之后，居委会本着人道主义精神，又组织全院居民以无记名方式对是否恢复寡妇叶工作投了票，结果是寡妇叶复职了。经过这次波折之后，全院子居民的打水环境彻底得到了改善。过去寡妇叶总是很拿乔散德行，开放打水的时间常常随着她变幻莫测的更年期心情胡乱变动，大家为了防止惹怒她没水用，一般都忍气吞声。

这下倒好，所有人在寡妇叶面前都找到了高人一等的优越感。大家想打水就打水，想浪费就浪费，想破坏就破坏。寡妇叶总是在众位趾高气扬的高邻身后默默收拾残局，甚至还讨好地在水龙头附近种了些花花草草。

又两个月之后，大家才三三两两和寡妇叶恢复了邻居间正常的交谈和问候。

如果说，这次事件对寡妇叶是一场洗礼，那么对我哥，则是一次人生的提升。

大家纷纷反思，那件事发，证明之前许多的私下议论并非空穴来风。

而梁小飞在院子大人们中的形象，则从一个“说脏话的领头人”升华为“揭穿皇帝新装的直言少年”。我哥迎来了他在院子里的又一个春天，他很得意。

从那天起梁小飞开始蓄意地避免和院子里那些比他小的男孩子为

伍，甚至和他同龄的人也不被他放在眼里。作为一个披露过成人事件的当事人，他感到自己被一些成年人接纳，这令他十分兴奋。他开始催眠自己成为他们中的一员。他像一个老江湖一样用世故的腔调和大人们打招呼，他尝试着和男大人们称兄道弟，并积极参与男大人们的活动，比如下象棋、打纸麻将，或趁我爸妈不在的时候偷我们家的粮食储备去巴结那些不称职的邻居。

我常想，如果麻将在那时候能成为正式比赛项目，我爸跟我哥，绝对是一对优秀的上阵父子兵，不进三甲绝不罢休的那种。

梁小飞选择的聊天内容也尽量接近他想象中的成人世界。有很多次，我都听到他在编造着关于自己的各种逸事。在他的编造中，除了如何捉弄女老师或智擒偷鸡蛋的菜贩子，还有就是如何发现寡妇叶奸情的过程。我奇怪的只是，为什么那些编造本身明明就漏洞百出，可那些无聊的男大人们依旧听得津津有味。

这个发现让我对成年男人的世界以及他们的智商感到相当失望。

事实是，梁小飞当时暗恋的对象正是那位被他屡屡放在嘴边糟改的女音乐老师。

那是我哥人生第一次单恋。由于他对恋爱实在太没经验了，完全不知道如何下手，只好每天都拿着圆规扎那个女老师的自行车车胎来抒发内心的爱慕。

梁小飞的这个绝望的示爱行为后来被另一个单恋女音乐老师的人“破获”了。那个人是我哥他们学校的体育老师。他以让我哥体育课成绩不及格为威胁，迫使我哥中断了扎女音乐老师自行车车胎的行为。

梁小飞很痛苦，只好想尽一切办法用他能想出的最坏的形容词在我们院子里的成年男人中传播关于那个女音乐老师的逸事——那些事当然也都是梁小飞编的。

“她也是个破鞋反正！”

我哥总结道，说完往地上狠狠吐了一口口水，一脸的茫然若失。

那个时候我们一般都是一星期洗一次澡，梁小飞坚持要在周三那天独自去澡堂而不是我们家其他三个人选择的周五，只有我知道那是因为周四有音乐课，而且他每次去都得带着我妈妈的"蜂花牌"洗发精。

陈萍很心疼。

"偷鸡蛋"则是我哥最热爱的日常游戏，为了第一时间拿到别人家养的鸡下出来的蛋，我哥几乎牺牲了他全部的午睡时间，他只是在讲述过程中把自己的行径进行篡改，主角从他自己变成了菜贩子。

至于说，跟寡妇叶之间的系列角力，那更子虚乌有，我哥那次和寡妇叶的冲突纯属偶然，之前他一直和其他小孩一样，路过门口看到寡妇叶就毕恭毕敬叫"叶孃孃"。而且，在骂寡妇叶"破鞋"的之前和之后两年，他都根本不清楚"破鞋"到底是啥个意思。"破鞋"只是他不知道从哪儿听来的一个一知半解的字眼，只不过，时势造英雄，寡妇命不济，恰巧他用对了地方。只有我了解，梁小飞从头到尾唯一真正沉迷的只是他在说这些话和那些词时大人们的各种异常反应。

这些少年时代的练习帮梁小飞形成了一套特殊的行为模式：他总是以"羞辱"或"鄙夷"的方式展开对一个异性的追求；他总是不由自主地用一种夸大的或满不在乎的方式去表达他对性的态度，但实际生活中，成人后的他，在真实生活中，是一个简直可以用"保守""洁身自好"这些程度的词去形容的男人。

我觉得很有趣，喜欢把黄段子挂嘴边说的男人，一般来说只有两种，要不就是性无能，要不就是性软弱。只有这样的人才需要玩儿命用嘴巴讲去自我壮胆，脏话是他们蒙蔽自己的酒精，到后来，须得说得自己先信了才能踏进真实的社会。

这些，发生在梁小飞青春期即将到来的时候，而我，尚且是个没有步入少年时代的儿童。

就在我哥骂生活豪迈的中年寡妇叶孃孃是"破鞋"的一年后，我被“寄存”到了闰家。

我在那一年当中又若干次听到过这个词从不同的人嘴巴里飞出来。和梁小飞外化的个性不同的是，我童年到少年时期的一切不解都是向内心发展，多数都滞留在了心底。

比如“破鞋”。

当然没有人给过我一个解释，什么是“破鞋”？一个人为什么会成为“破鞋”？说人家是破鞋到底具备什么样的杀伤力？

我不知道。

但，我很想知道。

“路漫漫其修远兮，吾将上下而求索。”

我以不到两位数的年纪，体会着屈原般的追求的痛苦，想破头也没搞清楚“破鞋”的含义。就这样，当你越想驱逐一个念头的时候，它却越容易被刻在心里。

是的，“破鞋”就那么润物细无声地占据了我内心的一个小小的角落。

个人一直都坚持认为，人不存在“遗忘”这件事，所有的所谓遗忘都只不过是还没有碰上诱发你回忆的相关因素的出现。一旦那个对称的因素出现，什么发生过的都能想得起来。

一年多之后，正当“破鞋”这个词在我心底早就尘埃落定，且被其他记忆重重叠叠地掩盖之后，我目睹了我闰爸和闰妈的“欢喜下午茶”，Bingo！“破鞋”这俩字儿当场被激活了。

我的脑海里，就是那样的，不知道为什么，冒出来一个古怪的词：“破鞋”。

我对那个让我无所适从的场面怀揣着某种我自己说不清的愤懑，返回了学校。我躲在学校墙报下的角落里嘤嘤哭泣了半个小时。在旁边陪伴我的是一个当时跟我很要好的女同学周丽。

“我要走了。”我抬起泪眼跟她说，心里恨不得出现了拉汽笛的画面。

“发生了一些事情，天大的事。”我欲言又止，把自己想象成一个电视剧画面，“可是我不能告诉你。”

说完，我又掩面哭泣，这次出现在心底的是火车飞过轨道的声音。

自始至终周丽都不知道怎样安慰我。

那天，我决定要离开闫爸家。

我在打给我亲妈陈萍的电话中号啕大哭。陈萍吓一跳，问半天原因也没问出个所以然，只好第二天赶紧来接我。

翌日，梁朝伟和陈萍黄昏时分出现在我面前的时候，闫爸闫妈已经准备好了丰盛的晚饭。我父母对我忽然迫切地要回家满腹狐疑，确实，比较起来，我之前的坚决不回去更符合他们对我的了解。

我们都很清楚那并不是盼望中的久别重逢，而是用一个凑合去逃避另一个被破坏的情分。当我夸张地扑进我亲妈怀里的时候，我们母女俩透过外衣都感到对方从身体里渗出一阵尴尬。

是啊，如果可以，永远都不要在相爱的人之间制造地理上的距离，在情感的世界中其实没有任何“必然性”，不管是浓是淡是血是水，凡人与人之间的感情都经不起距离的试探和侵蚀。

我在离开我亲爹亲妈仅半年之后，就十分敏感于和他们的亲近了。甚至连我妈妈身上的气息，也让我觉得陌生和不安。

拜闫爸闫妈再正常不过的房事所赐，我被我父母及时接走。若不然，我不知道什么时候才会回到自己的家，我是说，从心里回去。

每个人在成长过程中都会有意无意地形成自己的各种固有的行为模式。我从小的行为模式就是，当一个情感关系出现问题的时候，我不会也不愿意去面对它，而是，把因被破坏而多出来的对爱和被爱的需求投向另一个情感关系。因此我常常有挫败感，因为不管脱离的还是建立的，都不是最佳时机和最完整的状态。

现在回想起来，闫爸闫妈真是一对心地善良且宽厚的好人。在我父母到来之前，我已经整整一天都没有跟他们说过一句话。

到今天我仍旧能不费力气地回忆起闰爸在那天下午的一个焦虑的表情。他像往常一样在巷口等着我放学，然后默默忍受我低着头不理他的恶劣态度跟在我后面回家。闰妈堆了一脸的笑容在院子里等我们父女俩回来，我也是不理，径直走进那个他们给我挪出来的房间，煞有介事地打开书包写起作业来，天知道我从来不是一个一回家就做功课的好学生。

闰爸蹲在桌子的侧边，很专注地看了我很久，轻声地问："怎么了悠悠？谁惹你了？怎么不高兴了呀？"

我很任性地继续埋头假装写作业，并不理他。

如果我知道那是我一生中难得的被溺爱的时光，或许，我不会那么伤人地丝毫不掩饰地对他露出一脸的鄙夷，仿佛这个跟我没有任何血缘关系的人给我一切的爱护都是理所应当。甚而，我还固执地认为他和闰妈对我有所亏欠，虽然我也解说不清那个"亏欠"是个什么逻辑。

整个的晚饭我都不发一言，像一个"公主病"发作的任性少女，低着头吃闰爸闰妈夹进我碗里的那些平时我爱吃的食物。

晚饭后我就跟着生我的爸妈绝尘而去了。

走的时候梁朝伟和陈萍大包小包地帮我拎着闰爸闰妈那一年里买给我的各种东西。我自己则手上紧紧抱着白色的"雷欧"——《森林大帝》的主角，那个毛绒玩具上充满我的口水味儿，它是我那年的最爱，我每天都要抱着它入睡，为了它而遗弃了跟随我多年的"妮妮"。

我还记得我妈临走的时候朝我爸使了个眼色，我爸会意地从口袋里掏出一沓钞票。那肯定是事先准备好的，否则像我爸那么邋遢的人口袋里不可能出现整齐的钞票。梁朝伟把那沓钱塞给闰爸之后两人开始一阵长达十分钟的推推搡搡。一个坚决给，一个坚决不要。

最后的解决是闰爸先把钱接过来说："好，如果你们非说这是悠悠的伙食费，我收下。"然后又把钱递回去说："拜托你们把这些钱给我小女儿存着，算是我们给的。等她以后办嫁妆的时候用。”

梁朝伟不知如何是好，看陈萍，陈萍不语，默默点了点头。闫爸这时候蹲下来，像很多时候一样，两只手握着我的肩膀，抿着嘴看我，好像要说什么，又什么都没说出口。

闫妈说的告别的话是：

“悠悠习惯了半夜要起来喝水，一定给她放一杯在床边哦。”

“悠悠肠胃弱，千万不能挨饿，家里要常备饼干……她最喜欢吃字母饼干。”

单独切这样的画面，大概很难搞清楚人物关系。

当时我并不知道，那是我跟他们的永别。

我只是被自己不熟悉的奇怪的心情左右，好像“报复”似的，显得十分决绝，甚至矫情地牵着梁朝伟和陈萍的手，矫情地“蹦蹦跳跳”地走了，没有回头。

人生中很多的情感，都因为“告别”而永恒。

人生中很多的失落都不因为从来没有得到，而是得到过却被拿走。

回家之后索然无味的现实很快冲淡了那个不能说的原因带给我的恶感。我开始陷入对闫家惆怅的怀念中。

有那么几个月的时间，我不论说什么都会忍不住提到闫爸闫妈。我怀念在他们家被重视被照顾的情景，也以小小的卑鄙的心肠希望我的怀念能激发出我亲爹妈对我更多的重视和照顾。毕竟，我确实从来没有在他们吝啬的重视中感到过“饱足”。就像是《马前泼水》中那个被休的弃妇，离开并非她的本意，这个俗人的世界，多数的变节，终究还是因为不够被爱的可怜和无奈啊。

或许我喋喋不休的怀念让陈萍感到一些伤害，她很快被惹恼，没有了耐性。

有天，她正在批评我的考试成绩，我没想明白似的跟她说闫爸从来不会太计较我的分数。

“你又不是他亲生的，他当然可以不在意！”陈萍不屑道。

“我是我爸亲生的，可他不是也不在意？”我顺嘴回道。

“再不在意他也是你亲爹！”我妈提高了声调，我吓得不敢再出声，她又白了我一眼，恢复了正常的分贝说，“你啊，就你这爱抬杠的劲儿，就跟你爸一模一样，你们老梁家的人都这个德行！”

我听不太懂“亲爹”和“分数”的关系，但被警示了闫爸这个话题在家不受欢迎的现实。

不知何故，我爸对闫爸的评价也不是很高。有次他在跟我们家的一个跟闫爸不熟的客人议论道：“那个人！简直像个女人，我们男的就该干点儿大事业！一天到晚婆婆妈妈的有什么出息！”

说得也是，梁朝伟确实一点都不婆婆妈妈，只不过，他也从未干成过任何值得称道的“大事业”。他对此唯一的解说是“时运不济”“怀才不遇”，仿佛他本来很行，只是命运在跟他作对。他一生都是这么想的，一生也都是这么相信的。

说真的，在我自己成了一个成年人之后，基本上，不再认为这个世界上真的有“怀才不遇”这件事，这个世界或许从来没有过“不公平”，只有我们看懂或看不懂的“因果”。

有一天我爸妈因为一个什么事吵架，吵到三分之一处开始跑题，跑到一半完全混乱，大家都忘了为什么吵，又无力停下来，只好为吵而吵。跑题中，不知道为什么就说到了我闫爸，梁朝伟竟然结论说闫爸愿意让我在他们家白吃白住完全是因为他对我妈有默默的倾慕。

我一直都隐约觉得，梁朝伟需要不断地假想别的男人对陈萍的倾慕来维系他对她的情感——如果他们之间七上八下的关系中尚且有一部分能称作是“情感”的话。

他始终都是这样的。

我妈对他来说才是真正的“水月镜花”。

他好像很少在意陈萍真正的样子，但他又长年以来近于病态地在意他透过别人的观感看到她的样子：

“你穿这个百褶裙，上公共车应该很招流氓吧。”

“你们单位的那个老杨，每次看你的眼神都色不拉叽的。”

“脸抹那么白做什么？是为了老白吗？”

如果这些都不能满足他扭曲的虚荣，他还有一个“保留曲目”：热议我妈妈的初恋情人。

那个人叫温博林，是我妈当年在上海音乐学院附中念书时的同学。我妈读钢琴系，温同学读指挥系。

我爸妈不断吵架，让这个人在我心里有一个“跃然纸上”的过程。我知道他有家学、有教养、有追求，也知道了他和我妈那段很难算是情史的认识过程。拜当时的教育改革所赐，上海音乐学院从大学到附中每年有半年在上海附近的下沙镇劳动，这给到了时间自然会萌动的年轻的心灵们提供了很好的碰撞机会。

只不过，温同学和陈萍那段连“初恋”都算不上的青涩情感，随着我外公被捕，外婆带着全家被驱逐出上海而潦草地结束。

温同学全家则在“文革”到来之前移民去了美国。

所以，事实是，他们并没有任何“恋爱”的事实，只是大概经历过恋爱前期的“萌动”而已。另一个事实是，梁朝伟完全没有机会见过温博林，他对他一切的了解，都来自陈萍单方面的讲述。

尽管如此，温博林仍然成了我爸一生的“假想敌”。这个他从未见过面的情敌身上汇集了几个他从来不曾拥有的优点——“教养”“追求”“成就”。

那是我爸一辈子的死穴，我猜，即使他百年之后，有谁在他面前比试这三样，他也能当场直挺挺地重新坐起来。

不难理解我妈当时跟我爸说这段暧昧关系的心理，人嘛，有一个两个条件优越的追求者随时都是可以帮自己增值的，这用在男人和女人身上同样有效。或许，我妈对她和温同学的关系亦有所虚构，毕竟那是一段无法查证的历史，毕竟，一个女人想要被眼前人更爱更在意的时候，拿别人的爱、曾经的爱作为筹码去刺激也是再原始不过的自然心理。

然而，难理解的是，当我父母之间的爱已相当稀薄的时候，那位温博林依旧像一个难以化解的鲠，以历久弥新的姿态不断作用在他们之间，只不过，这个作用，从初始时我妈希望的正面刺激，变成了后来相当无聊并无目的的嚼舌根。

他们为吵架而吵架，也为贬损而贬损一些与他们的生活早已无关的人，比如温同学。

几十年之后，我在美国游荡，不知道出于什么心理，我竟然十分莽撞地去拜会了这位虽然从未出现，但始终像剧院魅影一样半步不离地贯穿在我家二老情感生活里的陌生人。电话中，我称他“温伯伯”。

在美国中部的一个温和的城市，在温伯伯供职的乐团，这位已年过半百的老人很客气地接待了我。

跟他短短一个多小时的见面之后，我开始鄙视我自己。

俗话说“狗不嫌家贫，子不嫌母丑”，而我，在那一刻，竟然就是那样的一个清清楚楚感到自己是一个嫌弃自己亲爹的人！嫌弃到有那么一时半刻我甚至在内心无法用“父亲”这个词来称呼梁朝伟。更直白地说，如果儿女可以选择父母，那么，我一定会亲手为自己选择一个这样成熟稳重的人当可以托付终身的爸爸，至少，他让我由衷地愿意尊重和亲近他。

听我外婆说，当时，温家曾力邀我妈和温同学一同赴美，早在他们尚且是男女少年的时候。可惜，多数人得过且过的心态都会消损掉警惕性和远瞻的能量。人啊，人一生，无非就是“选择”，选择本身可能并无任何对错之分。只不过，“选择”本身是残忍的，可能在某个阶段的一步之遥，就能铸成千里之外的差别——就算“差别”本身亦没有高低上下之分。

温伯伯微笑的从容，和他已经绅士到骨子里的态度，都让我确信“很多女儿都会照着自己的爸爸找未来的丈夫”，想必我妈当时和他陷入情网，冥冥中早已预见他今天的样子——温伯伯和我在家里老相册上看到的外公的照片竟十分相像。

我尽量掩饰自己如醉如痴的心情和他进行着一场无关痛痒的攀谈，而这位老人对我这个来自怪咖之家的怪咖代表一无所知，他只是很委婉地以各种问题想要弄清楚我来见他的目的。在排除了“借钱”“借住”“申请移民协助”等一系列比较棘手的猜疑后，我们谈了艺术、文学、旅行，谈美国和中国那些年的变化，两个人的表达都友善且相当“官方”。

会面就要结束时，他终于如我所盼望的那样，亲切地问我母亲的现状，只是，他的亲切中清晰明确地表达着客气和距离，所有的那些都仅限于“问候”……他清楚地把距离划定在“请帮我代达问候”这个楚河汉界之内。

关于这次会面，我没有告诉家里的任何人，因为把这个气场如初春一般安静的人放进我家父母动辄如酷暑寒冬般的氛围中，会是多么好笑而可悲的画面。

我怕我妈知道我们的会面会导致她内心某种多年存在着的情愫的幻灭，我也怕我爸知道，因为那也会导致他内心某种多年存在着的仇恨的力量的幻灭。

说来荒唐，一个远在他乡的早已面目模糊的陌生人，竟然毫不知情，却同时实打实地在我家扮演着“精神领袖”的角色。

当然，有时候，当我爸妈吵得乏味，需要调换口味的时候，偶尔也会找个别人来担任临时“精神领袖”。有一阵，他们选的人是我闰爸。

基于和闰爸一家的感情，他们的对话让我相当厌恶！

比起看到闰爸闰妈那天下午秘密的亲热，我觉得梁朝伟对闰爸的种种说法更低劣。他忽然之间特别讨人厌，我在心里给他打了个大大的红叉，批注了“无聊”二字。觉得不够解气，又打了一个红叉，这次的批注是“面目可憎”。我默默对他进行了惩罚，有几个月的时间没有叫他“爸”，好笑的是，他并没有发现。

重回自己家的失望再一次把我带入孤独。

每个人都是自私的，自私得不分性别也不分年纪。

我一个小小的女少年，在自私的情怀中，哀怨地感到，这个世界上，忽然没有给我这么个身高不足 1.5 米、体重不到 40 公斤的人准备一个安适的栖身之处。

我很困扰。

我自己的一家人，好像永远不在一个调上，越是努力，越是过得荒腔走板。

而好不容易碰到那么投缘的一家人，和谐倒是和谐，但，又似乎太过“和谐”了些个，至少，有那么一时两刻夫妻二人的“和谐”，又是我这个不谙世事的小孩无法了解也无法承受的。

勉强 10 岁的我，早早地就被孤独浸淫着。如果早生它一千多年，没准我也能写出“飘飘何所似，天地一沙鸥”这样的句子，因为那根本就是我当时最真实深切的感受。

我承认，我是那么地想念在闫家的生活。

可是，我被不明的情绪绊着，就是再也没有去探望过他们。我父母也很不知感恩地对这个领养过我一年多的家庭不闻不问。

好多年之后的一个寒假，我回家过年，那时候我已经到北京去上学，每年寒暑假回家。

大二那年寒假，春节期间，有个陈萍的朋友来拜年。大家正在嗑瓜子吃橘子的时候，那人忽然宣布了闫爸的死讯。

说是就在那年的农历年前过世的，死于煤气中毒。

传话人把闫爸那个下午的死亡过程大加渲染，听起来终于像一个令人动容的千古绝唱：闫爸用了一年的时间在近郊造了一个新家，因为闫妈想要一个“带楼梯带菜园子的房子”。

我被记忆勾搭回去。

没错，闫妈一直想要一个“带楼梯带菜园子的房子”。

“在楼顶的玻璃间给悠悠盖个琴房，外面的露台给悠悠做个秋千，我们在自己的地里种菜吃，还种红薯，悠悠喜欢吃红薯。”

闫爸的话，忽然穿过几年的光景，就那么真切的，又响在耳边了。

我鼻子一酸。

闫爸从被人发现煤气中毒到入院不治最终辞世，只有不到半天时间。

“房子都盖好家具也弄好了，你说说，这邵闫生非要给老婆孩子搞什么‘惊喜’，非要让他们娘儿仨先去亲戚家吃饭，自己在家又生火又打扫，结果，中间累了睡着了，被煤气熏了都不知道，等晚上老婆孩子回去，老邵已经不行了，送到医院就死了！”传话人用了三两句话就说清楚了闫爸往生的原因和过程，最后，那人又总结道，“老人都说，两口子如果感情太好，就容易有一个早死。夫妻不能太恩爱，太恩爱‘妨’人。”

听完这句话的时候我爸妈对了一下眼神，好像很庆幸他们还好不够相爱。在我的记忆中，那真是他们难得一见的默契时分。

我爸妈在那年正月十五那天去看了闫妈，我没去。

我不敢去。

那种感觉，以我当时的年龄完全解释不清。我只是很明确地知道，我没有办法面对闫妈，更没有办法面对，忽然这个我还活着的世界上已经没有了闫爸的事实。

又好多年之后，我大学毕业留在北京。有天，不期，在北京这个异乡的街头碰上了淳哥，在一通尴尬的嘘寒问暖之后，末尾，已是告别了一次的他，又追回来，对我说，在闫爸的随葬品中，有我画的画儿和我剥的一包瓜子，说那些都是闫爸一直放在他的一个抽屉里的，和很多其他的他在意的东西一起。

淳哥，即使说这些内容的时候依然始终保持着轻言细语和温和的微笑，一如闫爸在我记忆中的样子。

相信吗，一直到今天为止，我都没有像我自己想象中的那样为了和闫爸的分离而选择“大哭一场”。

我不选，不代表我不伤怀，只是我被自己剥夺了伤怀的机会而已，因为，在跟他们的情意中，我不配伤怀。

渐渐熟悉世事之后，懂得，伤怀是很奢侈的，它只能被自己狠心地隐匿，隐匿在某个只有在梦中相见的真实的脆弱的嫩粉色的角落里。

我只是不定期地，借别的事抒怀，那可能是一部电影可能是一本书，也可能只是来自电视台愚蠢的情感节目中哪个陌生人没防备之下说出的心里话。

而那一宗眼泪，在心里的某一个角落，早就酿成了酒。

是啊，这个世界上，所有深刻的怀念，都不会歇斯底里；所有真正的拖欠，也总是默不作声地，以优雅的姿态，毫不迟疑地发挥着它滴水穿石的力量，贯穿着几乎所有的岁月。

闫爸是一个真正给过我父爱的陌生人。

或是说，他是唯一给过我正常父爱的陌生人。他没有很伟大，没有很特别，他只是一个做到了一个普通男人最基本的内容——自觉地担当。

他的家，是我残破童年中的一个小小的童话，留在我的记忆里，像蜡笔画的彩虹，尽管没有太多深刻和伟大，但却有它的风光，它的华彩，它的清风旭日勾栏酒肆。闫爸出现在我女少年的生活里那短短的一年，却奠定了我对这个男性世界中好男人的审美标准：他大可不必非要有救国救民的抱负，也完全不必具备聪明绝顶的天分，既不用有自视清高的大男人最容易有的苦大仇深，也不要有瞻前顾后的小男人的噤若寒蝉。他全部需要拥有的，只是脚踏实地，因为之于好世道，好男人只需要简简单单实实在在的四个字——热爱生活，最多再加另外四个字——热爱生命。真的，就足够了。

我只是一个普通的女人

普通地希望爱和被爱，普通地活着

普通地卑微，普通地希望一切都能更有秩序

Part 15

照相去

故事快讲完之前，再回我家看看吧。

那次鸽子们全体阵亡的惨案再次印证我们一家人最厉害的地方是四口人谁都听不见谁说话。

这个“传统”在我们家由来已久。梁氏父子听不到陈萍对整洁的要求，我爸听不到我妈希望她承担教育我哥的希冀，我妈听不到梁小飞对鸽子的情感，我听不到我妈希望我成为一个淑女的梦想。

我爸妈跟成千上万的家长一样，只是盲目而固执地守着固有的原则和模式，把小孩子使劲往他们既定的那个坚硬的框架里塞，凡塞不下的，就都被判为多余，都会遭到横刀切断，哪怕彼此伤痕累累。

更糟糕的是，在这个鲁莽的过程中，我爸妈之间的战略战术好像从来也没有统一过。

我在夹缝中早早学会了以说谎或出神为主的消极抵抗，而梁小飞只好在两套系统中不停地摸索。举例说明：陈萍不许我们吃饭的时候发出任何响声，她认定那是基本的礼节。可梁朝伟吃饭的声音吧唧得在院子外面都能听见，他认为享受自己的最重要，不用多余管别人的感受。

最后的结果是，我顺应了我妈的教育，吃饭不出声，同时和我妈一样认为我爸很粗俗。我哥秉承了我爸的理念，吃饭出很大声，同时和我爸一样认为我妈“很事儿很做作”。

这样的事发生多了，我爸妈原本就无法统一的教育方式逐渐演变成争夺我和我哥立场的角逐，角逐的终极结果是四败俱伤。

这是多么悲哀的事，我们是吃在一起睡在一起有最紧密血缘关系的一家人，然而很多时候，我们忘记了初衷，仿佛一切的行为只为了互相对抗，我们内心深处的距离忽远忽近，我们是常常倍感陌生的亲人。

那种隔阂感一直存在到我自己也成了一个成年人。

在开始拥有自己的婚姻家庭之后，我对很多事情开始有不一样的观感，于是花了很多时间试图和我父母“修好”。

由于陈萍和梁朝伟之间都对对方坚定地保持着各种不满，所以，要想修好，首先要统一好的标准，这并不是一件容易的事。

我小时候常听我爸抱怨我妈不喜欢接近大自然，他最常举出的事例是我妈从来不带我们去公园，个人认为这个评价对我妈有失公允。梁朝伟其实只说对了一半，陈萍确实不太热衷于任何跟大自然有关的内容，不管是动物还是植物，然而陈萍实在是相当热衷于去公园，只不过，她去公园不是为了接近自然，而是为了“照相”。

不知道为什么，一直以来，我妈对照相有着类似某种“瘾”一样的精神依赖。我从有记忆开始就不断地被她安排参与各种形式的“照相”，从黑白照片到黑白染色照片到真正的彩色照片。

有那么几年，“拍照”是我们家最常举行的娱乐活动，差不多每两三个月，陈萍就会组织大家进行一次拍照活动。我们居住的那个现在算起来应该不到 80 平方米的两间房的各个角落都被我妈拍了个遍。更有甚者，某次她甚至托人弄来一幅巨大的幕布，是那种通常照相馆才会有的，专门为“照相”而绘的背景布。

我们家的那张主题是北京的天坛，前景画着一簇一簇的大丽花，想想看那种经过拙劣和艳俗的绘图方法出来的效果，也只能用“狰狞”和“恶俗”来形容。

我小时候和我们家有限的亲戚成员在这张幕布前留下了无数张合影。

导致后来我移居北京后有 20 年之久都拒绝去参观天坛。它在我童年的记忆中代表着一种“被迫”，被迫照相，被迫微笑，笑得不够那么自然的时候还会被骂。

等再后来，随着“彩照”的发明，我们家的拍照活动从户内、院门口，终于转战到了真正的户外。

这就是我们家的公园时代。

现在，每当电视里播放以 80 年代为背景的连续剧时，我都会想，如果这个剧的美工道具需要整理80年代初“人民公园”或“中山公园”的素材，绝对可以找我妈，因为她手里的照片足以让别人从各个角度把很多城市的“人民公园”“中山公园”都看个通通透透。

在我们家所有照片中，获得最多恶评的是我爸和我。梁朝伟被批评的原因是他很少出现在照片里，而我被我妈指摘最多的依然是形象问题。

有一次我大姑姑梁朝心带她的两个女儿来参加我们家的例行拍照，那天的最后一张是在大家排成几排站在中山公园大门口的假山前，进行每次都会有的集体大合影。我妈对大合影特别有期许有要求，通常那都是要经过她一番构思和布局的。那天，在她的构思中，应该有一个人指着斜上方，全家人民都朝着她手指的方向做“眺望”状。

起初，被指派伸手指的是我。结果，拍了两次之后我妈都不满意，不耐烦之下，把伸手指的权利换成了梁朝心的大女儿，我的表姐之一。

当表姐的右手翘成兰花的式样娉娉婷地徐徐伸出时，我彻底被打败了，因为那种姿态是我不论如何努力也做不出来的。

我在队伍中用了很大力气才没让眼泪当场掉下来。那种情绪，夹杂着自卑、挫败和卑微的艳羡之情。我为没有长出像姐姐那样纤细的手指而深感自卑，也为总是做不到陈萍的要求而感到非常挫败。

就是那样吧，在我童年的诸多梦魇中，又多了“照相”这一项。

这个影响持续到我成年后，不管去到哪里，我一直都不大喜欢照相。

或是，这样说好了，我一直都在心底很抗拒合影，不论是与人还是与物。

我也不喜欢在旅行的过程中没完没了帮同行的人跟建筑物或风景合照，比起用照相机记录，我更愿意用我的记忆去记录，这让我显得有些不太随和，为了避免如此，我成年之后的旅行常常是独自在路上。

在第一次离婚之后，婚姻的失败感让我对家庭亲情空前渴望，所以，人生首次，我主动热情地邀约我妈和俩姑姑一起去欧洲。我想我大概在当时非常需要证明自己的存在感，我希望我的家人能帮我证明自己仍旧被需要，至少，仍旧被家人需要。

然而，那到底又是一场不怎么愉快的旅行。

不愉快的事发现场在卢浮宫。

我租了放解说词的小放音机，或许太过专注，我在跟随解说的步调中和三个女长辈走散了。参观队伍在缓慢而有秩序地移动了一个小时之后，忽然“堵塞”。

我把解说词暂停掉，有些焦虑地伸头探脑往前面眺望，这时只听旁边有几个游客在窸窸窣窣地议论，夹杂着“中国人”和“拍照”这样的词汇。

一种不祥的预感立刻在我心头升起，两分钟之后这预感被证实：我的妈妈和姑姑们为了要跟维纳斯拍摄足够清晰的全景照片，自行拦阻参观队伍，导致了人流的堵塞。

我一边学着日本人的做派点头哈腰地给周围游人道歉，一边赶紧把这三位我人生中血缘关系最密切的妇女给拽走了。

没想到的是，这样令我尴尬的一幕没十几分钟之后就在“蒙娜丽莎”面前重演，重要的是，《蒙娜丽莎的微笑》上端有清楚的中文写着“禁止拍照”。

我一时火起，当众冲我妈发了脾气：“您没看见人家写着不能拍照吗？！”

我失控的大嗓门引来周围人侧目，陈萍被看得窘迫，回嚷道：“我拍照怎么啦，那么多人不都在拍照吗？”

这时候梁朝心和梁朝英两位女性试图介入。出于好心，朝心姑姑对我妈说：“姑娘让别拍就不拍，姑娘见识广，也是为了咱们好，是吧！”

“什么见识广！笑话，再见识广还不是我养的！”陈萍继续愤愤道，说完挽着我俩姑姑掉头走掉了，临走还不忘回头丢给我一句，“你有什么了不起！”

我追上她们，把酒店的门卡和一把法币塞给梁朝英，之后，我离开卢浮宫，独自在巴黎的街头漫无目的地步行了四个多小时。

我妈最后嚷的那句话在我心头环绕："你有什么了不起！"

这句话有足够的力量把我那些天咬紧牙关对自己默默的鼓励全部击碎。

我妈妈当然不知道，我的第一任丈夫在跟我离婚前夕，发狠说的也是同样的一句话："你有什么了不起！"

"我有什么了不起？"在异国他乡，黄昏中，我自问。

这个问题让一切都随着天光在瞬间变得黯然。

我有什么了不起？

唉，我当然没有什么了不起。

我只是一个普通的女人，普通地希望爱和被爱，普通地活着，普通地卑微，普通地希望一切都能更有秩序。这个"秩序"包括鞭策那个刚从"丈夫"变成"前夫"的男人更有事业心，这个"秩序"包括提醒我妈沉浸在自己的拍照的快感中时不要影响路人或破坏人家的规矩。

更要命的是，这个秩序的概念原本来自我的家庭教育，而陈萍才是那个教育体制的建立者和领导者。

这真是一个很蹊跷的过程。

在陈萍对我的教育中，口口声声都是如何尊崇规矩，然而一旦我长大成人，就发现正是"规矩"最容易让一个人身陷囹圄。

甚至，我妈自己也早忘了她对我关于规矩的教诲，当规矩与她的愿望自相矛盾时，她选择的既不是规矩，也不是爱，而是逃离，就像我小时候她很多的选择一样。

我妈回来对谁也没特别说我们在法国的口角，她长久地沉浸在自己被摄影的那些照片里，我听到她对不算太熟悉的亲戚朋友们夸赞我如何孝顺懂事。

她夸大了我的行径，让我十分汗颜，同时我也注意到我妈对法国，或是说整个的欧洲之行都没有多少切实的记忆。她唯一专注的事情就是拍照，好像背负着一个光荣而艰巨的任务，要让认识她的那些人目睹她在异国他乡一览众山小的风采。

当然，事实是，那次旅行也成了我们家家庭旅行的阶段性的终结。

我们家很多事情都是这样的一个循环：始于一个好的出发点，终于一个不够好的结束。但不论多好多不好，对外的说辞总归能保持一致的光彩照人惹人垂涎。

我父母的个性中最难得的相似之处是，他们在碰到任何情况的时候，第一时间想到的绝对不是关注这件事本身的变化或意义，而一定是在意外人对这件事的观感或评价。

我一直对此无法真正理解，他们对外人的观感和评价的在意程度远远超过“发生”本身，他们对别人的看法的执迷简直像现在的大部分艺人或政客一类的所谓“公众人物”。可，问题是，关注他们的外人从来也都相当有限。尤其在我爸辞去工作之后，从他们的 30 来岁到他们的 60 来岁的这 30 年间，关注他们的人群全加在一起也不过就 30 来个，这已经包括了所有的亲戚朋友同事。何况这 30 来人也没有持续地热切地关注。

这真让人迷惑，那 30 个人，究竟他们何等重要？使得他们的议论能长期地左右我的父母对一些事情的决定，或起码是长期地让他们像内心被封锁蒙蔽了一样看不到自己的真实意愿。

不，确切地说，是他们根本就不在意自己内心的真实。这就奇怪了，对一切表现得如此“在意”的一对夫妇，最“在意”的，却往往不是真实的自己或事情的本身。

我忘了是哪个西方的文学家说过这样的一句话：“很多人在二三十岁就停止成长，然后终其一生都是在重复自己。”

如果这样的人能被归于一类的话，我父母就可以去当“代言人”了。

我 30 来岁的某个夏天，我父母某次又发生了激烈的争吵，之后我妈搬来和我们同住，时年我的女儿趴趴刚 6 个月大。

有一天我们一家人在吃午饭，月嫂抱着趴趴在饭厅散步，我去厨房盛汤回来，刚好看到已升级为外婆的陈萍正把一坨她刚咀嚼过的稀烂的食物从嘴里吐出来，放在手指尖上打算喂趴趴。我赶紧把汤放下立刻冲过去，把趴趴从月嫂怀里夺过来抱走，没让她吃我妈吐出来的食物。

晚间，等安排好趴趴睡觉，我正抽空写方案的时候，我妈推开我的书房，站在我身后义正词严地对我说：“小梁，我要跟你谈谈。”

我知道她要说什么，但我非常疲倦，没有力气安抚她。

“我怎么不能喂趴趴？你小时候还不就是吃我嘴里吐出来的东西长大的？这怎么了？怎么我还被嫌弃上了？”

我尽量耐心道：“妈，我不是嫌您，我是……”

“你嫌不嫌我也无所谓！”陈萍打断我道，“反正你从小个性就是这个样子，我也习惯了！我就是告诉你，你如果非要说我，可以说，但请你不要当着用人说我，你让我脸往哪儿搁！”

忽然之间，我被一阵彻骨的哀伤和气馁侵袭，几乎没有力气再多做解说，我感到肩头的责任瞬间在加剧，除了要工作和照顾一个 6 个月大的婴儿之外，还要照顾另一个早就拒绝成长的 60 岁的女子。她像年轻时一样坚定决绝地抵制收到“事情的本质”，而把一切的焦点执拗在毫无意义的外部反响当中。

而这一次，影响她情绪的，是被她称为“用人”的月嫂。

我真的，对此根本完全无法理解，理论上说，月嫂是被我妈轻视的，但实际的情况是，被她轻视的人对她的看法又不可理喻地被扩大。

因为这样一个不值一提的原因，陈萍站在书房里指责了我半个多小时，重复了 50 次“如果你哥还在，我早就不在这儿受你的气了”。

最后我被她说笑了，对她说：“妈，你还记得我小时候，你常常跟我抱怨姥姥，说姥姥总是耍脾气去舅舅家，你现在跟姥姥那会儿简直一模一样。”

我妈听到这句，终于语塞。

等大家都偃旗息鼓，我回到卧室，和我的第二任丈夫谈到此事，他正躺在床上皱着眉头看《杜月笙传》，对于我全部的诉说，他唯一的回应是嘟囔了一句：“咳，你就少说两句吧，她是你妈。”

我知道，我又一次被屏蔽了。

不过，这也让我略感释然，起码，这件事情证明，我妈、我丈夫，都不是太奇怪的人，只有我，在要求别人“收到”的时候，过于执着。发现自己的问题总归是好的。我们可以默认某一种孤立，我们可以减少对这个世界的要求，我们可以在现实中“潜水”，这不失是一种活法。

但，它也只适用于有生活能力的成年人，不是吗？

趴趴她爸尤其不善于用语言表达感情

我不知道是什么让他有那样的感触说出那样的话

但我清楚地知道，那是我听过的最美好的句子

Outro

尾声

如果按照心理学家的说法，有过我这样童年的人，不太可能婚姻平顺。

心理学家多半都是乌鸦嘴。

我的婚姻的确不平顺。

第一段婚姻，在结婚两年后告终。第二段，持续到现在，但，在我生了趴趴之后，似乎，有那么一段时间，我丈夫的行踪很诡异。

我几乎可以断定我们的婚姻碰到了问题。趴趴她爸会忽然很高兴或忽然很低落，忽然精心打扮，忽然邋里邋遢，他大部分情绪的变化都和他的工作或我们的家庭无关，另一个明显的表现是，自从趴趴出生，我们就再也没有过房事。

我们彼此的健康和生理状况都处于再正常不过的盛年，如果没有问题，请问那是怎么了？

然而，我不想去面对它。我用鸵鸟的方式去回避敏锐的感知带给我的种种信号。希望能借由时间把它拖延下去。

最终，在时间的拖延中，另一个家庭成员，协助我，渡过了这一劫数。

协助我的那位成员，是我的狗，小窦。

大概因为童年对奥利咖和念念的记忆，我一直都希望有一条全然属于自己的狗，同时，我也要确定我能全然地掌握它的命运，或是至少，给它以相对的安全。

这个希望在我23岁那年终于成为现实，那是我大学毕业两年后，开始了和我时任男友的同居生涯。和很多年轻时候初试同居的男女一样，我们对“同居”充满了理想化的美好想象，在这个想象中，我们默契地同时认为需要一条狗，因此上，小窦来到了我家。它这个名字的由来是我和我那位男友当时都非常喜欢的音乐人窦唯。

小窦两岁那年，我和那位男友的同居关系以失败告终。我出于非理性地硬要把小窦留在身边。从那时候开始，小窦就开始了它漂泊的生涯。

我至今还记得第一次把它托给一个朋友代为照料的情景，当它被塞进朋友的车被带走时，它用两个前爪使劲抓后车窗，好像想把我从越来越远的窗外抓近它的身边。它一脸的惊恐让我瞬间想到了我自己小时候的某些片段……那些认为自己被“抛弃”的片段，我感到十分心酸，也忽然间醍醐灌顶般地体会到我父母一直企图让我了解的那份“不得已”。

不过，在这样的“寄养”重复太多次之后，惊恐的表情终于全然地从小窦的脸上消失掉。它变得相当随遇而安，不仅失去了作为一条狗天性中应该会有的攻击性，也失去了作为一条狗天性中会有的防御性。好像，跟谁、跟什么在一起，它都能适应，它都无所谓。

小窦 7 岁那年，我第二次结婚。小窦 9 岁那年，我终于拥有了我的第一个小孩趴趴。趴趴是我好不容易得来的女儿，而小窦，此前在我们家的地位一直相当于半个儿子。

年事渐高的小窦已经成了一条相当懦弱的狗，尽管它并非生来如此。

后来我常想，我对小窦最大的感谢，首先是它无意中扮演了我生命中的“小白鼠”，我后来很多做妈妈的经验，都得益于曾经对小窦教育中失败那部分的教训总结。

小窦则在趴趴出生的第一年非常不适应，它常常跟趴趴争宠。

争不过的结果让小窦变得相当哀怨。它迅速地显出了老态，更加顺从和懦弱，一副“知天命”并“听天命”的姿态。

我在那时候，一边要当两个更年期无限延长的老人的女儿，一边要当一个牙牙学语处处需要保护的幼儿的妈妈，一边要应对婚姻中微妙而令人痛苦的种种变化，一边还要挤出最后的时间和经历维持工作、收入和一点点可怜的社会关系。这样层层压力之下，分身乏术，对陪伴了我多年的小窦疏于照顾。

除了每天给它喂狗粮，叮嘱阿姨按时带它出门散步之外，我对它好像没有任何多余的关护，直到它的生命尽头。

小窦离开得很突然。

那就是一个看起来普普通通的早上，那时我们刚搬家到了一个比较靠近郊区的社区，那天是周末，阿姨放假，我丈夫在餐桌前喝咖啡看报纸听电视，和我们结婚后的几乎每个早上一样，他在早间新闻结束之前是几乎不会和任何人说话的。我带着时年 3 岁的趴趴下楼散步，12 岁的小窦和往常一样跟在我们后面。

那天的天气很好，阳光在冬天显示出变换角度后有距离的优雅。我牵着趴趴的小手，嘴里咿咿呀呀地念叨着她的儿歌，小窦跟往常一样好像找什么似的仔细闻着它走过的草地，一切看起来如此地平常。

我们走到花园中央的时候，一条我看不懂品种的大狗忽然不知道从什么地方跑出来，当它出现在我们前方的路中间时，因为它的“面相”看上去十分凶恶，导致我瞬间失去了“反应”的能力。

接着，还没等我思考出正确的应对方法，它又“呼”的一声，一跃，停在距离我仅三米之外的空地上时，这时，我的“母性”终于被这个可怕的意外唤醒。我抱起趴趴拼命往相反方向狂奔，一边奔一边大声叫喊，是没有任何内容的，单纯表达恐怖的叫喊。

我不知道是什么因素唤醒了小窦被抑制在身体内多年的“狗性”，就在我抱起趴趴准备逃命的同时，它忽然勇敢地从我的身后冲出来，坚定地挡在了我们和那只烈犬之间。

小窦留在我记忆中的最后画面是在我疾步飞奔之前，它低着头对那只烈犬龇出了它的几乎全部牙齿。那是我从来没有见过的它的样子，在我的概念中，它只是一只胆小怕事、争宠未遂、忍气吞声、只会叹气的老狗。

而它的牙齿，在它当狗的一辈子中，除了吃狗粮之外，唯一咬过的东西只有我的拖鞋，而它为此付出的代价是屁股上挨过好多次巴掌，直到它对牙齿的态度特别谨慎，之后十年都像个淑女一样在我们面前保持着“笑不露齿”的拘束态度。

我不能想象如果没有小窦，那只大狗可能会给我和趴趴带来什么样的伤害。因为当它的主人终于出现的时候，小窦已经被它活活咬死了。

这件事发生之后，我无法摆脱那个恐惧的记忆和小窦被咬死带来的悲恸，因此开始长久地失眠和频繁地哭泣。更可怕的是，趴趴在经历了那件事之后，有很长时间都不肯继续学说话，也不愿意出门散步。我们只好又搬家，换工作，尽量不让生活中有任何可能联想到那个灾难的画面。我的情绪始终极度紧张，并且，如果趴趴不在我身边超过十分钟而没有人告诉我她一切都好的话，我也会无助地感到烦躁和似乎随时都可能崩溃。

在那段时间中，我对趴趴她爸表现出空前的依赖。我没有任何心理障碍地终于像更多正常女人一样毫不掩饰地渴望他随时都在身边，说真的，我没有故意要怎样，我只是真的很无助。

这种状况持续了半年，之后，依靠专业的心理辅导，我的心情才终于平复。但趴趴似乎还是没有完全从梦魇中脱离，她看到任何狗都会立刻把脸别开，也决计不再说“窦”和任何发“Dou”这个音节的词汇。尽管“小窦”那是她人生学会的第三个词，仅次于“妈妈”和“爸爸”。

翌年，我本命年。趴趴她爸带我、我妈和趴趴去日本休假。一天，我们一行四人在东京的街头无目的地漫步，异国不一样的节日气氛给我们带来难得的愉快心情。

忽然，趴趴在她爸爸的背上指着远处说了句：“狗狗，窦。”

我们顺着她指的方向看过去，在马路对面，一座大厦的顶端有一个广告板，那个广告的主角是一只秋田犬，和一切好狗一样，它眼神清澈，态度忠诚，嘴角似乎带着柔顺的微笑。重要的是，猛然看去，它真的和我家小窦长得很相像。虽然，小窦是一只杂到没人能说出品种的“中华田园犬”。

我像被针灸刺中了穴位一样，浑身一阵颤动，同时紧张地回头看着趴趴。只见她表情雀跃，胖胖的小手指始终不肯放下来，嘴巴里嘀嘀咕咕还在重复着她有很久都没说过的“窦窦”，那一刹那，我终于感到一阵久违的安心。

这时，我丈夫忽然转过脸望着我，良久，才俯身过来在我耳边低声说：“对不起，是我没保护好你们。”顿了顿，又说：“放心，我会一直都在你们身边，保证以后让你和趴趴过好，保证以后不让你为任何事担心。”

我蒙了，那是他从来没说过的话，和很多中国的中年男人一样，趴趴她爸非常不擅辞令，尤其不善于用语言表达感情。我不知道是什么让他有那样的感触说出那样的话，但我清楚地知道，那是我听过的最美好的句子，那将是我记忆最深刻的画面。就算有那么一天，我可能会忘了我们初次约会的情景，我也绝对不会忘记他对我说这番话时旁边空气的温度，甚至，我都还记得当时天边飘过的一朵云，那朵云在路过我们头顶时，是什么样的形状。我还知道，之前隐藏在我们婚姻中的危机，已不知在什么时候被解决掉了。我忽然觉得非常安全，那是我从小到大都鲜少会有的感觉。

如果，这个世界上真的有传说中的幸福的婚姻，我想，它对我来说，就是“安全”。我忽然很感谢小窦，感谢它的陪伴和勇敢，似乎，它并没有离开过我们的生活，它只是换了一种存在的方式，一种更纯粹的、永恒的方式。

第二天，趴趴爸带趴趴去了迪士尼，我带我妈去购物。我们在银座闲逛了一阵子之后找了个精致的咖啡店喝下午茶。我们正在闲聊，我一抬眼，看见隔壁桌靠窗的座位独自坐着一个容貌和穿着都十分精致的日本女子。

我想了想，对陈萍说：“妈，你看你左边，那个一个人坐那儿的女的。”

“嗯，怎么了？”我妈回头看了一眼问。

我回答说："我记忆里，当年，我爸的女朋友，那冯老师，就长这个样子。"

我妈赶紧再次转头，又仔细打量了一下那个女子，忍不住惊叹："哦？是吗？！那很美啊！"

我听得出，她的赞叹里已没有任何情绪色彩，是纯粹对另一个陌生异性的客观评价，尽管当年她一直坚持避免见到那个险些拆散她家庭的情敌。

我们又闲聊了些别的，待那个邻桌离开，我忽然问我妈："妈，你说，我爸，他这个人，这辈子爱过任何人吗？"

"为什么这么问？"我妈问。

我也不带任何情绪地继续说："我一直觉得，他不爱我爷爷奶奶，不爱我姑姑们，不爱我哥，不爱我。"顿了顿，又说："似乎，也不爱您。"

"咳，我们那个时代，什么爱不爱的，就过日子呗。"陈萍回答得也没什么情绪，只是，她喝了口茶，又说，"说真的，他也不是不爱任何人，我感觉他当时挺爱他那个女朋友的，就刚才坐这儿那个，冯老师。"

"哈哈，什么啊，怎么就成刚才坐那儿的了，人家只是长得像而已。"我笑，又忍不住继续问，"那，你为什么还跟他又过了那么多年呢？"

"我们那个时代都不太讲究爱不爱的。"我妈凡是回答不出的话通常都会搬出"时代"。

"也不是啊，我闫爸就挺爱我闫妈的。"我叹息道。

"你闫爸那是……"我妈停顿了一下，想在脑海中找到匹配的形容词，未遂，转而问我，"那你爱趴趴她爸吗？"

"起码，我们俩都爱趴趴。"

等走出那家咖啡店，我又说："妈，我爱趴趴她爸。他也爱我。我确定。"

我妈不说话了，我们沉默地走了很长时间。为了表达让她看"冯老师”的歉意，我默默地给她买了一只香奈尔新款的羊皮手袋。

“妈，相爱的人反而不一定能在一起很久。”我忽然感慨，趁我妈得了礼物高兴，跟她分享说，“你比如说，香奈尔，你说她爱不爱斯特拉文斯基？爱吧。斯特拉文斯基爱她吗？也爱。但这不代表他们能在一起生活。有时候，人是因为相爱才分开，因为‘对峙’才在一起，所以，您跟我爸，还白头偕老了。”

“到底是大牌子，这个皮子真好，贵嘛是贵了点。”我妈无心接我的感慨，因为她有她的感慨，“你们年轻人就是爱乱花钱。”

我不甘心，继续说：“妈，其实我觉得谁和谁在一起根本不是靠感情主宰的。我们决定不了自己能爱上谁，也决定不了自己从此爱谁。分手也一样，我觉得根本不存在‘分手’，只有‘缘尽’。如果缘分未尽，再怎么样也分不掉，反过来，缘已尽，就算再有情，也一样留不住。你和我爸就是尘缘未尽，所以跌跌撞撞也过了一辈子，我和趴趴她爸估计也要步你们的后尘了。”

“哎呀，‘爱’没你以为的那么重要，爱就好像是个‘牌子’，你说你花十几万日元买这么个包，它还是得靠那块皮子。你们所谓的爱，就像这牌子，虚的；生活就像这块儿皮子，实的。光有牌子没皮子，它就不是一个包，但光有皮子没牌子，它还是个包了！懂了哦？”我妈被自己灵光乍现举的例子陶醉了，喜悦地一直抱着她的新包长吁短叹。

那天很愉快，我们又坐车去了原宿 GODIVA 的旗舰店。陈萍如愿以偿吃到她钟爱的松露巧克力，依旧批评东京：“我还是比较喜欢香港，到处冷气都很足，像以前的上海。”

我笑了，继而有些心酸。就是这样一个事事处处很愿意标榜自己如何“讲究”的妈妈，一个对凡事都有标准和要求的老派上海人，却和我抗拒讲究的爸爸一起，过了十分不讲究的三四十年。然而，我也无法因此判定说梁朝伟就是一个不好的人，或许他只是不懂如何示好。

回首那往事，如我妈陈萍所说，至少，那时候，他对冯老师想是动了真感情的，这证明他有爱，也愿意爱。只是，他抗不过我所谓的“缘分”，只能把爱放在了让自己失控也失落的地方。然后他在和我们格格不入的生活中挣扎，混迹。

他的自尊，喜乐，悲伤，都被刈剪和折磨。他用麻木来回应，因为，再大的世界，也无法容下一个男人的可怜……这本身，就是多么让人伤怀的可怜啊。

“妈，你说我爸这会儿干吗呢？”走出 GODIVA，我问陈萍。

“咳，他能干吗，在隔壁老杜家打麻将呢吧！要不就是下棋，没别的。”

“那，我哥呢，你说我哥这会儿干吗呢？”

“梁小飞这孩子……”说起我哥的时候我妈脸上再次露出些情意和骄傲的神色，多年之后她已经习惯了他已出走的现实，并且能在谈及他时平静以对，“说真的，我不是特担心你哥，梁小飞这孩子吧，他从小人缘儿就好，到哪儿大家都喜欢他！这点你可一直不如他！”

“您真是的，不批评我又不会打雷闪电掉刀子下冰雹。哈哈哈！”我笑着挽住我的妈妈。

“我总觉得，不定哪天你哥就回来了，你说呢？”陈萍一边摩挲着她的香奈尔，一边自语似的跟我说。

“我倒是觉得，他从来也没离开过。再说，反正，以后，我们也是同一个去处。”我微笑着回答。

这时，马路对面有一片银杏叶从树上缓缓地飘落下来，空气里忽然开始有一些微凉的、湿湿的味道。我趁我妈不注意，把脸上悄悄滑落的眼泪擦了擦。九月的味道弥散在穿过树缝挥洒而下的阳光里，是哦，这是属于九月自己的味道。

这味道里开始有些许的孤傲。

很多的起落都可以发生在这样的一个有着孤傲味道的季节。

它代表着某一部分的结束，总有一些不论你喜欢或不喜欢的收获。它也意味着开始，多少会带来些想要与恐慌参半的希冀。

或，其实开始和结束分别都是人们一厢情愿的认定，当你曾经被某一段“过去”所困时，就会想把其间的发生当成一个结束来看待，而当一个人为未来的未知而惶恐的时候，就会期待某种开始……“开始”只是人误会地以为对一些事情真的可能存在着控制。

时间久了，终究，所谓的结束和开始都不可能跟随人的意愿而转移，甚至可能本身都不会有任何停顿，停顿的只是记忆，那些令人愉快的、哀伤的、平面的、立体的，一经停顿就渐渐远离，真实发生但绝不可能再还原为“真实”的记忆。记忆的影像被情绪的颜料涂抹，成了写意的画面，情绪在那些过程里都是物质，你叫不出它们的名字，但这不影响它们坦然地充斥在平常的生活里，记忆的构成有很多并不奇怪的配方，很多时候可能它就只是存在于某种特殊的气息或味道里。一个呼吸，一个平常到全然会被忽略的呼吸，就能把人好端端地从当下的时空中带走，飘散，一去不返。

后记

Postscript

写小说和谈恋爱很像
对的人，要在对的时间出现才不会彼此错过

负责这本书的领导不许我写太长的自序，然而我作为一个话痨，在自己的地盘怎么能忍，又怎么忍得住？所以我对自己说：领导只说不许写太长的自序，但没说不让写太长的后记。嘿嘿。

自序里写了三段“《女少年》是这么来的”，都很抽象，抽象得让不知道的人看了会以为写小说更像一门自娱自乐的行为艺术。实际呢？好像吧……也是。

我之前出过六本书，除了第一本《懒得哭》有赞助商哈根达斯给的真金白银之外，其他几本都没得到太多稿费。这还是挺让人气馁的。

所以我也说不清到底是什么动力在支持着我不管不顾持续玩命儿地写，好像也没跟谁赌气，也没跟自己较劲。只是，那些字儿、那些情绪、那些被我想象出来的人物，像被岁月催逼的青春痘一样无法抑制地从内心深处一个接一个地互相勾搭着扭出来，多少有点不顾廉耻的意味。是的啊，一个久写而不畅销的作者大约是要具备一点不顾廉耻的心怀的，哈哈。

我才不想把这事儿说得特玄特悲壮。写的过程，苦嘛，累啊，当然是。

可活着哪有不苦不累的？

何况，另一个真相是，看书和写字对我来说和衣食住行一样是人生头等重要的事儿，我不是特别说得清它们的意义，我只知道它们让我觉得活着更有意思，嗯，对我来说，“意思”远远比“意义”重要得多。

所以，在这本书里透过每一个字我想要呈献给你的，也是各种各样的“意思”。

话说，距离上一本小说，已经有四年之久。

这四年里，陆续动笔写过三个不同内容的故事，都打算写成长篇。每个都是写到五六万字的时候就写不下去，也不知道为什么，我总是忍不住地心猿意马，直到开始写《女少年》才终于安稳。

嗯，写小说和谈恋爱很像，对的人，要在对的时间出现才不会彼此错过。

我很爱我写出来的这些人，他们过得乱七八糟，各个心里都千疮百孔，他们每个人内心都有强大的“自我”，在比内心更强大的现实中肝肠寸断，仿佛，他们穷尽心力就是要把自我汇聚成没什么自我的“大众”。

这情况只能用村上龙的那句话总结：“好厉害，我们活着。”

起初这几个人都没有具体名字，像《红高粱》里面一样，用“我爸”“我妈”“我哥”“我”分别称呼。

有一天，大脑塞住了，闲极无聊懒得思考就偷懒玩微博。猛然看到我喜欢的梁朝伟从天而降“突进重围”，他来得太是时候，我一高兴，觉得这是天赐的，毅然决定用他的尊名，所以，“我爸梁朝伟”，确实是因“影帝梁朝伟”而来。

当然他跟他从人物个性到经历都没有任何关系，就像悲伤的电影反而需要悠长的配乐，我只是单纯地觉得把这么一个眼神深邃性情内敛的大明星的名字用在一个个性拧巴、人生混沌的小说人物身上显得特别有喜感。

我觉得真的梁朝伟不会跟我计较的。或，如果他跟我计较，我应该会很乐吧？嘿嘿。

“我妈陈萍”这个名字来路没那么曲折，那年在写《景观剧〈红楼梦〉》的时候结识了著名的戏剧导演陈薪伊，后来一直叫她“陈导妈妈”。“陈萍”这个名字和陈导妈妈的本名同音。她是我特别敬重喜爱的女人，所以用她的名字有一种晚辈跟长辈发嗲时惯有的小甜蜜。

“我哥梁小飞”嘛，我在写一个人的时候总是会忍不住想他的长相，写这个时而小仗义时而小浑蛋总被误读却坚持率真的小男孩儿时，我为他想象的样子很接近我的好朋友小飞。

而“悠悠”是我一个好朋友家的猫咪的名字。她的个性中有很多猫的特征：敏感，脆弱，默默期待很多爱，因怕被拒绝所以有很多伪装出来的距离。

必须承认，在他们有名有姓之后，写作的过程更“欢快”了。

写作的过程本来就有很多欢快的时刻，尤其跟写完之后的事务性工作比起来。

和以前出的那些书一样，《女少年》的出版发行过程也很曲折，不同的是我在这一次尝试了一种之前从来没有过的“坚持”，这得益于夏天快来的时候又一位智者告诉我的那句话：“用入世的态度对待过程，用出世的心情对待结果。”

所以特别谢谢华文经典对我所有“入世”与“坚持”的容忍和厚爱。

话说感谢。

首先要谢的是负责《女少年》的编辑团队。

在跟程丰余谈之前，我已经给不下十家出版社或书商看过部分书稿。

丰余是对我的一切“担心”和“苛求”最懂得的一位，在确定合作之后，我获得了来自新东家最专业最实在的支持，也因此终于可以狐假虎威地公然期望这本书大卖。

为了不给自己留下任何可能后悔的借口，整个的过程，事无巨细，我都很讨人厌地纠缠在专业人员的左右。

当封面最终呈献出来的时候，我问设计师米尔：小妞你说，我是不是你合作过的人里面对封面要求最坚持、表达最彻底、态度最执着的作者？反正你是我合作过的封面设计中对要求配合领悟最彻底、脾气最淡定的设计。

她回复说：实话实说，这是俺第一次给人设计封面……当然，我跟我家小编辑合作的《用一句话的时间，爱上生活》那本除外。

我倒抽一口冷气，说了句：那你是天才，鉴定完毕。

不过这确实是心里话。

当我用正常人不容易一下子听明白的话要求，说“我要用艳异的正红大绿表现小孤独和小苍凉，人物要介于奈良美智的娃娃和樱桃小丸子之间，又不能让人有山寨他们的联想”，我想，其后的那几个星期，我一定是米尔内心深处最不愿见到或听说的女人吧。

同时也谢谢我的好朋友画家奕轩，她协助我把“要更神经质”“不能太儿童”翻译成了人类能听懂的“要有细细的脖子和比例加长的四肢”，米尔终稿给这个红裙子的女少年设计的内八字站姿则暴露了她对这本书的了解。哈哈。

除了新东家，出版过我两本作品的老东家新星出版社从头到尾都在给我提供各种帮助，而不久即将要出版我最新杂文集的凤凰联动也最大程度地为配合《女少年》的集中宣传而改变工作周期。为此，我真的很感谢谢刚和术术。真应该为你们著书立说，让所有竞争品牌之间都能学习你们这样的气度和雅量。

当然还有你们，谢谢你们这么多年对我不离不弃，谢谢你们这么多年对我痴迷于写字说话的不离不弃。对“好”的越来越敏感，会让人更容易聚拢“好”的气场，在这个正红艳绿的有点微凉的路上，幸好，我们相逢。

秋微

2010 年

图书在版编目（CIP）数据

女少年 / 秋微著 . -- 北京 : 北京联合出版公司 , 2017.1

ISBN 978-7-5502-8291-9

Ⅰ . ①女… Ⅱ . ①秋… Ⅲ . ①长篇小说 – 中国 – 当代 Ⅳ . ① I247.5

中国版本图书馆 CIP 数据核字 (2016) 第 185310 号

女少年

作者：秋微

责任编辑：牛炜征

北京联合出版公司出版

（北京市西城区德外大街 83 号楼 9 层　100088）

北京慧美印刷有限公司印刷　新华书店经销

字数 240 千字　880 毫米 × 1230 毫米　1/32　9 印张

2017 年 1 月第 1 版　2017 年 1 月第 1 次印刷

ISBN 978-7-5502-8291-9

定价：36.80 元
